MADEMOISELLE

DE MAUPIN

Double Amour

PAR

THÉOPHILE GAUTIER,

AUTEUR DES JEUNES-FRANCE.

I.

PARIS,

EUGÈNE RENDUEL,

RUE DES GRANDS-AUGUSTINS, 22.

1836.

MADEMOISELLE

DE MAUPIN.

IMPRIMERIE DE MADAME POUSSIN, RUE MIGNON,

MADEMOISELLE
DE MAUPIN

— Double Amour —

PAR

THÉOPHILE GAUTIER,

AUTEUR DES JEUNES-FRANCE.

I.

PARIS.

EUGÈNE RENDUEL,

RUE DES GRANDS-AUGUSTINS, 22.

1835.

Une des choses les plus burlesques de la glorieuse époque où nous avons le bonheur de
vivre côte à côte avec Deutz et le général
Bugeaud, est incontestablement la réhabilita-
tion de la vertu entreprise par tous les journaux, de quelque couleur qu'ils soient, rouges,
verts ou tricolores.

La vertu est assurément quelque chose de
fort respectable, et nous n'avons pas envie de

I.   1

lui manquer ; Dieu nous en préserve ! la bonne et digne femme ! — Nous trouvons que ses yeux ont assez de brillant à travers leurs besicles, que son bas n'est pas trop mal tiré, qu'elle prend son tabac dans sa boîte d'or avec toute la grâce imaginable, que son petit chien fait la révérence comme un maître à danser. — Nous trouvons tout cela.—Nous conviendrons même que pour son âge elle n'est pas trop mal en point, et qu'elle porte ses années on ne peut mieux. — C'est une grand'mère très agréable, mais c'est une grand'mère... — Il me semble naturel de lui préférer, surtout quand on a vingt ans, quelque petite immoralité bien pimpante, bien coquette, bien bonne fille, les cheveux un peu défrisés, la jupe plutôt courte que longue, le pied et l'œil agaçans, la joue légèrement allumée, le rire à la bouche et le cœur sur la main. — Les journalistes les plus monstrueusement vertueux ne sauraient être d'un avis différent ; et s'ils disent le contraire, il est très probable qu'ils ne le pensent pas. Penser une chose, en écrire une autre, cela arrive tous les jours, surtout aux gens vertueux.

Je me souviens des quolibets lancés avant la

révolution (c'est de celle de juillet que je parle) contre ce malheureux et virginal vicomte Sosthène de la Rochefoucauld qui alongea les robes des danseuses de l'Opéra, et appliqua de ses mains patriciennes un pudique emplâtre sur le milieu de toutes les statues. — M. le vicomte Sosthène de la Rochefoucauld est dépassé de bien loin. — La pudeur a été très perfectionnée depuis ce temps, et l'on entre en des raffinemens qu'il n'aurait pas imaginés.

Moi qui n'ai pas l'habitude de regarder les statues à de certains endroits, je trouvais, comme les autres, la feuille de vigne découpée par les ciseaux de M. le chargé des beaux-arts, la chose la plus ridicule du monde. Il paraît que j'avais tort, et que la feuille de vigne est une institution des plus méritoires.

On m'a dit, j'ai refusé d'y ajouter foi, tant cela me semblait singulier, qu'il existait des gens qui, devant la fresque du jugement dernier de Michel-Ange, n'y avaient rien vu autre chose que l'épisode des prélats libertins, et s'étaient voilé la face en criant à l'abomination de la désolation !

Ces gens-là ne savent aussi de la romance de Rodrigue que le couplet de la couleuvre. — S'il y a quelque nudité dans un tableau ou dans un livre, ils y vont droit comme le porc à la fange, et ne s'inquiètent pas des fleurs épanouies ni des beaux fruits dorés qui pendent de toutes parts.

J'avoue que je ne suis pas assez vertueux pour cela. Dorine, la soubrette effrontée, peut très bien étaler devant moi sa gorge rebondie, certainement je ne tirerai pas mon mouchoir de ma poche pour couvrir ce sein que l'on ne saurait voir. — Je regarderai sa gorge comme sa figure ; et si elle l'a blanche et bien formée, j'y prendrai plaisir. — Mais je ne tâterai pas si la robe d'Elmire est moelleuse, et je ne la pousserai pas saintement sur le bord de la table, comme faisait ce pauvre homme de Tartufe.

Cette grande affectation de morale qui règne maintenant serait fort risible si elle n'était fort ennuyeuse. — Chaque feuilleton devient une chaire ; chaque journaliste, un prédicateur ; il n'y manque que la tonsure et le petit collet. Le temps est à la pluie et à l'homélie ; on se défend de l'une et de l'autre en ne sortant qu'en voiture et en relisant Pantagruel entre sa bouteille et sa pipe.

Mon doux Jésus ! quel déchaînement !

quelle furie ! — Qui vous a mordu ? qui vous a piqué ? que diable avez-vous donc pour crier si haut, et que vous a fait ce pauvre vice pour lui en tant vouloir, lui qui est si bon homme, si facile à vivre, et qui ne demande qu'à s'amuser lui-même et à ne pas ennuyer les autres, si faire se peut ? — Agissez avec le vice, comme Serre avec le gendarme ; embrassez-vous, et que tout cela finisse. — Croyez-m'en, vous vous en trouverez bien. — Eh ! mon Dieu ! MM. les prédicateurs, que feriez-vous donc sans le vice ? — Vous seriez réduits, dès demain, à la mendicité, si l'on devenait vertueux aujourd'hui.

Les théâtres seraient fermés ce soir. — Sur quoi feriez-vous votre feuilleton ? — Plus de bal de l'Opéra pour remplir vos colonnes, — plus de romans à disséquer ; car bals, romans, comédies sont les vraies pompes de Satan, si l'on en croit notre sainte mère l'Eglise. — L'actrice renverrait son entreteneur, et ne pourrait plus vous payer son éloge. — On ne s'abonnerait plus à vos journaux ; on lirait saint Augustin, on irait à l'Eglise, on dirait son rosaire. Cela serait peut-être très bien ; mais, à coup sûr, vous n'y gagneriez pas. — Si l'on était vertueux, où placeriez-vous vos articles sur l'immoralité du siècle ? Vous voyez bien que le vice est bon à quelque chose.

Mais c'est la mode maintenant d'être vertueux et chrétien, c'est une tournure qu'on se donne ; on se pose en saint Jérôme, comme autrefois en don Juan ; l'on est pâle et macéré, l'on porte les cheveux à l'apôtre, l'on marche les mains jointes et les yeux fichés en terre ; on prend un petit air confit en perfection ; on a une Bible ouverte sur sa cheminée, un crucifix et du buis bénit à son lit ; l'on ne jure plus, l'on fume peu, et l'on chique à peine. — Alors on est chrétien, l'on parle de la sainteté de l'art, de la haute mission de l'artiste, de la poésie du catholicisme, de M. de La Mennais, des peintres de l'école angélique, du concile de Trente, de l'humanité progressive et de mille autres belles choses. — Quelques-uns font infuser dans leur religion un peu de républicanisme ; ce ne sont pas les moins curieux. Ils accouplent Robespierre et Jésus-Christ de la façon la plus joviale ; et, amalgament avec un sérieux digne d'éloges les Actes des apôtres et les décrets de la *sainte* convention, c'est l'épithète sacramentelle : d'autres y ajoutent, pour dernier ingrédient, quelques idées saint-simonniennes. — Ceux-là sont complets et carrés par la base ; après eux, il faut tirer l'échelle. Il n'est pas donné au ridicule humain d'aller plus loin — *has ultra metas...* etc. Ce sont les colonnes d'Hercule du burlesque.

Le christianisme est tellement en vogue, par la tartuferie qui court, que le néochristianisme lui-même jouit d'une certaine faveur. On dit qu'il compte jusqu'à un adepte, y compris M. Drouineau.

Une variété extrêmement curieuse du journaliste proprement dit moral c'est le journaliste à famille féminine.

Celui-là pousse la susceptibilité pudique jusqu'à l'anthropophagie, ou peu s'en faut.

Sa manière de procéder pour être simple et facile au premier coup d'œil n'en est pas moins bouffonne et superlativement récréative, et je crois qu'elle vaut qu'on la conserve à la postérité, — à nos derniers neveux, comme disaient les perruques du prétendu grand siècle.

D'abord, pour se poser en journaliste de cette espèce, il faut quelques petits ustensiles préparatoires, — tels que deux ou trois femmes légitimes, quelques mères, le plus de sœurs possible , un assortiment de filles complet et des cousines innombrablement. — Ensuite il faut une pièce de théâtre , ou un roman quelconque , une plume , de l'encre , du papier et un imprimeur. Il faudrait peut-être bien une idée et plusieurs abonnés ; mais on s'en passe avec beaucoup de philosophie et l'argent des actionnaires.

Quand on a tout cela, l'on peut s'établir journaliste moral. Les deux recettes suivantes, convenablement variées , suffisent à la rédaction.

Modèles d'articles vertueux sur une première représentation.

Après la littérature de sang , la littérature de fange ; après la morgue et le bagne , l'alcôve et le lupanar ; — après les guenilles tachées par le meurtre , les guenilles tachées par la débauche ; après, etc. (selon le besoin et l'espace , on peut continuer sur ce ton depuis six lignes jusqu'à cinquante et au-delà), — c'est justice. — Voilà où mènent l'oubli des saines doctrines et le dévergondage romantique ; le théâtre est devenu une école de prostitution , où l'on n'ose se hasarder qu'en tremblant avec une femme qu'on respecte. Vous venez sur la foi d'un nom illustre, et vous êtes obligé de vous retirer au troisième acte avec votre jeune fille toute troublée et toute décontenancée. Votre femme cache sa rougeur derrière son éventail; votre sœur, votre cousine, etc. » (On peut diversifier les titres de parenté; il suffit que ce soit des femelles.)

Nota. — Il y en a un qui a poussé la moralité jusqu'a dire : Je n'irai pas voir ce drame avec ma maîtresse. — Celui-là, je l'admire et je l'aime; je le porte dans mon cœur, comme Louis XVIII portait toute la France dans le sien; car il a eu l'idée la plus triomphante, la plus pyramidale, la plus ébouriffée, la plus luxorienne, qui soit tombée dans une cervelle d'homme, en ce benoît dix-neuvième siècle où il en est tombé tant et de si drôles.

La méthode pour rendre compte d'un livre est très expéditive et à la portée de toutes les intelligences.

« Si vous voulez lire ce livre, enfermez-vous soigneusement chez vous; ne le laissez pas traîner sur la table. Si votre femme et votre fille venaient à l'ouvrir, elles seraient perdues.

— Ce livre est dangereux ; ce livre conseille le vice. Il aurait peut-être eu un grand succès, au temps de Crébillon, dans les petites maisons aux soupers fins des duchesses ; mais, maintenant que les mœurs se sont épurées, maintenant que la main du peuple a fait crouler l'édifice vermoulu de l'aristocratie, etc., etc., que, que, que, — il faut, dans toute œuvre, une idée, une idée... là, une idée morale et religieuse qui.... une vue haute et profonde répondant aux besoins de l'humanité ; car il est déplorable que de jeunes écrivains sacrifient au succès les choses les plus saintes, et usent un talent estimable d'ailleurs à des peintures lubriques qui feraient rougir des capitaines de dragons (la virginité du capitaine de dragons est, après la découverte de l'Amérique, la plus belle découverte que l'on ait faite depuis long-temps). — Le roman dont nous faisons la critique rappelle Justine, Thérèse philosophe, Félicia, le Compère Matthieu, les Contes de Grécourt, les Priapées du marquis de Sade. » — Le journaliste vertueux est d'une érudition immense, en fait de romans orduriers ; — je serais curieux de savoir pourquoi.

Se trouve chez Eugène Renduel, rue des Grands-Augustins, n° 22. Un beau vol. *in-8°*, avec vignette. Prix, 7 fr. 50 c.

Ecco, — *ecce*, — voilà.

Il est effrayant de songer qu'il y a, de par les journaux, beaucoup d'honnêtes industriels qui n'ont que ces deux recettes pour subsister eux et la nombreuse famille qu'ils emploient.

Apparemment que je suis le personnage le plus énormément immoral qu'il se puisse trouver en Europe et ailleurs ; car je ne vois rien de plus licencieux dans les romans et les comédies de maintenant que dans les romans et les comédies d'autrefois, et je ne comprends guère pourquoi les oreilles de MM. des journaux sont devenues tout à coup si janséniquement chatouilleuses.

Je ne pense pas que le journaliste le plus innocent ose dire que Pigault-Lebrun, Crébillon fils, Louvet, Voisenon, Marmontel et tous autres faiseurs de romans et de nouvelles ne dépassent en immoralité, puisqu'immoralité il y a, les productions les plus échevelées et les plus dévergondées de MM. tels et tels que je ne nomme pas, par égard pour leur pudeur.

Il faudrait la plus insigne mauvaise foi pour n'en pas convenir.

Qu'on ne m'objecte pas que j'ai allégué ici des noms peu ou mal connus. Si je n'ai pas touché aux noms éclatans et monumentaux, ce n'est pas qu'ils ne puissent appuyer mon assertion de leur grande autorité.

Les Romans et les Contes de Voltaire ne sont assurément pas, à la différence de mérite près, beaucoup plus susceptibles d'être donnés en prix aux petites tartines des pensionnats que les Contes immoraux de notre ami le lycanthrope, ou même que les Contes moraux du doucereux Marmontel.

Que voit-on dans les comédies du grand Molière ? La sainte institution du mariage (style de catéchisme et de journaliste) baffouée et tournée en ridicule à chaque scène.

Le mari est vieux et laid et cacochyme; il met sa perruque de travers : son habit n'est plus à la mode; il a une canne à bec de corbin, le nez barbouillé de tabac, les jambes courtes, l'abdomen gros comme un budget. — Il bredouille, et ne dit que des sottises; il en fait autant qu'il en dit, il ne voit rien, il n'entend rien; on embrasse sa femme à sa

barbe ; il ne sait pas de quoi il est question :
cela dure ainsi, jusqu'à ce qu'il soit bien et
dûment constaté cocu à ses yeux et aux yeux
de toute la salle on ne peut pas plus édifiée,
et qui applaudit à tout rompre.

Ceux qui applaudissent le plus, sont ceux
qui sont le plus mariés.

Le mariage s'appelle, chez Molière, George
Dandin ou Sganarelle.

L'adultère, Damis ou Clitandre ; il n'y a pas
de nom assez doucereux et charmant pour lui.

L'adultère est toujours jeune, beau, bien
fait et marquis pour le moins. Il entre en
chantonnant à la cantonade la courante la
plus nouvelle ; il fait un ou deux pas en scène
de l'air le plus délibéré et le plus triomphant
du monde ; il se gratte l'oreille avec l'ongle
rose de son petit doigt coquettement écar-
quillé ; il peigne avec son peigne d'écaille sa
belle chevelure blondine, et rajuste ses canons
qui sont du grand volume. Son pourpoint et
son haut-de-chausse disparaissent sous les ai-
guillettes et les nœuds de rubans, son rabat
est de la bonne faiseuse ; ses gants flairent
mieux que benjoin et civette ; ses plumes ont
coûté un louis le brin.

Comme son œil est en feu et sa joue en fleur!
que sa bouche est souriante! que ses dents
sont blanches! comme sa main est douce et
bien lavée!

Il parle, ce ne sont que madrigaux, galanteries parfumées en beau style précieux et du
meilleur air; il a lu les romans et sait la poésie,
il est vaillant et prompt à dégaîner, il sème
l'or à pleines mains. — Aussi Angélique, Agnès,
Isabelle se peuvent à peine tenir de lui sauter
au cou, si bien élevées et si grandes dames
qu'elles soient; aussi le mari est-il régulière-
ment trompé au cinquième acte, bien heureux
quand ce n'est pas dès le premier.

Voilà comme le mariage est traité par Molière, l'un des plus hauts et des plus graves
génies qui jamais aient été. — Croit-on qu'il y
ait rien de plus fort dans les réquisitions d'In-
diana et de Valentine?

La paternité est encore moins respectée, s'il
est possible. Voyez Orgon, voyez Géronte,
voyez-les tous.

Comme ils sont volés par leurs fils, battus
par leurs valets! Comme on met à nu, sans
pitié pour leur âge, et leur avarice, et leur en-
têtement, et leur imbécillité! — Quelles plai-

santeries ! quelles mystifications ! — Comme
on les pousse par les épaules, hors de la vie,
ces pauvres vieux qui sont longs à mourir, et
qui ne veulent point donner leur argent !
comme on parle de l'éternité des parens ! quel
plaidoyer contre l'hérédité, et comme cela est
plus convaincant que toutes les déclamations
saint-simoniennes !

Un père, c'est un ogre, c'est un argus, c'est
un geolier, un tyran, quelque chose qui n'est
bon tout au plus qu'à retarder un mariage
pendant trois actes jusqu'à la reconnaissance
finale.—Un père est le mari ridicule au grand
complet. — Jamais un fils n'est ridicule dans
Molière ; car Molière, comme tous les auteurs
de tous les temps possibles, faisait sa cour à
la jeune génération aux dépens de l'ancienne.

Et les Scapins, avec leur cape rayée à la
napolitaine, et leur bonnet sur l'oreille, et
leur plume balayant les bandes d'air, ne sont-
ils pas des gens bien purs, bien pieux, bien
chastes et bien dignes d'être canonisés? — Les
bagnes sont pleins d'honnêtes gens qui n'ont
pas fait le quart de ce qu'ils font. Les roueries
de Trialph sont de pauvres roueries en comparaison des leurs. Et les Lisettes, et les Martons,

quelles gaillardes, tudieu ! — Les courtisanes des rues sont loin d'être aussi délurées, aussi promptes à la riposte grivoise ; comme elles s'entendent à remettre un billet ! comme elles font bien la garde pendant les rendez-vous ! — Ce sont, sur ma parole, de précieuses filles, serviables et de bon conseil.

C'est une charmante société qui s'agite et se promène à travers ces comédies et ces imbroglios. — Tuteurs dupés, maris cocus, suivantes libertines, valets aigrefins, demoiselles folles d'amour, fils débauchés, femmes adultères ; cela ne vaut-il pas bien les jeunes beaux mélancoliques et les pauvres faibles femmes opprimées et passionnées des drames et des romans de nos faiseurs en vogue ?

Et tout cela, moins le coup de dague final, moins la tasse de poison obligée : les dénoûmens sont aussi heureux que les dénoûmens des contes de fées, et tout le monde, jusqu'au mari, est on ne peut plus satisfait. Dans Molière, la vertu est toujours cocue et rossée ; c'est elle qui porte les cornes, et tend le dos à Mascarille ; à peine si la moralité apparaît une fois à la fin de la pièce sous la personnification un peu bourgeoise de l'exempt Loyal.

Tout ce que nous venons de dire ici n'est pas pour écorner le piédestal de Molière ; nous ne sommes pas assez fous pour aller secouer ce colosse de bronze avec nos petits bras ; nous voulions simplement démontrer aux pieux feuilletonistes qu'effarouchent les ouvrages nouveaux et romantiques, que les classiques anciens, dont ils recommandent chaque jour la lecture et l'imitation, les surpassent de beaucoup en gaillardise et en immoralité.

A Molière nous pourrions aisément joindre et Marivaux et Lafontaine, ces deux expressions si opposées de l'esprit français, et Regnier, et Rabelais, et Marot, et bien d'autres. Mais notre intention n'est pas de faire ici, à propos de morale, un cours de littérature à l'usage des vierges du feuilleton.

Il me semble que l'on ne devrait pas faire tant de tapage à propos de si peu. Nous ne sommes heureusement plus au temps d'Eve la blonde, et nous ne pouvons, en bonne conscience, être aussi primitifs et aussi patriarcaux que l'on était dans l'arche. Nous ne sommes pas de petites filles, se préparant à leur première communion ; et, quand nous jouons au corbillon, nous ne répondons pas *tarte à*

I.   2

la crème. Notre naïveté est assez passablement savante, et il y a long-temps que notre virginité court la ville; ce sont là de ces choses que l'on n'a pas deux fois; et, quoi que nous fassions, nous ne pouvons les rattraper, car il n'y a rien au monde qui coure plus vite qu'une virginité qui s'en va et qu'une illusion qui s'envole.

Après tout, il n'y a peut-être pas grand mal, et la science de toutes choses est-elle préférable à l'ignorance de toutes choses? C'est une question que je laisse à débattre à de plus savans que moi. Toujours est-il que le monde a passé l'âge où l'on peut jouer la modestie et la pudeur, et je le crois trop vieux barbon pour faire l'enfantin et le virginal sans se rendre ridicule.

Depuis son hymen avec la civilisation, la société a perdu le droit d'être ingénue et pudibonde. Il est de certaines rougeurs qui sont encore de mise au coucher de la mariée, et qui ne peuvent plus servir le lendemain; car la jeune femme ne se souvient peut-être plus de la jeune fille, ou, si elle s'en souvient, c'est une chose très indécente, et qui compromet gravement la réputation du mari.

Quand je lis par hasard un de ces beaux
sermons qui ont remplacé dans les feuilles pu-
bliques la critique littéraire, il me prend quelquefois de grands remords et de grandes ap-
préhensions, à moi qui ai sur la conscience
quelques menues gaudrioles un peu trop fortement épicées, comme un jeune homme qui
a du feu et de l'entrain peut en avoir à se reprocher.

A côté de ces Bossuet du café de Paris, de
ces Bourdaloue du balcon de l'Opéra, de
ces Caton à tant la ligne qui gourmandent le
siècle d'une si belle façon, je me trouve en
effet le plus épouvantable scélérat qui ait jamais souillé la face de la terre; et pourtant,
Dieu le sait, la nomenclature de mes péchés,
tant capitaux que véniels, avec les blancs et
interlignes de rigueur, pourrait à peine, entre
les mains du plus habile libraire, former un
ou deux vol. *in-8°* par jour, ce qui est peu de
chose pour quelqu'un qui n'a pas la prétention
d'aller en paradis dans l'autre monde, et de
gagner le prix Monthion ou d'être rosière en
celui-ci.

Puis, quand je pense que j'ai rencontré
sous la table, et même ailleurs, un assez grand

nombre de ces dragons de vertu, je reviens à une meilleure opinion de moi-même, et j'estime qu'avec tous les défauts que je puis avoir, ils en ont un autre qui est bien, à mes yeux, le plus grand et le pire de tous; — c'est l'hypocrisie que je veux dire.

En cherchant bien, on trouverait peut-être un autre petit vice à ajouter; mais celui-ci est tellement hideux, qu'en vérité je n'ose presque pas le nommer. Approchez-vous, et je m'en vais vous couler son nom dans l'oreille; — c'est l'envie.

L'envie, et pas autre chose.

C'est elle qui s'en va rampant et serpentant à travers toutes ces paternes homélies : tel soin qu'elle prenne de se cacher, on voit briller de temps en temps, au-dessus des métaphores et des figures de rhétorique, sa petite tête plate de vipère; on la surprend à lécher de sa langue fourchue ses lèvres toutes bleues de venin, on l'entend siffloter tout doucettement à l'ombre d'une épithète insidieuse.

Je sais bien que c'est une insupportable fatuité de prétendre qu'on vous envie, et que cela est presque aussi nauséabond qu'un merveilleux qui se vante d'une bonne fortune. —

Je n'ai pas la forfanterie de me croire des en-
nemis et des envieux ; c'est un bonheur qui
n'est pas donné à tout le monde, et je ne
l'aurai probablement pas de long-temps : aussi
je parlerai librement et sans arrière-pensée,
comme quelqu'un de très désintéressé dans
cette question.

Une chose certaine et facile à démontrer
à ceux qui pourraient en douter, c'est l'antipathie naturelle du critique contre le poète ;
— de celui qui ne fait rien contre celui qui
fait, — du frélon contre l'abeille, — du cheval
hongre contre l'étalon.

Vous ne vous faites critique qu'après qu'il
est bien constaté à vos propres yeux que vous
ne pouvez être poète. Avant de vous réduire
au triste rôle de garder les manteaux et de
noter les coups comme un garçon de billard
ou un valet de jeu de paume, vous avez long-
temps courtisé la muse, vous avez essayé de
la dévirginer ; mais vous n'avez pas assez de
vigueur pour cela ; l'haleine vous a manqué,
et vous êtes retombés pâles et efflanqués au
pied de la sainte montagne.

Je conçois cette haine. Il est douloureux de
voir un autre s'asseoir au banquet où l'on n'est

pas invité, et coucher avec la femme qui n'a
pas voulu de vous. Je plains de tout mon cœur
le pauvre eunuque obligé d'assister aux ébats
du grand-seigneur.

Il est admis dans les profondeurs les plus
secrètes de l'Oda. Il mène les sultanes au bain ;
il voit luire sous l'eau d'argent des grands ré-
servoirs ces beaux corps tout ruisselans de
perles et plus polis que des agates ; les beautés
les plus cachées lui apparaissent sans voiles.
— On ne se gêne pas devant lui ; — c'est un
eunuque. — Le sultan caresse sa favorite en
sa présence, et la baise sur sa bouche de gre-
nade. — En vérité, c'est une bien fausse situation que la sienne, et il doit bien être embarrassé de sa contenance.

Il en est de même pour le critique qui voit
le poète se promener dans le jardin de poésie
avec ses neuf belles odalisques, et s'ébattre
paresseusement à l'ombre de grands lauriers
verts. Il est bien difficile qu'il ne ramasse pas
les pierres du grand chemin pour les lui jeter
et le blesser derrière son mur, s'il est assez
adroit pour cela.

Le critique qui n'a rien produit est un lâche ;
c'est comme un abbé qui courtise la femme

d'un laïque : celui-ci ne peut lui rendre la pareille ni se battre avec lui.

Je crois que ce serait une histoire au moins aussi curieuse que celle de Teglath-Phalasar ou de Gemmagog qui inventa les souliers à poulaine, que l'histoire des différentes manières de déprécier un ouvrage quelconque depuis un mois jusqu'à nos jours.

Il y a assez de matière pour 15 ou 16 vol. *in-folio ;* mais nous aurons pitié du lecteur, et nous nous bornerons à quelques lignes, — bienfait pour lequel nous demandons une reconnaissance plus qu'éternelle. — A une époque très reculée, qui se perd dans la nuit des âges ; il y a bien tantôt trois semaines de cela, le roman moyen-âge florissait principalement à Paris et dans la banlieue. La cotte armoriée était en grand honneur ; on ne méprisait pas les coiffures à la Hennin, on estimait fort le pantalon mi-parti ; la dague était hors de prix ; le soulier à poulaine était adoré comme un fétiche. — Ce n'étaient qu'ogives, tourelles, colonnettes, verrières coloriées, cathédrales et châteaux forts ; — ce n'étaient que damoiselles et damoiseaux, pages et varlets ; truands et sou-

dards , galans chevaliers et châtelains féroces,
— toutes choses certainement plus innocentes
que les jeux innocens , et qui ne faisaient de
mal à personne.

Le critique n'avait pas attendu au second
roman pour commencer son œuvre de dépré-
ciation ; dès le premier qui avait paru , il s'était
enveloppé de son cilice de poil de chameau ,
et s'était répandu un boisseau de cendres sur
la tête ; puis , prenant sa grande voix dolente,
il s'était mis à crier :

Encore du moyen-âge, toujours du moyen-
âge, qui me délivrera du moyen-âge, de ce
moyen-âge qui n'est pas le moyen-âge? —
Moyen-âge de carton et de terre cuite qui n'a
du moyen-âge que le nom. — Oh ! les barons
de fer, dans leur armure de fer, avec leur cœur
de fer, dans leur poitrine de fer. — Oh ! les cathédrales avec leurs rosaces toujours épanouies
et leurs verrières en fleurs, avec leurs dentelles
de granit, avec leurs trèfles découpés à jour,
leurs pignons tailladés en scie , avec leur cha-
suble de pierre, brodée comme un voile de
mariée, avec leurs cierges, avec leurs chants,
avec leurs prêtres étincelans, avec leur peuple

à genoux, avec leur orgue qui bourdonne et
leurs anges planant et battant de l'aile sous les
voûtes; — comme ils m'ont gâté mon moyen-
âge! mon moyen-âge si fin et si coloré; comme
ils l'ont fait disparaître sous une couche de
grossier badigeon! quelles criardes enlumi-
nures. — Ah! barbouilleurs ignorans qui
croyez avoir fait de la couleur pour avoir plaqué rouge sur bleu, blanc sur noir et vert sur
jaune; vous n'avez vu du moyen-âge que
l'écorce, vous n'avez pas deviné l'âme du
moyen-âge, le sang ne circule pas dans la peau
dont vous revêtez vos fantômes, il n'y a pas
de cœur dans vos corselets d'acier, il n'y a pas
de jambes dans vos pantalons de tricot; pas de
ventre ni de gorge derrière vos jupes armo-
riées, ce sont des habits qui ont la forme
d'hommes, et voilà tout. — Donc à bas le moyen-
âge tel que nous l'ont fait les faiseurs! — (Le
grand mot est lâché! les faiseurs.) Le moyen-
âge ne répond à rien maintenant, nous voulons autre chose.

Et le public voyant que les feuilletonistes
aboyaient au moyen-âge, se prit d'une belle
passion pour ce pauvre moyen-âge qu'ils pré-

tendaient. avoir tué du coup. Le moyen-âge
envahit tout, aidé par l'empêchement des journaux, — drame, mélodrame, romances, nouvelles, poésie ; il y eut jusqu'à des vaudevilles
moyen-âge, et Momus répéta des flons flons
féodaux.

A côté du roman moyen-âge verdissait et
puait le roman-charogne, genre de roman très
agréable et dont les petites maîtresses nerveuses et les cuisinières blasées faisaient une
très grande consommation.

Les feuilletonistes sont bien vite arrivés à
l'odeur comme des corbeaux à la voirie, et ils
ont dépecé du bec de leurs plumes, et mé-
chamment mis à mort ce pauvre genre de roman qui ne demandait qu'à prospérer et à se
putréfier paisiblement sur les rayons graisseux
des cabinets de lecture. Que n'ont-ils pas dit !
que n'ont-ils pas écrit ! Littérature de morgue
et de bagne, cauchemar de bourreau, halluci-
nation de boucher ivre et d'argousin qui a la
fièvre chaude ; ils donnaient bénignement à
entendre que les auteurs étaient des assassins
et des vampires ; qu'ils avaient contracté la
vicieuse habitude de tuer leur père et leur

mère ; qu'ils buvaient du sang dans des crânes ;
qu'ils se servaient de tibias pour fourchette et
coupaient leur pain avec une guillotine.

Et pourtant ils savaient mieux que personne,
pour avoir souvent déjeûné avec eux, que les
auteurs de ces charmantes tueries étaient de
braves fils de famille, très débonnaires et de
bonne société, gantés de blanc, fashionable-
ment myopes, — se nourrissant plus volontiers de beefteacks que de côtelettes d'homme,
et buvant plus habituellement du vin de Bor-
deaux que du sang de jeune fille ou d'enfant
nouveau né. — Pour avoir vu et touché leurs
manuscrits, ils savaient parfaitement qu'ils
étaient écrits avec de l'encre de la grande
vertu, sur du papier anglais, et non avec sang
de guillotiné sur peau de chrétien écor-
ché vif.

Mais quoi qu'ils dissent ou qu'ils fissent, le
siècle était à la charogne et le charnier lui plai-
sait mieux que le boudoir ; le lecteur ne se prenait qu'à un hameçon amorcé d'un petit cadavre déjà bleuissant. — Chose très concevable ;
mettez une rose au bout de votre ligne, les
araignées auront le temps de faire leur toile
dans le pli de votre coude, vous ne prendrez

pas le moindre petit fretin ; accrochez-y un
ver ou un morceau de fromage puant, carpes, barbillons, perches, anguilles, sauteront
à trois pieds hors de l'eau pour le happer.

— Les hommes ne sont pas si différens des
poissons qu'on a l'air de le croire généralement.

On aurait dit que les journalistes étaient
devenus quakers, brahmes, ou pythagoriciens, ou taureaux, tant il leur avait pris une
subite horreur du rouge et du sang. — Jamais
on ne les avait vus si fondans, si émolliens ; —
c'était de la crême et du petit-lait. — Ils n'admettaient que deux couleurs, le bleu de ciel
et le vert pomme. Le rose n'était que souffert,
et si le public les eût laissés faire, ils l'eussent
mené paître des épinards sur les rives du Lignon, côte à côte avec les moutons d'Amarillis. Ils avaient changé leur frac noir contre la
veste tourterelle de Céladon ou de Silvandre,
et entouré leurs plumes d'oies de roses pompons et de faveurs en manière de houlette
pastorale. Ils laissaient flotter leurs cheveux à
l'enfant, et s'étaient fait des virginités d'a-
près la recette de Marion Delorme, à quoi ils
avaient aussi bien réussi qu'elle.

Ils appliquaient à la littérature l'article du Décalogue :

Homicide point ne seras.

On ne pouvait plus se permettre le plus petit meurtre dramatique, et le cinquième acte était devenu impossible.

Ils trouvaient le poignard exorbitant, le poison monstrueux, la hache inqualifiable. Ils auraient voulu que les héros dramatiques vécussent jusqu'à l'âge de Melchisedech ; et cependant il est reconnu depuis un temps immémorial, que le but de toute tragédie est de faire assommer à la dernière scène un pauvre diable de grand homme qui n'en peut mais, comme le but de toute comédie est de conjoindre matrimonialement deux imbécilles de jeunes premiers d'environ soixante ans chacun.

C'est vers ce temps que j'ai jeté au feu (après en avoir tiré un double, ainsi que cela se fait toujours), deux superbes et magnifiques drames moyen-âge, l'un en vers et l'autre en prose, dont les héros étaient écartelés et boullus en plein théâtre, ce qui eût été très jovial et assez inédit.

Pour me conformer à leurs idées, j'ai composé depuis une tragédie antique en cinq actes, nommée Héliogabale, dont le héros se jette dans les latrines, situation extrêmement neuve et qui a l'avantage d'amener une décoration non encore vue au théâtre. — J'ai fait aussi un drame moderne extrêmement supérieur à Antoni, Arthur ou l'Homme fatal, où l'idée providentielle arrive sous la forme d'un pâté de foies gras de Strasbourg, que le héros mange jusqu'à la dernière miette après avoir consommé plusieurs viols, ce qui, joint à ses remords, lui donne une abominable indigestion dont il meurt. — Fin morale s'il en fut, qui prouve que *Dieu est juste* et que le vice est toujours puni et la vertu récompensée.

Quant au genre monstre, vous savez comme ils l'ont traité, comme ils ont arrangé Han d'Islande, ce mangeur d'homme, Habibrah l'obi, Quasimodo le sonneur et Triboulet qui n'est que bossu, — toute cette famille si étrangement fourmillante, — toutes ces crapauderies gigantesques que mon cher voisin fait grouiller et sauteler à travers les forêts vierges et les cathédrales de ses romans. Ni les grands traits à la Michel-Ange, ni les curiosités dignes de Callot, ni les effets d'ombre et de clair à la façon de Goya, rien n'a pu trouver grâce devant eux; ils l'ont renvoyé à ses odes, quand il a fait des romans; à ses romans, quand il a fait des drames, tactique ordinaire des journalistes qui aiment toujours mieux ce qu'on a fait que ce qu'on fait. Heureux homme, toutefois que celui qui est reconnu supérieur même par les feuilletonistes, dans tous ses ouvrages, excepté bien entendu celui dont ils rendent compte, et qui n'aurait qu'à écrire un traité de théologie ou un manuel de cuisine pour faire trouver son théâtre admirable.

Pour le roman de cœur, le roman ardent et passionné, qui a pour père Werther l'Allemand, et pour mère Manon Lescaut la Française, nous avons touché, au commencement de cette préface, quelques mots de la teigne morale qui s'y est désespérément attachée sous prétexte de religion et de bonnes mœurs. Les poux critiques sont comme les poux de corps qui abandonnent les cadavres pour aller aux vivans. Du cadavre du roman moyen-âge, les critiques sont passés au corps de celui-ci, qui a la peau dure et vivace et leur pourrait bien ébrécher les dents.

pas le moindre petit fretin; accrochez-y un ver ou un morceau de fromage puant, carpes, barbillons, perches, anguilles, sauteront à trois pieds hors de l'eau pour le happer. — Les hommes ne sont pas si différens des poissons qu'on a l'air de le croire généralement.

On aurait dit que les journalistes étaient devenus quakers, brahmes, ou pythagoriciens, ou taureaux, tant il leur avait pris une subite horreur du rouge et du sang. — Jamais on ne les avait vus si fondans, si émolliens; — c'était de la crême et du petit-lait. — Ils n'admettaient que deux couleurs, le bleu de ciel et le vert pomme. Le rose n'était que souffert, et si le public les eût laissés faire, ils l'eussent mené paître des épinards sur les rives du Lignon, côte à côte avec les moutons d'Amarillis. Ils avaient changé leur frac noir contre la veste tourterelle de Céladon ou de Silvandre, et entouré leurs plumes d'oies de roses pompons et de faveurs en manière de houlette pastorale. Ils laissaient flotter leurs cheveux à l'enfant, et s'étaient fait des virginités d'après la recette de Marion Delorme, à quoi ils avaient aussi bien réussi qu'elle.

leurs curiosités d'une manière plus légitime qu'Eve leur grand'mère, et n'aillent pas faire des questions au serpent.

Pour leurs filles, si elles ont été en pension, je ne vois pas ce que ces livres pourraient leur apprendre.

Il est aussi absurde de dire qu'un homme est un ivrogne parce qu'il décrit une orgie, un débauché parce qu'il raconte une débauche, que de prétendre qu'un homme est vertueux parce qu'il a fait un livre de morale ; tous les jours on voit le contraire. — C'est le personnage qui parle et non l'auteur, son héros est athée, cela ne veut pas dire qu'il soit athée, il fait agir et parler les brigands en brigands, il n'est pas pour cela un brigand. A ce compte, il faudrait guillotiner Shakespeare, Corneille et tous les tragiques ; ils ont plus commis de meurtres que Mandrin et Cartouche! on ne l'a pas fait cependant, et je ne crois même pas qu'on le fasse de long-temps, si vertueuse et si morale que puisse devenir la critique. C'est une des manies de ces petits grimauds à cervelle étroite, que de substituer toujours l'auteur à l'ouvrage et de recourir à la personnalité, pour donner quelque pauvre intérêt de scandale à

I.   3

leurs misérables rapsodies, qu'ils savent bien que personne ne lirait si elles ne contenaient que leur opinion individuelle.

Nous ne concevons guère à quoi tendent toutes ces criailleries, à quoi bon toutes ces colères et tous ces abois, — et qui pousse messieurs les Geoffroy au petit pied à se faire les don Quichotte de la morale, et vrais sergens de ville littéraires, d'empoigner et de bâtonner, au nom de la vertu, toute idée qui se promène dans un livre la cornette posée de travers ou la jupe troussée un peu trop haut. — C'est fort singulier.

L'époque, quoiqu'ils en disent, est immorale (si ce mot-là signifie quelque chose, ce dont nous doutons fort), et nous n'en voulons pas d'autre preuve que la quantité de livres immoraux qu'elle produit et le succès qu'ils ont. — Les livres suivent les mœurs et les mœurs ne suivent pas les livres. — La régence a fait Crébillon, ce n'est pas Crébillon qui a fait la régence. Les petites bergères de Boucher étaient fardées et débraillées, parce que les petites marquises étaient fardées et débraillées. — Les tableaux se font d'après les modèles et non les modèles d'après les tableaux. Je ne sais qui a dit je ne sais où , que la littérature et les arts influaient sur les mœurs. Qui que ce soit, c'est indubitablement un grand sot. — C'est comme si l'on disait les petits pois font pousser le printemps, les petits pois poussent au contraire parce que c'est le printemps, et les cerises parce que c'est l'été. Les arbres portent les fruits, et ce ne sont pas les fruits qui portent les arbres assurément, loi éternelle et invariable dans sa variété ; les siècles se succèdent et chacun porte son fruit qui n'est pas celui du siècle précédent ; les livres sont les fruits des mœurs.

A côté des journalistes moraux, sous cette pluie d'homélies comme sous une pluie d'été, dans quelque parc, il est surgi, entre les planches du tréteau saint-simonien, une théorie de petits champignons d'une nouvelle espèce assez curieuse, dont nous allons faire l'histoire naturelle.

Ce sont les critiques utilitaires. Pauvres gens qui avaient le nez court à ne le pouvoir chausser de lunettes, et cependant n'y voyaient pas si loin que leur nez.

Quand un auteur jetait sur leur bureau un volume quelconque, roman ou poésie, — ces messieurs se renversaient nonchalamment sur leur fauteuil, le mettaient en équilibre sur ses pieds de derrière, et, se balançant d'un air capable, ils se rengorgeaient et disaient :

A quoi sert ce livre? Comment peut-on l'appliquer à la moralisation et au bien-être de la classe la plus nombreuse et la plus pauvre? Quoi! pas un mot des besoins de la société, rien de civilisant et de progressif? Comment, au lieu de faire la grande synthèse de l'humanité, et de suivre, à travers les événemens de l'histoire, les phases de l'idée régénératrice et providentielle, peut-on faire des poésies et des romans qui ne mènent à rien, et qui ne font pas avancer la génération dans le chemin de l'avenir? Comment peut-on s'occuper de la forme du style, de la rime en présence de si graves intérêts?—Que nous font à nous et le style, et la rime et la forme; c'est bien de cela qu'il s'agit (pauvres renards, ils sont trop verts!). — La société souffre, elle est en proie à un grand déchirement intérieur (traduisez : personne ne veut s'abonner aux journaux utiles). C'est au poète à chercher la cause de ce malaise et à le guérir. — Le moyen, il le trouvera, en sympathisant de cœur et d'âme avec l'humanité (des poètes philantropes ! ce serait quelque chose de rare et de charmant). Ce poète, nous l'attendons, nous l'appelons de tous nos vœux. Quand il paraîtra, à lui les acclamations de la foule, à lui les palmes, à lui les couronnes, à lui le Prytanée....

A la bonne heure ; mais comme nous souhaitons que notre lecteur se tienne éveillé jusqu'à la fin de cette bienheureuse préface, nous ne continuerons pas cette imitation très fidèle du style utilitaire, qui, de sa nature, est passablement soporifique, et pourrait remplacer, avec avantage, le laudanum et les discours d'Académie ?

Non, imbécilles, non, cretins et goîtreux que vous êtes, un livre ne fait pas de la soupe à la gélatine, — un roman n'est pas une paire de bottes sans couture; un sonnet, une seringue à jet continu; un drame n'est pas un chemin de fer, toutes choses essentiellement civilisantes, et faisant marcher l'humanité dans la voie du progrès.

De par les boyaux de tous les papes passés, présens et futurs, non, et deux cent mille fois, non.

On ne se fait pas un bonnet de coton d'une

métonymie; on ne chausse pas une comparaison en guise de pantoufle; on ne se peut servir
d'une anthithèse pour parapluie; malheureusement, on ne saurait se plaquer sur le ventre quelques rimes bariolées, en manière de
gilet. J'ai la conviction intime qu'une ode est
un vêtement trop léger pour l'hiver, et qu'on
ne serait pas mieux habillé avec la strophe,
l'anti-strophe et l'épode, que cette femme
du cynique qui se contentait de sa seule vertu
pour chemise, et allait nue comme la main,
à ce que raconte l'histoire.

Cependant le célèbre M. de la Calprenède
eut une fois un habit, et comme on lui demandait quelle étoffe c'était, il répondit : du
Silvandre. — Silvandre était une pièce qu'il
venait de faire représenter avec succès.

De pareils raisonnemens font hausser les
épaules par-dessus la tête, et plus haut que le
duc de Glocester.

Des gens, qui ont la prétention d'être des
économistes, et qui veulent rebâtir la société
de fond en comble, avancent sérieusement de
semblables billevesées.

Un roman a deux utilités : — l'une matérielle, l'autre spirituelle. Si l'on peut se servir

d'une pareille expression à l'endroit d'un roman. — L'utilité matérielle, ce sont d'abord
les quelques mille francs qui entrent dans la
poche de l'auteur, et le lestent de façon que
le diable ou le vent ne l'emportent; pour le
libraire, c'est un beau cheval de race qui
piaffe et saute avec son cabriolet d'ébène et
d'acier, comme dit Figaro; pour le marchand
de papier, une usine de plus sur un ruisseau
quelconque, et souvent le moyen de gâter un
beau site; pour les imprimeurs, quelques ton-
nes de bois de campêche, pour se mettre heb-
domadairement le gosier en couleur; pour le
cabinet de lecture, des tas de gros sous très
prolétairement vert-de-grisés, et une quantité
de graisse, qui, si elle était convenablement
recueillie et utilisée, rendrait superflue la pêche de la baleine. — L'utilité spirituelle est,
que, pendant qu'on lit des romans, on dort,
et on ne lit pas de journaux utiles, vertueux et
progressifs, ou telles autres drogues indigestes
et abrutissantes.

Qu'on dise après cela que les romans ne
contribuent pas à la civilisation. — Je ne parlerai pas des débitans de tabac, des épiciers,
et des marchands de pommes de terre frites.

qui ont un intérêt très grand dans cette branche de littérature ; le papier qu'elle emploie
étant, en général, de qualité supérieure à
celui des journaux.

En vérité, il y a de quoi rire d'un pied en
carré, en entendant disserter messieurs les
utilitaires républicains ou saint-simonistes.
— Je voudrais bien savoir d'abord ce que veut
dire précisément ce grand flandrin de substantif
dont ils truffent quotidiennement le vide de
leurs colonnes, et qui leur sert de schiboleth
et de terme sacramentel : — Utilité ; quel est
ce mot, et à quoi s'applique-t-il?

Il y a deux sortes d'utilités, et le sens de
ce vocable n'est jamais que relatif. Ce qui
est utile pour l'un ne l'est pas pour l'autre.
Vous êtes savetier, je suis poète. — Il est utile
pour moi que mon premier vers rime avec mon
second. — Un dictionnaire de rimes m'est
d'une grande utilité ; vous n'en avez que faire
pour recarreler une vieille paire de bottes, et
il est juste de dire qu'un tranchet ne me ser-
virait pas à grand'chose pour faire une ode.
— Après cela, vous objecterez qu'un savetier
est bien au-dessus d'un poète, et que l'on se
passe mieux de l'un que de l'autre. Sans pré-

tendre rabaisser ici l'illustre profession de savetier, que j'honore à l'égal de la profession
de monarque constitutionnel, j'avouerai hum-
blement que j'aimerais mieux avoir mon soulier décousu que mon vers mal rimé, et que
je me passerais plus volontiers de bottes que
de poëmes. Ne sortant presque jamais, et
marchant plus habituellement par la tête que
par les pieds, j'use moins de chaussures qu'un
républicain vertueux qui ne fait que courir
d'un ministère à l'autre pour se faire jeter quelque place.

Je sais qu'il y en a qui préfèrent les moulins
aux églises, et le pain du corps à celui de
l'âme. A ceux-là, je n'ai rien à leur dire. Ils
méritent d'être économistes dans ce monde,
et aussi dans l'autre.

Y a-t-il quelque chose d'absolument utile
sur cette terre et dans cette vie où nous sommes? D'abord, il est très peu utile que nous
soyons sur terre, et que nous vivions. Je défie
le plus savant de la bande de dire à quoi nous
servons, si ce n'est à ne pas nous abonner au
Constitutionnel, ni à aucune espèce de journal quelconque.

Ensuite l'utilité de notre existence admise à

priori, quelles sont les choses réellement utiles
pour la soutenir, de la soupe et un morceau de
viande deux fois par jour, c'est tout ce qu'il
faut pour se remplir le ventre, dans la stricte
acception du mot. L'homme, à qui un cercueil de deux pieds de large sur six de long
suffit et au-delà, après sa mort, n'a pas besoin dans sa vie de beaucoup plus de place.
Un cube creux de sept à huit pieds dans tous
les sens, avec un trou pour respirer, une seule
alvéole de la ruche, il n'en faut pas plus pour
le loger, et empêcher qu'il ne lui pleuve sur
le baptême. Une couverture roulée convenablement autour du corps, le défendra aussi
bien, et mieux, contre le froid, que le frac de
Staub le plus élégant et le mieux coupé.

Avec cela, il pourra subsister à la lettre.
— On dit bien qu'on peut vivre avec 25 sous
par jour; mais s'empêcher de mourir ce n'est
pas vivre, et je ne vois pas en quoi une ville
organisée utilitairement serait plus agréable
à habiter que le Père La Chaise.

Rien de ce qui est beau n'est indispensable
à la vie. — On supprimerait les fleurs, le
monde n'en souffrirait pas matériellement;
qui voudrait cependant qu'il n'y eût plus de

fleurs? Je renoncerais plutôt aux pommes de terre qu'aux roses, et je crois qu'il n'y a qu'un utilitaire au monde capable d'arracher une plate-bande de tulipes pour y planter des choux.

A quoi sert la beauté des femmes? Pourvu qu'une femme soit médicalement bien conformée, en état de recevoir l'homme et de faire des enfans, elle sera toujours assez bonne pour des économistes.

A quoi bon la musique? à quoi bon la peinture? Qui aurait la folie de préférer Mozart à M. Carrel, et Michel-Ange à l'inventeur de la moutarde blanche?

Il n'y a de vraiment beau que ce qui ne peut servir à rien; tout ce qui est utile est laid; car c'est l'expression de quelque besoin; et ceux de l'homme sont ignobles et dégoûtans, comme sa pauvre et infirme nature — L'endroit le plus utile d'une maison, ce sont les latrines.

Moi, n'en déplaise à ces messieurs, je suis de ceux pour qui le superflu est le nécessaire; — et j'aime mieux les choses et les gens en raison inverse des services qu'ils me rendent. Je préfère, à mon pot de chambre qui me

sert, un pot chinois, semé de dragons et de
mandarins, qui ne me sert pas du tout; et celui de mes talens, que j'estime le plus, est de
ne pas deviner les logogryphes et les charades.
Je renoncerais très joyeusement à mes droits
de Français et de citoyen, pour voir un tableau
authentique de Raphaël, ou une belle femme
nue. — La princesse Borghèse, par exemple,
quand elle a posé pour Canova, ou la Julia Grisi
quand elle entre au bain. Je consentirais très
volontiers, pour ma part, au retour de cet an-
thropophage de Charles X s'il me rapportait,
de son château de Bohême, un panier de Tokay
ou de Johannisberg; et je trouverais les lois
électorales assez larges, si quelques rues l'é-
taient plus, et d'autres choses moins. Quoique
je ne sois pas né dillettante, j'aime mieux
le bruit des crin-crins et des tambours de
basque que celui de la sonnette de M. le pré-
sident. Je vendrais ma culotte pour avoir une
bague, et mon pain pour avoir des confitures.
— L'occupation la plus séante à un homme
policé me paraît de ne rien faire, ou de fumer
analytiquement sa pipe ou son cigarre. J'estime aussi beaucoup ceux qui jouent aux quil-
les, et aussi ceux qui font bien les vers. Vous

voyez que les principes utilitaires sont bien loin d'être les miens, et que je ne serai jamais rédacteur dans un journal vertueux, à moins que je ne me convertisse, ce qui serait assez drolatique.

Au lieu de faire un prix Monthyon pour la récompense de la vertu, j'aimerais mieux donner, comme Sardanapale, ce grand philosophe que l'on a si mal compris, une forte prime à celui qui inventerait un nouveau plaisir; — car la jouissance me paraît le but de la vie, et la seule chose utile au monde. Dieu l'a voulu ainsi, lui qui a fait les femmes, les parfums, la lumière, les belles fleurs, les bons vins, les chevaux fringans, les levrettes et les chats angoras; lui qui n'a pas dit à ses anges: Ayez de la vertu, mais ayez de l'amour; et qui nous a donné une bouche plus sensible que le reste de la peau pour embrasser les femmes, des yeux levés en haut pour voir la lumière; un odorat subtil pour respirer l'âme des fleurs, des cuisses nerveuses pour serrer les flancs des étalons, et voler aussi vite que la pensée sans chemins de fer ni chaudière à vapeur; des mains délicates pour les passer sur la tête longue des levrettes, sur le dos velouté des chats, et sur l'épaule polie des créatures peu vertueuses, et qui, enfin, n'a accordé qu'à nous seuls ce triple et glorieux privilége, de boire sans avoir soif, de battre le briquet, et de faire l'amour en toutes saisons, ce qui nous distingue de la brute beaucoup plus que l'usage de lire des journaux et de fabriquer des chartes.

Mon Dieu! que c'est une sotte chose que cette prétendue perfectibilité du genre humain dont on nous rebat les oreilles! On dirait en vérité que l'homme est une machine susceptible d'améliorations, et qu'un rouage mieux engrené, un contre-poids plus convenablement placé peuvent faire fonctionner d'une manière plus commode et plus facile. Quand on sera parvenu à donner un estomac double à l'homme de façon à ce qu'il puisse ruminer comme un bœuf, des yeux de l'autre côté de la tête afin qu'il puisse voir, comme Janus, ceux qui lui tirent la langue par derrière, et contempler son *indignité* dans une position moins gênante que celle de la Vénus Callipyge d'Athènes, à lui planter des ailes sur les omoplates pour qu'il ne soit pas obligé de payer six sous pour aller en omnibus ; quand on lui aura créé un nouvel organe, à la bonne heure : le mot perfectibilité commencera à signifier quelque chose.

Depuis tous ces beaux perfectionnemens, qu'a-t-on fait qu'on ne fît aussi bien et mieux avant le déluge ?

Est-on parvenu à boire plus qu'on ne buvait au temps de l'ignorance et de la barbarie (vieux style)? Alexandre, l'équivoque ami du bel Ephestion, ne buvait pas trop mal, quoiqu'il n'y eût pas de son temps de journal des Connaissances utiles, et je ne sais pas quel utilitaire serait capable de tarir, sans devenir oïnopique et plus enflé que Lepeintre jeune ou qu'un hippopotame, la grande coupe qu'il appelait la tasse d'Hercule. Le maréchal de Bassompierre, qui vida sa grande botte à entonnoir à la santé des treize cantons, me paraît singulièrement estimable dans son genre et très difficile à perfectionner. Quel économiste nous élargira l'estomac de manière à contenir autant de beefsteaks que feu Milon le Crotoniate qui mangeait un bœuf. La carte du café anglais de Véfour, ou de telle autre célébrité culinaire que vous voudrez, me paraît bien maigre et bien œcuménique comparée à la carte du dîner de Trimalcion. — A quelle table sert-on maintenant une truie et ses douze marcassins dans un seul plat ? Qui a mangé des murènes et des lamproies engraissées avec de l'homme ? Croyez-vous en vérité que Brillat-Savarin ait perfectionné Apicius ? — Est-ce chez Chevet que le gros tripier de Vitellius trouverait à remplir son fameux bouclier de Minerve de cervelles de faisans et de paons, de langues de phénicoptères et de foies de scarrus ? — Vos huîtres du rocher de Cancale sont vraiment quelque chose de bien recherché à côté des huîtres de Lucrin, à qui l'on avait fait une mer tout exprès. — Les petites maisons dans les faubourgs des marquis de la régence sont de misérables vide-bouteilles, si on les compare aux villas des patriciens romains, à Baies, à Caprée et à Tibur. Les magnificences cyclopéennes de ces grands voluptueux qui bâtissaient des monumens éternels pour des plaisirs d'un jour ne devraient-elles pas nous faire tomber à plat ventre devant le génie antique, et rayer à tout jamais de nos dictionnaires le mot perfectibilité ?

A-t-on inventé un seul péché capital de

plus ? Il n'y en a malheureusement que sept
comme devant, le nombre de chutes du juste
pour un jour, ce qui est bien médiocre. — Je ne
pense même pas qu'après un siècle de progrès,
au train dont nous y allons, aucun amoureux
soit capable de renouveler le treizième travail
d'Hercule. — Peut-on être agréable une seule
fois de plus à sa divinité qu'au temps de Salo-
mon ? Beaucoup de savans très illustres et de
dames très respectables soutiennent l'opinion
tout-à-fait contraire ; et prétendent que l'amabilité va décroissant. Eh bien alors ! que nous
parlez-vous de progrès ? — Je sais bien que
vous me direz que l'on a une chambre haute
et une chambre basse, qu'on espère que bientôt
tout le monde sera électeur, et le nombre des
représentans doublé ou triplé. Est-ce que vous
trouvez qu'il ne se commet pas assez de fautes
de français comme cela à la tribune nationale,
et qu'ils ne sont pas assez pour la méchante
besogne qu'ils ont à brasser ? Je ne comprends
guère l'utilité qu'il y a de parquer deux ou trois
cents provinciaux dans une baraque de bois
avec un plafond peint par M. Fragonard pour
leur faire tripoter et gâcher je ne sais combien
de petites lois absurdes ou atroces. — Qu'im-

I. 4

porte que ce soit un sabre , un goupillon ou
un parapluie qui vous gouverne ! — c'est toujours un bâton; et je m'étonne que des hommes
de progrès en soient à disputer sur le choix du
gourdin qui leur doit chatouiller l'épaule ,
tandis qu'il serait beaucoup plus progressif et
moins dispendieux de le casser et d'en jeter les
morceaux à tous les diables.

Le seul de vous qui ait le sens commun c'est
un fou , un grand génie , un imbécile , un divin
poète bien au-dessus de Lamartine , d'Hugo et
de Byron ; c'est Charles Fourrier le phalansté-
rien qui est à lui seul tout cela : lui seul a eu
de la logique, et a l'audace de pousser ses con-
séquences jusqu'au bout. — Il affirme , sans hési-
ter , que les hommes ne tarderaient pas à avoir
une queue de quinze pieds de long avec un œil
au bout ; ce qui , assurément , est un progrès,
et permet de faire mille belles choses qu'on ne
pouvait faire auparavant, telles que d'assommer les éléphans sans coup férir, de se balancer
aux arbres sans escarpolettes aussi commodé-
ment que le macaque le mieux conditionné ,
de se passer de parapluie ou d'ombrelle en
déployant la queue par-dessus sa tête en guise
de panache , comme font les écureuils qui se

privent de riflards très agréablement, et autres
prérogatives qu'il serait trop long d'énumérer.
Plusieurs phalanstériens prétendent même
qu'ils en ont déjà une petite qui ne demande
qu'à devenir plus grande, pour peu que Dieu
leur prête vie.

Charles Fourrier a inventé autant d'espèces
d'animaux que George Cuvier le grand natu-
raliste. Il a inventé des chevaux qui seront
trois fois gros comme des éléphans, des chiens
grands comme des tigres, des poissons ca-
pables de rassasier plus de monde que les trois
poissons de Jésus-Christ que les incrédules
voltairiens pensent être des poissons d'avril,
et moi une magnifique parabole. Il a bâti des
villes auprès de qui Rome, Babylone et Tyr
ne sont que des taupinières; il a entassé des
Babels l'une sur l'autre, et fait monter dans
les nues des spirales plus infinies que celles
de toutes les gravures de John Martinn; il a
imaginé je ne sais combien d'ordres d'archi-
tectures et de nouveaux assaisonnemens; il a
fait un projet de théâtre qui paraîtrait grandiose même à des Romains de l'empire, et
dressé un menu de dîner que Lucius ou No-
mentanus eussent peut-être trouvé suffisant

pour un dîner d'amis ; il promet de créer des plaisirs nouveaux, et de développer les organes et les sens ; il doit rendre les femmes plus belles et plus voluptueuses, les hommes plus robustes et plus vigoureux ; il vous garantit des enfans, et se propose de réduire le nombre des habitans du monde de façon que chacun y soit à son aise ; ce qui est beaucoup plus raisonnable que de pousser les prolétaires à en faire d'autres, sauf à les canonner ensuite dans les rues quand ils pullulent trop, et à leur envoyer des boulets au lieu de pain.

Le progrès est possible de cette façon seulement. — Tout le reste est une dérision amère, une pantalonade sans esprit qui n'est pas même bonne à duper des gobe-mouches idiots.

Le phalanstère est vraiment un progrès sur l'abbaye de Thélème, et relègue définitivement le Paradis terrestre au nombre des choses tout-à-fait surannées et perruques. Les Mille-et-une-Nuits et les Contes de madame d'Aulnoy peuvent seuls lutter avantageusement avec le phalanstère. Quelle fécondité ! quelle invention ! Il y a là de quoi défrayer de merveilleux trois mille charretées de poëmes romantiques ou classiques ; et nos versificateurs, académi-

ciens ou non, sont de bien piètres trouveurs,
si on les compare à M. Charles Fourrier, l'inventeur des attractions passionnées. — Cette
idée de se servir de mouvemens que l'on a
jusqu'ici cherché à réprimer, est très assurément une haute et puissante idée.

Ah! vous dites que nous sommes en progrès!
— Si, demain, un volcan ouvrait sa gueule à
Montmartre, et faisait à Paris un linceul de
cendre et un tombeau de lave, comme fit autrefois Vésuve à Stabia, à Pompéi et à Herculanum, et que, dans quelques mille ans, les
antiquaires de ce temps-là fissent des fouilles
et exhumassent le cadavre de la ville morte,
dites quel monument serait resté debout pour
témoigner de la splendeur de la grande en-
terrée, Notre-Dame la gothique? — On aurait
vraiment une belle idée de nos arts en dé-
blayant les Tuileries retouchées par M. Fontaine. Les statues du pont Louis XV feraient un
bel effet, transportées dans les musées d'alors !
Et, n'étaient les tableaux des anciennes écoles
et les statues de l'antiquité ou de la renaissance
entassés dans la galerie du Louvre, ce long
boyau informe; n'était le plafond d'Ingres, qui
empêcherait de croire que Paris ne fut qu'un

campement de Barbares, un village de Welches ou de Topinamboux? Ce qu'on retirerait des fouilles serait quelque chose de bien curieux. — Des briquets de gardes nationaux et des casques de sapeurs pompiers, des écus frappés d'un coin pyriforme, voilà ce qu'on trouverait au lieu de ces belles armes, si curieusement ciselées, que le moyen-âge laisse au fond de ses tours et de ses tombeaux en ruines, de ces médailles qui remplissent les vases étrusques et pavent les fondemens de toutes les constructions romaines. Quant à nos misérables meubles de bois plaqué à tous ces pauvres coffres si nus, si laids, si mesquins que l'on appelle commodes ou secrétaires, tous ces ustensiles informes et fragiles, j'espère que le temps en aurait assez pitié pour en détruire jusqu'au moindre vestige.

Une belle fois, cette fantaisie nous a pris de faire un monument grandiose et magnifique. Nous avons d'abord été obligés d'en emprunter le plan aux vieux Romains; et, avant même d'être achevé, notre panthéon a fléchi sur ses jambes comme un enfant rachitique, et a titubé comme un invalide ivre mort, si bien qu'il nous a fallu lui mettre des

béquilles de pierre ; sans quoi , il serait chu
piteusement tout de son long devant tout le
monde , et aurait apprêté aux nations à rire
pour plus de cent francs. — Nous avons voulu
planter un obélisque sur une de nos places ; il
nous fallut l'aller filouter à Luxor, et nous avons
été deux ans à l'amener chez nous. La vieille
Egypte bordait ses routes d'obélisques, comme
nous les nôtres de peupliers ; elle en portait
des bottes sous ses bras., comme un maraîcher
porte ses bottes d'asperges, et taillait un mo-
nolithe dans les flancs de ses montagnes de
granit plus facilement que nous un cure-dent
ou un cure-oreille. — Il y a quelques siècles,
on avait Raphaël, on avait Michel-Ange; maintenant l'on a M. Paul Delaroche ; le tout parce
que l'on est en progrès. — Vous vantez votre
Opéra ; dix opéra comme les vôtres danseraient
la sarabande dans un cirque romain. M. Martin
lui-même , avec son tigre apprivoisé et son
pauvre lion goutteux et endormi comme un
abonné de la *Gazette*, est quelque chose de
bien misérable à côté d'un gladiateur de l'antiquité. Vos représentations à bénéfices qui
durent jusqu'à deux heures du matin, qu'est-ce
que cela quand on pense à ces jeux qui duraient

cent jours, à ces représentations où de véritables vaisseaux se battaient véritablement dans
une véritable mer ; où des milliers d'hommes
se taillaient consciencieusement en pièces ; —
pâlis, ô héroïque Franconi ! — où la mer reti-
rée, le désert arrivait avec ses tigres et ses lions
rugissans, terribles comparses qui ne servaient
qu'une fois; où le premier rôle était rempli
par quelque robuste athlète Dace ou Panno-
nien que l'on eût été bien souvent embarrassé
de faire revenir à la fin de la pièce, dont l'a-
moureuse était quelque belle et friande lionne
de Numidie à jeun depuis trois jours? — L'éléphant funambule ne vous paraît-il pas supérieur à mademoiselle Georges ? Croyez-vous
que mademoiselle Taglioni danse mieux qu'Ar-
buscula, et Perrot mieux que Bathylle ? Je suis
persuadé que Roscius eût rendu des points à
Bocage, tout excellent qu'il soit. — Galeria
Coppiola remplit un rôle d'ingénue à cent ans
passés. Il est juste de dire que la plus vieille de
nos jeunes premières n'a guère plus de soixante
ans, et que mademoiselle Mars n'est pas même
en progrès de ce côté-là : ils avaient trois ou
quatre mille dieux auxquels ils croyaient, et
nous n'en avons qu'un auquel nous ne croyons

guère; c'est progresser d'une étrange sorte.
— Jupiter n'est-il pas plus fort que don Juan
et un bien autre séducteur? En vérité, je ne
sais ce que nous avons inventé ou seulement
perfectionné.

Après les journalistes progressifs et comme
pour leur servir d'antithèse, il y a les journalistes blasés, qui ont habituellement vingt ou
vingt-deux ans, qui ne sont jamais sortis de
leur quartier et n'ont encore couché qu'avec
leur femme de ménage. Ceux-là, tout les ennuie, tout les excède, tout les assomme; ils
sont rassasiés, blasés, usés, inaccessibles. Ils
connaissent d'avance ce que vous leur allez
dire; ils ont vu, senti, éprouvé, entendu tout
ce qu'il est possible de voir, de sentir, d'é-
prouver et d'entendre; le cœur humain n'a
pas de recoin si inconnu qu'ils n'y aient porté
la lanterne. Ils vous disent avec un aplomb
merveilleux: Le cœur humain n'est pas comme
cela; les femmes ne sont pas faites ainsi; ce
caractère est faux; — ou bien: — Eh quoi! toujours des amours ou des haines! toujours des
hommes et des femmes! Ne peut-on nous parler d'autre chose? Mais l'homme est usé jusqu'à

la corde, et la femme encore plus, depuis que
M. de Balzac s'en mêle.

Qui nous délivrera des hommes et des femmes?

Vous croyez, monsieur, que votre fable est
neuve? Elle est neuve, à la façon du Pont-
Neuf : rien au monde n'est plus commun ; j'ai
lu cela je ne sais où, quand j'étais en nourrice
ou ailleurs ; — on m'en rebat les oreilles depuis
dix ans. — Au reste, apprenez, monsieur, qu'il
n'y a rien que je ne sache, que tout est usé pour
moi, et que votre idée, fût-elle vierge comme
la vierge Marie, je n'affirmerais pas moins l'a-
voir vue se prostituer sur les bornes aux moindres grimauds et aux plus minces cuistres.

Ces journalistes ont été cause de Jocko, du
Monstre vert, des Lions de Mysore et de mille
autres belles inventions.

Ceux-là se plaignent continuellement d'être
obligés de lire des livres et de voir des pièces
de théâtre. A propos d'un méchant vaudeville, ils vous parlent des amandiers en fleurs,
des tilleuls qui embaument, de la brise du
printemps, de l'odeur du jeune feuillage ;
ils se font amans de la nature, à la façon

du jeune Werther, et cependant n'ont jamais mis le pied hors de Paris, et ne distingueraient pas un chou d'avec une betterave. — Si c'est l'hiver, ils vous diront les agrémens du foyer domestique, et le feu qui pétille, et les chenets, et les pantoufles, et la rêverie, et le demi-sommeil; ils ne manqueront pas de citer le fameux vers de Tibulle :

Quam juvat immites ventos audire cubantem,

moyennant quoi, ils se donneront une petite tournure à la fois dissillusionée et naïve la plus charmante du monde. Ils se poseront en hommes sur qui l'œuvre des hommes ne peut plus rien; que les émotions dramatiques laissent aussi froids et aussi secs que le canif dont ils taillent leur plume, et qui crient cependant, comme J.-J. Rousseau, voilà la pervanche ! Ceux-là professent une antipathie féroce pour les colonels du Gymnase, les oncles d'Amérique, les cousins, les cousines, les vieux grognards sensibles, les veuves romanesques, et tâchent de nous guérir du vaudeville en prouvant, tous les jours, par leurs feuilletons, que tous les Français ne sont pas nés malins.

— En vérité, nous ne trouvons pas grand mal à cela, bien au contraire, et nous nous plaisons à reconnaître que l'extinction du vaudeville et de l'opéra-comique, en France (genre national), serait un des plus grands bienfaits de la presse et du ciel. — Mais je voudrais bien savoir quelle espèce de littérature ces messieurs laisseraient s'établir à la place de celle-là. Il est vrai que ce ne pourrait être pis.

D'autres prêchent contre le faux goût, et traduisent Sénèque le tragique. Dernièrement et pour clore la marche, il s'est formé un nouveau bataillon de critiques d'une espèce non encore vue.

Leur formule d'appréciation est la plus commode, la plus extensible, la plus malléable, la plus péremptoire, la plus superlative et la plus triomphante qu'un critique ait jamais pu imaginer. Zoïle n'y eût certainement pas perdu.

Jusqu'ici, lorsqu'on avait voulu déprécier un ouvrage quelconque, ou le déconsidérer aux yeux de l'abonné patriarcal et naïf, on avait fait des citations fausses ou perfidement isolées; on avait tronqué des phrases et mutilé des vers, de façon que l'auteur lui-même se fût trouvé le plus ridicule du monde; on lui

avait intenté des plagiats imaginaires ; on rap-
prochait des passages de son livre avec des
passages d'auteurs anciens ou modernes, qui
n'y avaient pas le moindre rapport ; on l'accusait, en style de cuisinière, et avec force so-
lécismes, de ne pas savoir sa langue, et de dé-
naturer le français de Racine et de Voltaire ; on
assurait sérieusement que son ouvrage poussait à l'anthropophagie, et que les lecteurs
devenaient immanquablement cannibales ou
hydrophobes dans le courant de la semaine ;
mais tout cela était pauvre, rétardataire, faux-
toupet et fossile au possible. A force d'avoir
traîné le long des feuilletons et des articles
Variétés, l'accusation d'immoralité devenait
insuffisante, et tellement hors de service, qu'il
n'y avait plus guère que le Constitutionnel,
journal pudique et progressif, comme on sait,
qui eût ce désespéré courage de l'employer
encore.

L'on a donc inventé la critique d'avenir, la
critique prospective. Concevez-vous, du premier coup, comme cela est charmant et provient d'une belle imagination. La recette est
simple et l'on peut vous la dire. — Le livre qui
sera beau et qu'on louera est le livre qui n'est pas

encore paru. Celui qui paraît est infaillible-
ment détestable. Celui de demain sera superbe;
mais c'est toujours aujourd'hui. Il en est de cette
critique comme de ce barbier qui avait pour
enseigne ces mots écrits en gros caractères:

Ici l'on rasera gratis **DEMAIN**.

Tous les pauvres diables qui lisaient la pancarte, se promettaient pour le lendemain cette
douceur ineffable et souveraine d'être barbifiés
une fois en leur vie sans bourse délier; et le
poil leur en poussait d'aise d'un demi-pied au
menton, pendant la nuitée qui précédait ce
bienheureux jour; mais quand ils avaient la
serviette au cou, le frater leur demandait
s'ils avaient de l'argent, et qu'ils se préparas-
sent à cracher au bassin, sinon qu'il les accom-
moderait en abatteurs de noix ou en cueilleurs
de pommes du Perche; et il jurait son grand
sacredieu qu'il leur trancherait les gorges avec
son rasoir, mais qu'ils ne le payassent; et les
pauvres claque-dents, tout marmiteux et pe-
neux, d'alléguer la pancarte et la sacro-sainte
inscription. Hé, hé, mes petits bedons, faisait
le barbier, vous n'êtes pas grands clercs, et

auriez bon besoin de retourner aux écoles. La pancarte dit demain. Je ne suis pas si niais et fantastique d'humeur que de raser grâtis aujourd'hui ; mes confrères diraient que je perds le métier. — Revenez l'autrefois ou la semaine des trois jeudis, vous vous en trouverez on ne peut mieux. Que je devienne ladre vert ou mezeau si je ne vous le fais gratis, foi d'honnête barbier.

Les auteurs qui lisent un article prospectif, où l'on daube un ouvrage actuel, se flattent toujours que le livre qu'ils font sera le livre de l'avenir. Ils tâchent de s'accommoder, autant que faire se peut, aux idées du critique, et se font sociaux, progressifs, moralisans, palingésiques, mythiques, panthéistes, buchezistes, croyant par-là échapper au formidable anathème ; mais il leur arrive ce qui arrivait aux pratiques du barbier : — aujourd'hui n'est pas la veille de demain. Le demain tant promis ne luira jamais sur le monde ; car cette formule est trop commode pour qu'on l'abandonne de sitôt. Tout en décriant ce livre dont on est jaloux, et qu'on voudrait anéantir, on se donne les gants de la plus généreuse impartialité. On a l'air de ne pas demander mieux qu'à trouver bien et à louer ; et cependant on ne le fait jamais. Cette recette est bien supérieure à celle que l'on pourrait appeler rétrospective , et qui consiste à ne vanter que des ouvrages anciens, qu'on ne lit plus et qui ne gênent personne, aux dépens des livres modernes dont on s'occupe et qui blessent plus directement les amours-propres.

Nous avons dit, avant de commencer cette revue de MM. les critiques , que la matière pourrait fournir quinze ou seize volumes in-folio ; mais que nous nous contenterions de quelques lignes ; je commence à craindre que ces quelques lignes ne soient des lignes de deux ou trois mille toises de longueur chacune , et ne ressemblent à ces grosses brochures épaisses à ne les pouvoir trouer d'un coup de canon, et qui portent perfidement pour titre : un mot sur la révolution , un mot sur ceci ou cela. L'histoire des faits et gestes , des amours multiples de la diva Madeleine de Maupin courrait grand risque d'être éconduite de ce premier volume , et on concevra que ce n'est pas trop de deux volumes tout entiers pour chanter dignement les aventures de cette belle Bradamante. — C'est pourquoi , telle envie que nous ayons de continuer le blason des illustres aristarques de l'époque, nous nous contenterons du crayon commencé que nous venons d'en tirer, en y ajoutant quelques réflexions sur la bonhomie de nos débonnaires confrères en Apollon qui, aussi stupides que le Cassandre des pantomimes, restent là à recevoir les coups de batte d'Arlequin, et les coups de pied au cul de Paillasse, sans bouger non plus que des idoles.

Ils ressemblent à un maître d'armes qui, dans un assaut, croiserait ses bras derrière son dos, et recevrait dans sa poitrine découverte toutes les bottes de son adversaire, sans essayer une seule parade.

C'est comme un plaidoyer où le procureur du roi aurait seul la parole, ou comme un débat où la réplique ne serait pas permise.

Le critique avance ceci et cela. Il tranche du grand et taille en plein drap. Absurde, détestable, monstrueux; cela ne ressemble à rien; cela ressemble à tout. On donne un drame, le critique le va voir; il se trouve qu'il ne répond en rien au drame qu'il avait forgé dans sa tête sur le titre; alors, dans son feuilleton, il subtitue son drame, à lui, au drame

I.   5

de l'auteur. Il fait de grandes tartines d'érudition; il se débarrasse de toute la science qu'il a
été se faire la veille dans quelque bibliothèque, et traite de turc à more des gens chez
qui il devrait aller à l'école, et dont le moindre
en remontrerait à de plus forts que lui.

Les auteurs endurent cela avec une magna-
nimité, une longanimité qui me paraît vraiment inconcevable. Quels sont donc, au bout
du compte, ces critiques au ton si tranchant, à
la parole si brève, que l'on croirait les vrais fils
des dieux? Ce sont tout bonnement des hommes avec qui nous avons été au collége, et à
qui évidemment leurs études ont moins profité
qu'à nous, puisqu'ils n'ont produit aucun ouvrage et ne peuvent faire autre chose que con-
chier et gâter ceux des autres comme de véritables stryges stymphalides.

Ne serait-ce pas quelque chose à faire que
la critique des critiques; car ces grands dégoû-
tés, qui font tant les superbes et les difficiles
sont loin d'avoir l'infaillibilité de notre Saint-
Père. Il y aurait de quoi remplir un journal quo-
tidien et du plus grand format. Leurs bévues
historiques ou autres, leurs citations controu-
vées, leurs fautes de français, leurs plagiats,

leur radotage, leurs plaisanteries rebattues et de
mauvais goût, leur pauvreté d'idées, leur manque d'intelligence et de tact, leur ignorance des
choses les plus simples qui leur fait volontiers
prendre le Pyrée pour un homme, et M. Delaroche pour un peintre, fourniraient ample-
ment aux auteurs à prendre leur revanche
sans autre travail que de souligner les passages
au crayon, et de les reproduire textuellement;
car on ne reçoit pas avec le brevet de critique
le brevet de grand écrivain, et il ne suffit pas
de reprocher aux autres des fautes de langage
ou de goût pour n'en point faire soi-même;
nos critiques le prouvent tous les jours. — Que
si Châteaubriand, Lamartine et d'autres gens
comme cela faisaient de la critique, je com-
prendrais qu'on se mît à genoux et qu'on ado-
rât; mais que MM. Z. K. Y. V. Q. X. ou telle
autre lettre de l'alphabet entre A. et Ω. fassent
les petits Quintiliens et vous gourmandent au
nom de la morale et de la belle littérature,
c'est ce qui me révolte toujours et me fait entrer en des fureurs non pareilles. Je voudrais
qu'on fît une ordonnance de police qui dé-
fendît à certains noms de se heurter à certains
autres. Il est vrai qu'un chien peut regarder

un évêque, et que saint Pierre de Rome, tout
géant qu'il soit, ne peut empêcher que les
Transtévérins ne le salissent pas en bas d'une
étrange sorte ; mais je n'en crois pas moins
qu'il serait fou d'écrire au long de certaines
réputations monumentales.

DÉFENSE DE DÉPOSER DES ORDURES ICI.

Charles X avait seul bien compris la question.
En ordonnant la suppression des journaux, il
rendait un grand service aux arts et à la civilisation. Les journaux sont des espèces de courtiers
où de maquignons qui s'interposent entre les
artistes et le public, entre le roi et le peuple.
On sait les belles choses qui en sont résultées.
Ces aboiemens perpétuels assourdissent l'inspi-
ration, et jettent une telle méfiance dans les
cœurs et dans les esprits que l'on n'ose se fier
ni à un poète, ni à un gouvernement ; ce qui
fait que la royauté et la poésie, ces deux plus
grandes choses du monde, deviennent impos-
sibles, au grand malheur des peuples, qui sacrifient leur bien-être au pauvre plaisir de lire,
tous les matins, quelques mauvaises feuilles
de mauvais papier barbouillées de mauvaise

encre et de mauvais style. Il n'y avait point de
critique d'art sous Jules II , et je ne connais
pas de feuilleton sur Daniel de Volterre, Sé-
bastien del Piombo, Michel-Ange, ni Raphaël,
ni sur Ghiberti delle Porte, ni sur Benvenuto-
Cellini ; et cependant je pense que , pour des
gens qui n'avaient point de journaux , qui ne
connaissaient ni le mot art, ni le mot artistique,
ils avaient assez de talent comme cela , et ne
s'acquittaient point trop mal de leur métier.
La lecture des journaux empêche qu'il n'y ait
de vrais savans et de vrais artistes ; c'est comme
une pollution quotidienne qui vous fait arriver
énervé et sans forces sur la couche des muses ,
ces filles dures et difficiles qui veulent des
amans vigoureux et tout neufs. Le journal tue
le livre , comme le livre a tué l'architecture ,
comme l'artillerie a tué le courage et la force
musculaire. On ne se doute pas des plaisirs que
nous enlèvent les journaux. Ils nous ôtent la
virginité de tout ; ils font qu'on n'a rien en
propre, et qu'on ne peut posséder un livre à
soi seul ; ils vous ôtent la surprise du théâtre,
et vous apprennent d'avance tous les dénoûmens ; ils vous privent du plaisir de papoter,
de cancaner, de commérer et de médire , de

faire une nouvelle ou d'en colporter une vraie
pendant huit jours dans tous les salons du
monde. Ils nous entonnent, malgré nous, des
jugemens tout faits, et nous préviennent contre
des choses que nous aimerions; ils font que les
marchands de briquets phosphoriques, pour
peu qu'ils aient de la mémoire, déraisonnent
aussi impertinemment littérature que des aca-
démiciens de province; ils font que, toute la
journée, nous entendons, à la place d'idées
naïves ou d'âneries individuelles, des lam-
beaux de journal mal digérés qui ressemblent
à des omelettes crues d'un côté et brûlées de
l'autre, et qu'on nous rassasie impitoyablement
des nouvelles vieilles de trois ou quatre heures,
et que les enfans à la mamelle savent déjà;
ils nous émoussent le goût, et nous rendent
pareils à ces buveurs d'eau-de-vie poivrée, à
ces avaleurs de limes et de râpes qui ne
trouvent plus aucune saveur aux vins les plus
généreux et n'en peuvent saisir le bouquet
fleuri et parfumé. Si Louis-Philippe, une
bonne fois pour toutes, supprimait tous les
journaux littéraires et politiques, je lui en
saurais un gré infini, et je lui rimerais sur-le-
champ un beau dithyrambe échevelé en vers

libres et à rimes croisées, signé votre très humble et très fidèle sujet, etc. Que l'on ne s'imagine pas que l'on ne s'occuperait plus de littérature : au temps où il n'y avait pas de journaux, un quatrain occupait tout Paris huit jours, et une première représentation six mois.

Il est vrai que l'on perdrait à cela les annonces et les éloges à 30 sous la ligne, et la notoriété serait moins prompte et moins foudroyante. Mais j'ai imaginé un moyen très ingénieux de remplacer les annonces. Si, d'ici à la mise en vente de ce glorieux roman, mon gracieux monarque a supprimé les journaux, je m'en servirai très assurément, et je m'en promets monts et merveilles. Le grand jour arrivé, vingt-quatre crieurs à cheval, aux livrées de Renduel, avec son adresse sur le dos et sur la poitrine, portant en main une bannière où serait brodé des deux côtés le titre du roman, précédés chacun d'un tambourineur et d'un timbalier, parcourront la ville, et, s'arrêtant à toutes les places et à tous les carrefours, crieront à haute et intelligible voix : — C'est aujourd'hui, et non hier ou demain, que l'on met en vente l'admirable, l'inimitable, le divin et plus que divin roman du très célèbre Théophile Gautier, *Mademoiselle de Maupin*, que l'Europe, et même les autres parties du monde, et la Polynésie attendent si impatiemment depuis un an et plus. Il s'en vend cinq cents à la minute, et les éditions se succèdent de demi-heure en demi-heure; on est déjà à la dix-neuvième. Un piquet de gardes municipaux est à la porte du magasin, contient la foule, et prévient tous les désordres. — Certes, cela vaudrait bien une annonce de trois lignes dans les *Débats* et le *Courrier français*, entre les pessaires élastiques, les cols en crinoline, les biberons en tétine incorruptible, la pâte de Regnault et les recettes contre les fleurs blanches.

Mai 1834.

MADEMOISELLE

DE MAUPIN.

I.

Tu te plains, mon cher ami, de la rareté de mes lettres. — Que veux-tu que je t'écrive, sinon que je me porte bien et que j'ai toujours la même affection pour toi. — Ce sont choses que tu sais parfaitement et qui sont si naturelles à l'âge que j'ai et avec les belles qualités qu'on te voit, qu'il y a presque du ridicule à faire parcourir cent lieues à une misérable feuille de papier pour ne rien dire de plus. —

J'ai beau chercher, je n'ai rien qui vaille la
peine d'être rapporté ; — ma vie est la plus
unie du monde, et rien n'en vient couper la
monotonie. Aujourd'hui amène demain comme
hier avait amené aujourd'hui ; et, sans avoir
la fatuité d'être prophète, je puis prédire
hardiment le matin ce qui m'arrivera le soir.

Voici la disposition de ma journée : — je me
lève, cela va sans dire, et c'est assez le commencement de toute journée ; je déjeûne, je
fais des armes, je sors, je rentre, je dîne, fais
quelques visites ou m'occupe de quelque lecture : puis je me couche précisément comme j'a-
vais fait la veille : je m'endors, et mon imagination n'étant pas excitée par des objets nouveaux,
ne me fournit que des songes usés et rebattus,
aussi monotones que ma vie réelle ; cela n'est
pas fort récréatif, comme tu vois. — Cependant, je m'accommode mieux de cette existence que je n'aurais fait il y a six mois. — Je
m'ennuie, il est vrai, mais d'une manière
tranquille et résignée qui ne manque pas d'une
certaine douceur que je comparerais assez
volontiers à ces jours d'automne pâles et tièdes auxquels on trouve un charme secret
après les ardeurs excessives de l'été.

Cette existence-là, quoique je l'aie acceptée en apparence, n'est guère faite pour moi cependant, ou du moins elle ressemble fort peu à celle que je me rêve et à laquelle je me crois propre. — Peut-être me trompé-je, et ne suis-je fait effectivement que pour ce genre de vie; mais j'ai peine à le croire, car si c'était ma vraie destinée, je m'y serais plus aisément emboîté, et je n'aurais pas été meurtri par ses angles à tant d'endroits et si douloureusement.

Tu sais comme les aventures étranges ont un attrait tout-puissant sur moi, comme j'adore tout ce qui est singulier, excessif et périlleux, et avec quelle avidité je dévore les romans et les histoires de voyages : il n'y a peut-être pas sur la terre de fantaisie plus folle et plus vagabonde que la mienne : eh bien! je ne sais par quelle fatalité cela s'arrange, je n'ai jamais eu une aventure, je n'ai jamais fait un voyage. Pour moi le tour du monde est le tour de la ville où je suis; je touche mon horizon de tous les côtés; je me coudoie avec le réel. Ma vie est celle du coquillage sur le banc de sable, du lierre autour de l'arbre, du grillon dans la cheminée. — En vérité, je suis

étonné que mes pieds n'aient pas encore pris
racine.

On peint l'Amour avec un bandeau sur les
yeux; c'est le Destin qu'on devrait peindre
ainsi.

J'ai pour valet une espèce de manant assez
lourd et stupide, qui a autant couru que le
vent de bise; qui a été au diable, je ne sais où,
qui a vu de ses yeux tout ce dont je me forme
de si belles idées et s'en soucie comme d'un
verre d'eau : il s'est trouvé dans les situations
les plus bizarres; il a eu les plus étonnantes
aventures qu'on puisse avoir. Je le fais parler
quelquefois, et j'enrage en pensant que toute
ces belles choses sont arrivées à un butord
qui n'est capable ni de sentiment, ni de réflexion, et qui n'est bon qu'à faire ce qu'il fait,
c'est-à-dire à battre des habits et à décrotter
des bottes.

Il est évident que la vie de ce maraud devait être la mienne. — Pour lui, il me trouve
fort heureux et entre en de grands étonne-
mens de me voir triste comme je suis.

Tout cela n'est pas fort intéressant, mon
pauvre ami, et ne vaut guère la peine d'être
écrit, n'est-ce pas? Mais puisque tu veux ab-

solument que je t'écrive, il faut bien que je
te raconte ce que je pense et ce que je sens,
et que je te fasse l'histoire de mes idées, à
défaut d'événemens et d'actions. — Il n'y aura
peut-être pas grand ordre ni grand'nouveauté
dans ce que j'aurai à te dire; mais il ne faudra
t'en prendre qu'à toi. Tu l'auras voulu.

Tu es mon ami d'enfance, j'ai été élevé
avec toi; notre vie a été commune bien long-
temps, et nous sommes accoutumés à échan-
ger nos plus intimes pensées. Je puis donc te
conter, sans rougir, toutes les niaiseries qui
traversent ma cervelle inoccupée; je n'ajou-
terai pas un mot, je ne retrancherai pas un
mot, je n'ai pas d'amour-propre avec toi.
Aussi je serai exactement vrai, — même dans
les choses petites et honteuses; ce n'est pas
devant toi, à coup sûr, que je me draperai.

Sous ce linceul d'ennui nonchalant et af-
faissé dont je t'ai parlé tout à l'heure remue parfois une pensée plutôt engourdie que
morte, et je n'ai pas toujours le calme doux et
triste que donne la mélancolie. — J'ai des re-
chutes et je retombe dans mes anciennes agitations. Rien n'est fatigant au monde comme
ces tourbillons sans motif, et ces élans sans

but.—Ces jours-là, quoique je n'aie rien a
faire non plus que les autres, je me lève de
très grand matin, avant le soleil, tant il me
semble que je suis pressé et que je n'aurai
jamais le temps qu'il faut; je m'habille en
toute hâte, comme si le feu était à la maison,
mettant mes vêtemens au hasard et me la-
mentant pour une minute perdue.—Quelqu'un qui me verrait croirait que je vais à un
rendez-vous d'amour ou chercher de l'argent.
—Point du tout.—Je ne sais pas seulement
où j'irai, mais il faut que j'aille, et je croirais mon salut compromis, si je restais.—Il
me semble que l'on m'appelle du dehors, que
mon destin passe à cet instant-là dans la rue,
et que la question de ma vie va se décider.

Je descends, l'air effaré et surpris, les habits
en désordre, les cheveux mal peignés;—les
gens se retournent et rient à ma rencontre, et
pensent que c'est un jeune débauché qui a
passé la nuit à la taverne ou ailleurs. Je suis
ivre en effet, quoique je n'aie pas bu, et j'ai
d'un ivrogne jusqu'à la démarche incertaine,
tantôt lente, tantôt rapide. Je vais de rue en
rue comme un chien qui a perdu son maître,
cherchant à tout hasard, très inquiet, très en

éveil, me retournant au moindre bruit, me glissant dans chaque groupe sans prendre souci des rebuffades des gens que je heurte et regardant partout avec une netteté de vision que je n'ai pas dans d'autres momens. — Puis il m'est démontré tout d'un coup que je me trompe, que ce n'est pas là assurément, qu'il faut aller beaucoup plus loin, à l'autre bout de la ville, que sais-je? — Et je prends ma course comme si le diable m'emportait. — Je ne touche le sol que du bout des pieds et ne pèse pas une once. — Je dois en vérité avoir l'air bien singulier avec ma mine affairée et furieuse, mes bras gesticulans et les cris inarticulés que je pousse. — Quand j'y songe de sang-froid, je me ris au nez à moi-même de tout mon cœur, ce qui ne m'empêche pas, je te prie de le croire, de recommencer à la prochaine occasion.

Si l'on me demandait pourquoi je cours ainsi, je serais certainement fort embarrassé de répondre. Je n'ai pas de hâte d'arriver, puisque je ne vais nulle part. Je ne crains pas d'être en retard, puisque je n'ai pas d'heure. — Personne ne m'attend, — et je n'ai aucune raison de me presser ainsi.

Est-ce une occasion d'aimer, une aventure,
une femme, une idée ou une fortune, quelque chose qui manque à ma vie et que je
cherche sans m'en rendre compte, et poussé
par un instinct confus? est-ce mon existence
qui se veut compléter? est-ce l'envie de sortir
de chez moi et de moi-même? l'ennui de ma
situation et le désir d'une autre? C'est quelque
chose de cela, et peut-être tout cela ensemble.
—Toujours est-il que c'est un état fort déplaisant, une irritation fébrile à laquelle suc-
cède ordinairement la plus plate atonie.

Souvent j'ai cette idée que si j'étais parti
une heure plus tôt ou si j'avais doublé le pas
je serais arrivé à temps; que pendant que je
passais par cette rue, ce que je cherche passait par l'autre, et qu'il a suffi d'un embarras
de voitures pour me faire manquer ce que je
poursuis à tout hasard depuis si long-temps.
—Tu ne peux t'imaginer les grandes tristesses
et les profonds désespoirs où je tombe quand
je vois que tout cela n'aboutit à rien et que
ma jeunesse se passe et qu'aucune perspective
ne s'ouvre devant moi; alors toutes mes passions inoccupées grondent sourdement dans
mon cœur et se dévorent entre elles faute

d'autre aliment comme les bêtes d'une ména-
gerie auxquelles le gardien a oublié de donner
leur nourriture. Malgré les désappointemens
étouffés et souterrains de tous les jours, il y
a quelque chose en moi qui résiste et ne veut
pas mourir. Je n'ai pas d'espérance, car, pour
espérer, il faut un désir, une certaine propen-
sion à souhaiter que les choses tournent d'une
manière plutôt que d'une autre. Je ne désire
rien, car je désire tout. Je n'espère pas,
ou plutôt je n'espère plus ; — cela est trop
niais, — et il m'est profondément égal qu'une
chose soit ou ne soit pas. — J'attends, —
quoi ? — Je ne sais, mais j'attends.

C'est une attente frémissante, pleine d'impatience, coupée de soubresauts et de mouvemens nerveux comme doit l'être celle d'un
amant qui attend sa maîtresse. — Rien ne
vient, — j'entre en furie ou me mets à pleurer.
— J'attends que le ciel s'ouvre et qu'il en des-
cende un ange qui me fasse une révélation :
qu'une révolution éclate et qu'on me donne
un trône ; qu'une vierge de Raphaël se détache
de sa toile et me vienne embrasser ; que des
parens que je n'ai pas meurent, et me laissent de quoi faire voguer ma fantaisie sur un

fleuve d'or ; qu'une hippogriffe me prenne
et m'emporte dans des régions inconnues.
— Mais quoi que j'attende, ce n'est à coup
sûr rien d'ordinaire et de médiocre.

Cela est poussé au point que lorsque je rentre chez moi je ne manque jamais à dire : — Il
n'est venu personne? il n'y a pas de lettre
pour moi? rien de nouveau? — Je sais parfaitement qu'il n'y a rien, qu'il ne peut rien y
avoir. C'est égal, je suis toujours fort surpris
et fort désappointé quand on me fait la réponse habituelle : — Non, monsieur, — absolument rien.

Quelquefois, — cependant, cela est rare, — l'i-
dée se précise davantage. — Ce sera quelque
belle femme que je ne connais pas et qui ne me
connaît pas, avec qui je me serai rencontré
au théâtre ou à l'église et qui n'aura pas pris
garde à moi le moindrement du monde. — Je
parcours toute la maison; et, jusqu'à ce que
j'aie ouvert la porte de la dernière chambre,
j'ose à peine le dire, tout cela est fou, j'espère qu'elle est venue et qu'elle est là. — Ce
n'est pas fatuité de ma part. — Je suis si peu
fat que plusieurs femmes se sont préoccupées
fort doucement de moi, à ce que d'autres per-

sonnes m'ont dit, que je croyais très indifférentes à mon égard, et n'avoir jamais rien
pensé de particulier sur mon propos. — Cela
vient d'autre part.

Quand je ne suis pas hébété par l'ennui et
le découragement, mon âme se réveille et
reprend toute son ancienne vigueur. J'espère,
j'aime, je désire, et mes désirs sont tellement
violens, que je m'imagine qu'ils feront tout
venir à eux comme un aimant doué d'une
grande puissance attire à lui des parcelles de
fer, encore qu'elles en soient fort éloignées.
— C'est pourquoi j'attends les choses que je
souhaite, au lieu d'aller à elles, et que je
néglige assez souvent les facilités qui s'ouvrent le plus favorablement devant mes espérances. — Un autre écrirait un billet le plus
amoureux du monde à la divinité de son
cœur, ou chercherait l'occasion de s'en rap-
procher. — Moi, je demande au messager la
réponse à une lettre que je n'ai pas écrite, et
passe mon temps à bâtir dans ma tête les situations les plus merveilleuses pour me faire voir
à celle que j'aime sous le jour le plus inat-
tendu et le plus favorable. — On ferait un livre
plus gros et plus ingénieux que les Stratagèmes

de Polybe de tous les stratagèmes que j'imagine
pour m'introduire auprès d'elle et lui décou-
vrir ma passion. Il suffirait le plus souvent de
dire à un de mes amis : — Présentez-moi chez
madame une telle ; — et d'un compliment
mythologique convenablement ponctué de
soupirs.

A entendre tout cela, on me croirait propre à mettre aux Petites-Maisons ; je suis cependant un assez raisonnable garçon, et je
n'ai pas mis beaucoup de folies en actions.
Tout cela se passe dans les caves de mon âme,
et toutes ces idées saugrenues sont ensevelies
très soigneusement au fond de moi ; du dehors
on ne voit rien, et j'ai la réputation d'un jeune
homme tranquille et froid, peu sensible aux
femmes et indifférent aux choses de son âge.
Ce qui est aussi loin de la vérité que le sont
habituellement les jugemens du monde.

Cependant, malgré toutes les choses qui
m'ont rebuté, quelques-uns de mes désirs se
sont réalisés, et par le peu de joie que leur
accomplissement m'a causé, j'en suis venu à
craindre l'accomplissement des autres : tu te
souviens de l'ardeur enfantine avec laquelle je
désirais d'avoir un cheval à moi. Ma mère

m'en a donné un tout dernièrement; il est
noir d'ébène; une petite étoile blanche au
front, à tous crins, le poil luisant, la jambe
fine, précisément comme je le voulais. Quand
on me l'a amené, cela m'a fait un tel saisissement que je suis resté un grand quart d'heure
tout pâle, sans me pouvoir remettre; puis je
suis monté dessus, et sans dire un seul mot,
je suis parti au grand galop, et j'ai couru plus
d'une heure devant moi à travers champs,
dans un ravissement difficile à concevoir : j'en
ai fait tous les jours autant pendant plus d'une
semaine, et je ne sais pas, en vérité, comment
je ne l'ai pas fait crever ou rendu tout au
moins poussif. — Petit à petit toute cette
grande ardeur s'est apaisée. J'ai mis mon cheval au trot, puis au pas, puis j'en suis venu à
le monter si nonchalamment que souvent il
s'arrête et que je ne m'en aperçois pas : le
plaisir s'est tourné en habitude beaucoup
plus promptement que je ne l'aurais cru.
— Quant à Ferragus, c'est ainsi que je l'ai
nommé, c'est bien la plus charmante bête
que l'on puisse voir. Il a des barbes aux pieds
comme du duvet d'aigle; il est vif comme une
chèvre et doux comme un agneau. Tu auras

le plus grand plaisir à galoper dessus quand
tu viendras ici ; et, quoique ma fureur d'équi-
tation soit bien tombée, je l'aime toujours
beaucoup, car il a un très estimable caractère de cheval, et je le préfère sincèrement
à beaucoup de personnes. Si tu entendais
comme il hennit joyeusement quand je vais
le voir à son écurie, et avec quels yeux in-
telligens il me regarde. J'avoue que je suis
touché de ces témoignages d'affection, que
je lui prends le cou et que je l'embrasse aussi
tendrement, ma foi, que si c'était une belle
fille.

J'avais aussi un autre désir, plus vif, plus
ardent, plus perpétuellement éveillé, plus
chèrement caressé, et auquel j'avais bâti dans
mon âme un ravissant château de cartes, un
palais de chimères, détruit bien souvent et
relevé avec une constance désespérée. — C'é-
tait d'avoir une maîtresse, — une maîtresse
tout-a-fait à moi, — comme le cheval. — Je
ne sais pas si la réalisation de ce rêve m'aurait aussi promptement trouvé froid que la
réalisation de l'autre ; — j'en doute. — Mais
peut-être ai-je tort, et en serai-je aussi vite
lassé. — Par une disposition spéciale, je désire

si frénétiquement ce que je désire, sans toutefois rien faire pour me le procurer, que si
par hasard, ou autrement, j'arrive à l'objet
de mon vœu, j'ai une courbature morale si
forte, je suis tellement harassé qu'il me prend
des défaillances, et que je n'ai plus assez de
vigueur pour en jouir : aussi des choses qui me
viennent sans que je les aie souhaitées, me
font-elles ordinairement plus de plaisir que
celles que j'ai le plus ardemment convoitées.

J'ai vingt-deux ans; je ne suis pas vierge.
— Hélas! on ne l'est plus à cet âge-là maintenant, — ni de corps, — ni de cœur, — ce
qui est bien pis. — Outre celles qui font plaisir aux gens pour la somme et qui ne doivent
pas plus compter qu'un rêve lascif, j'ai bien
eu, par-ci par-là, dans quelque coin obscur
quelques femmes honnêtes ou à peu près, ni
belles ni laides, ni jeunes ni vieilles, comme
il s'en offre aux jeunes gens qui n'ont point
d'affaire réglée, et dont le cœur est dans le
désœuvrement. — Avec un peu de bonne volonté et une assez forte dose d'illusions romanesques, on appelle cela une maîtresse si l'on
veut. — Quant à moi, ce m'est une chose impossible, et j'en aurais mille de cette espèce

que je n'en croirais pas moins mon désir aussi
inaccompli que jamais.

Je n'ai donc pas encore eu de maîtresse,
et tout mon désir est d'en avoir une. — C'est
une idée qui me tracasse singulièrement ; ce
n'est pas effervescence de tempérament, bouil-
lon du sang, premier épanouissement de pu-
berté. Ce n'est pas la femme que je veux,
c'est une femme, une maîtresse ; je la veux,
je l'aurai, et d'ici à peu : si je ne réussissais
pas, je t'avoue que je ne me relèverais pas
de là, et que j'en garderais devant moi-même
une timidité intérieure, un découragement
sourd qui influerait gravement sur le reste de
ma vie. — Je me croirais manqué sous de certains rapports, inharmonique ou dépareillé,
— contrefait d'esprit ou de cœur ; car enfin
ce que je demande est juste, et la nature le
doit à tout homme. Tant que je ne serai pas
parvenu à mon but, je ne me regarderai moi-
même que comme un enfant, et je n'aurai
pas en moi la confiance que j'y dois avoir.
— Une maîtresse pour moi, c'est la robe
virile pour un jeune Romain.

Je vois tant d'hommes, ignobles sous tous
les rapports, avoir de belles femmes dont ils

sont à peine dignes d'être les laquais, que la rougeur m'en monte au front pour elles — et pour moi.—Cela me fait prendre une pitoyable opinion des femmes de les voir s'enticher de tels goujats qui les méprisent et les trompent, plutôt que de se donner à quelque jeune homme loyal et sincère qui s'estimerait fort heureux, et les adorerait à genoux ; à moi, par exemple. Il est vrai que ces espèces encombrent les salons, font la roue devant tous les soleils et sont toujours couchés au dos de quelque fauteuil ; tandis que moi je reste à la maison, le front appuyé contre la vitre, à regarder fumer la rivière et monter le brouillard, tout en élevant silencieusement dans mon cœur le sanctuaire parfumé, le temple merveilleux où je dois loger l'idole future de mon âme. — Chaste et poétique occupation, dont les femmes vous savent aussi peu gré que possible.

Les femmes ont fort peu de goût pour les contemplateurs et prisent singulièrement ceux qui mettent leurs idées en action. Après tout, elles n'ont pas tort. Obligées par leur éducation et leur position sociale à se taire et à attendre, elles préfèrent naturellement ceux

qui viennent à elles et parlent, ils les tirent
d'une situation fausse et ennuyeuse, je sens
tout cela; mais jamais de ma vie je ne pourrai prendre sur moi, comme j'en vois beaucoup qui le font, de me lever de ma place,
de traverser un salon et d'aller dire inopinément à une femme : — Votre robe vous va
comme un ange, ou : — Vous avez ce soir les
yeux d'un lumineux particulier.

Tout cela n'empêche pas qu'il me faille
absolument une maîtresse. Je ne sais pas qui
ce sera; mais je ne vois personne dans les
femmes que je connais qui puisse convenablement remplir cette importante dignité. Je
ne leur trouve que très peu des qualités qu'il
me faut. Celles qui auraient assez de jeunesse
n'ont pas assez de beauté ou d'agrémens dans
l'esprit : celles qui sont belles et jeunes sont
d'une vertu ignoble et rebutante, ou man-
quent de la liberté nécessaire; et puis il y a
toujours par là quelque mari, quelque frère,
quelque mère ou quelque tante, je ne sais
quoi, qui a de gros yeux et de grandes oreilles, et qu'il faut amadouer ou jeter par la
fenêtre. — Toute rose a son puceron; toute
femme a des tas de parens dont il faut l'éche-

niller soigneusement si l'on veut cueillir un jour le fruit de sa beauté. Il n'y a pas jusqu'aux arrières-petits cousins de la province, et qu'on n'a jamais vus, qui ne veuillent maintenir dans toute sa blancheur la pureté immaculée de la chère cousine. Cela est nauséabond, et je n'aurai jamais la patience qu'il faut pour arracher toutes les mauvaises herbes et élaguer toutes les ronces qui obstruent fatalement les avenues d'une jolie femme.

Je n'aime pas beaucoup les mamans, et j'aime encore moins les petites filles. Je dois avouer aussi que les femmes mariées n'ont qu'un très médiocre attrait pour moi. — Il y a là-dedans une confusion et un mélange qui me révolte ; je ne puis souffrir cette idée de partage. La femme qui a un mari et un amant est une prostituée pour l'un des deux et souvent pour tous deux, et puis je ne saurais consentir à céder la place à un autre. Ma fierté naturelle ne saurait se plier à un tel abaissement. Jamais je ne m'en irai parce qu'un autre homme arrive. Dût la femme être compromise et perdue, dussions-nous nous battre à coups de couteau, chacun un pied sur son corps, — je resterai. — Les escaliers

dérobés, les armoires, les cabinets et toute
les machines de l'adultère seraient de pauvre
ressource avec moi.

Je suis peu épris de ce qu'on appelle candeur virginale, innocence du bel âge, pureté
de cœur et autres charmantes choses qui sont
du plus bel effet en vers, j'appelle tout bonnement cela, niaiserie, ignorance, imbécilité
ou hypocrisie. — Cette candeur virginale, qui
consiste à s'asseoir tout au bord du fauteuil,
les bras serrés contre le corps, l'œil sur la
pointe du corset, et à ne parler que sur un
permis des grands parens; cette innocence
qui a le monopole des cheveux sans frisure et
des robes blanches, cette pureté de cœur qui
porte des corsages colletés, parce qu'elle n'a
pas encore de gorge, ni d'épaules, ne me
paraissent pas, en vérité, un fort merveilleux
ragoût.

Je me soucie assez peu de faire épeler l'alphabet d'amour à de petites niaises. — Je ne
suis ni assez vieux, ni assez corrompu pour
prendre grand plaisir à cela : j'y réussirais mal
d'ailleurs, car je n'ai jamais rien su montrer
à personne, même ce que je savais le mieux.
Je préfère les femmes qui lisent couramment,

on est plus tôt arrivé à la fin du chapitre. Et
en toutes choses, et surtout en amour, ce
qu'il faut considérer c'est la fin. Je ressemble
assez, de ce côté-là, à ces gens qui prennent
le roman par la queue, et en lisent tout d'abord
le dénoûment, sauf à rétrograder ensuite jusqu'à la première page. Cette manière de lire
et d'aimer a son charme. On savoure mieux
les détails quand on est tranquille sur la fin,
et le renversement amène l'imprévu.

Voilà donc les petites filles et les femmes
mariées exclues de la catégorie. — Ce sera
donc parmi les veuves que nous choisirons
notre divinité. — Hélas! j'ai bien peur, quoiqu'il ne reste plus que cela, que nous n'y
trouvions pas encore ce que nous voulons.

Si je venais à aimer un de ces pâles Narcisses
tout baignés d'une tiède rosée de pleurs, et
se penchant avec une grâce mélancolique sur
le tombeau de marbre neuf de quelque mari
heureusement et fraîchement décédé, je serais
certainement, et au bout de peu de temps,
aussi malheureux que l'époux défunt, en son
vivant. Les veuves, si jeunes et si charmantes
qu'elle soient, ont un terrible inconvénient

que n'ont pas les autres femmes : pour peu que l'on ne soit pas au mieux avec elles et qu'il passe un nuage dans le ciel d'amour, elles vous disent tout de suite avec un petit air superlatif et méprisant : — Ah! comme vous êtes aujourd'hui! C'est absolument comme monsieur : — quand nous querellions, il n'avait pas autre chose à me dire ; c'est singulier vous avez le même son de voix et le même regard ; quand vous prenez de l'humeur vous ne sauriez vous imaginer combien vous ressemblez à mon mari ; — c'est à faire peur. — Cela est agréable de s'entendre dire de ces choses-là en face et à bout portant. Il y en a même qui poussent l'impudence jusqu'à louer le défunt comme une épitaphe et à exalter son cœur et sa jambe aux dépens de votre jambe et de votre— cœur. — Au moins avec les femmes qui n'ont eu qu'un ou plusieurs amans, on a cet ineffable avantage de ne s'entendre jamais parler de son prédécesseur. Ce qui n'est pas une considéra- tion d'un médiocre intérêt. Les femmes ont un trop grand amour du convenable et du légi- time pour ne pas se taire soigneusement en pareille occurrence, et toutes ces choses sont mises le plus tôt possible au rang des olim. —Il est bien entendu qu'on est toujours le premier amant d'une femme.

Je ne pense pas qu'il y ait quelque chose de sérieux à répondre à une aversion aussi bien fondée. Ce n'est pas que je trouve les veuves tout-à-fait sans agrément, quand elles sont jeunes et jolies et n'ont point encore quitté le deuil. Ce sont de petits airs languissans, de petites façons de laisser tomber les bras, de ployer le cou et de se rengorger comme une tourterelle dépareillée ; un tas de charmantes minauderies doucement voilées sous la transparence du crêpe; une coquetterie de désespoir si bien entendue, des soupirs si adroitement ménagés, des larmes qui tombent si à propos et donnent aux yeux tant de brillant! — Certes, après le vin, si ce n'est avant, la liqueur que j'aime le mieux à boire est une belle larme bien limpide et bien claire qui tremble au bout d'un cil brun ou blond. — Le moyen qu'on résiste à cela ?— On n'y résiste pas ;—et puis le noir va si bien aux femmes. — La peau blanche, poésie à part, tourne à l'ivoire, à la neige, au lait, à l'albâtre, à tout ce qu'il y a de candide au monde à l'usage des faiseurs de madrigaux : la peau bise n'a plus qu'une pointe

7

de brun pleine de vivacité et de feu. — Un
deuil est une bonne fortune pour une femme ;
et la raison pourquoi je ne me marierai jamais,
c'est de peur que ma femme ne se défasse de
moi pour porter mon deuil. — Il y a cependant des femmes qui ne savent point tirer
parti de leur douleur et pleurent de façon à
se rendre le nez rouge et à se décomposer la
figure comme les mascarons qu'on voit aux
fontaines : c'est un grand écueil. Il faut beaucoup de charmes et d'art pour pleurer agréablement, faute de cela l'on court risque de
n'être pas consolée de long-temps. — Si grand
néanmoins que soit le plaisir de rendre quelque
Artémise infidèle à l'ombre de son Mausole,
je ne veux pas décidément choisir parmi cet
essaim gémissant, celle à qui je demanderai
son cœur en échange du mien.

Je t'entends dire d'ici : — Qui prendras-tu
donc ? — tu ne veux ni des jeunes personnes,
ni des femmes mariées, ni des veuves. — Tu
n'aimes pas les mamans ; je ne présume pas
que tu aimes mieux les grand'mères. — Que
diable aimes-tu donc ? C'est le mot de la cha-
rade, et si je le savais, je ne me tourmenterais
pas tant. Jusqu'ici, je n'ai aimé aucune femme,

mais j'ai aimé et j'aime l'*amour*. Quoique
je n'aie pas eu de maîtresse et que les femmes
que j'ai eues ne m'aient inspiré que du désir,
j'ai éprouvé et je connais l'amour même : je
n'aimais pas celle-ci ou celle-là, l'une plutôt
que l'autre; mais quelqu'une que je n'ai jamais
vue et qui doit exister quelque part, et que je
trouverai, s'il plaît à Dieu, je sais bien comme
elle est, et quand je la rencontrerai, je la
reconnaîtrai.

Je me suis figuré bien souvent l'endroit
qu'elle habite, le costume qu'elle porte, les
yeux et les cheveux qu'elle a. — J'entends sa
voix; je reconnaîtrais son pas entre mille autres,
et si par hasard quelqu'un prononçait son nom,
je me retournerais : il est impossible qu'elle
n'ait pas un des cinq ou six noms que je lui
ai assignés dans ma tête.

Elle a vingt-six ans, — pas plus, ni moins
non plus. — Elle n'est plus ignorante, et
n'est pas encore blasée. C'est un âge charmant pour faire l'amour comme il faut, sans
puérilité et sans libertinage. — Elle est
d'une taille moyenne. Je n'aime pas une
géante, ni une naine. Je veux pouvoir porter
tout seul ma déité du sopha au lit; mais il

me déplairait de l'y chercher. Il faut que se
haussant un peu sur la pointe du pied, sa
bouche soit à la hauteur de mon baiser. C'est
la bonne taille. Quant à son embonpoint, elle
est plutôt grasse que maigre. Je suis un peu
turc sur ce point, et il ne me plairait guère
de rencontrer une arète, où je cherche un
contour; il faut que la peau d'une femme soit
bien remplie, sa chair dure et ferme comme
la pulpe d'une pêche un peu verte; c'est exactement ainsi qu'est faite la maîtresse que j'aurai.
Elle est blonde, avec des yeux noirs, blanche
comme une blonde, colorée comme une brune,
quelque chose de rouge et de scintillant dans
le sourire. La lèvre inférieure un peu large,
la prunelle nageant dans un flot d'humide
radical, la gorge ronde et petite, et en arrêt,
les poignets minces, les mains longues et
potelées; la démarche onduleuse comme une
couleuvre debout sur sa queue, les hanches
étoffées et mouvantes, l'épaule large, le derrière du cou couvert de duvet : —un caractère
de beauté, fin et ferme à la fois, élégant et
vivace, poétique et réel; un motif de Giorgione exécuté par Rubens.

Voici son costume : elle porte une robe de

velours écarlate ou noir avec des crevés de
satin blanc ou de toile d'argent, un corsage
ouvert, une grande fraise à la Médicis, un
chapeau de feutre capricieusement rompu
comme celui d'Héléna Systerman, et de longues plumes blanches frisées et crespelées,
une chaîne d'or ou une rivière de diamans
au cou, et quantité de grosses bagues de différens émaux à tous les doigts des mains.

Je ne lui ferais pas grâce d'un anneau ou
d'un bracelet. Il faut que la robe soit littéra-
lement en velours ou en brocard; c'est tout
au plus si je lui permettrais de descendre
jusqu'au satin. J'aime mieux chiffonner une
jupe de soie qu'une jupe de toile, et faire
tomber d'une tête des perles ou des plumes,
que des fleurs naturelles ou un simple nœud :
je sais que la doublure de la jupe de toile est
souvent aussi appétissante au moins que la
doublure de la jupe de soie; mais je préfère
la jupe de soie. — Aussi dans mes rêveries, je
me suis donné pour maîtresses bien des reines,
bien des impératrices, bien des princesses,
bien des sultanes, bien des courtisanes célè-
bres, mais jamais des bourgeoises ou des bergères; et, dans mes désirs les plus vagabonds,

je n'ai abusé de personne sur un tapis de
gazon ou dans un lit de serge d'Aumale. Je
trouve que la beauté est un diamant qui doit
être monté et enchâssé dans l'or. Je ne conçois pas une belle femme qui n'ait pas voiture,
chevaux, laquais et tout ce qu'on a avec cent
mille francs de rente : il y a une harmonie
entre la beauté et la richesse. L'une demande
l'autre : un joli pied appelle un joli soulier, un
joli soulier appelle des tapis et une voiture,
et ce qui s'ensuit. Une belle femme avec de
pauvres habits dans une vilaine maison est,
selon moi, le spectacle le plus pénible qu'on
puisse voir, et je ne saurais avoir d'amour
pour elle. Il n'y a que les beaux et les riches
qui puissent être amoureux sans être ridicules
ou à plaindre. — A ce compte peu de gens
auraient le droit d'être amoureux : moi-même
tout le premier, je serais exclu : cependant
c'est là mon opinion.

Ce sera le soir que nous nous rencontrerons
pour la première fois, — par un beau coucher
de soleil ; — le ciel aura de ces tons orangés
jaune clair et vert pâle que l'on voit dans
quelques tableaux des maîtres d'autrefois : il
y aura une grande allée de châtaigniers en

fleurs ou d'ormes séculaires tout couverts de
ramiers; — de beaux arbres d'un vert frais et
sombre, des ombrages pleins de mystère et
de moiteur; çà et là quelques statues, quelques vases de marbre se détachant sur le fond
de verdure avec leur blancheur de neige, une
pièce d'eau où se joue le cygne familier, — et
tout au fond un château de briques et de
pierres comme du temps d'Henri IV, toit
d'ardoise pointu, hautes cheminées, girouettes
à tous les pignons, fenêtres étroites et longues.
— A une de ces fenêtres, mélancoliquement
appuyée sur le balcon, la reine de mon âme
dans l'équipage que je t'ai décrit tout à l'heure;
— derrière elle un petit page nègre tenant
son éventail et sa perruche. — Tu vois qu'il
n'y manque rien et que tout cela est parfaitement absurde. — La belle laisse tomber son
gant, — je le ramasse, le baise, et le rapporte.
La conversation s'engage, je montre tout l'esprit que je n'ai pas; je dis des choses charmantes; on m'en répond, je réplique, c'est
un feu d'artifice, une pluie lumineuse de mots
éblouissans. — Bref, je suis adorable — et
adoré. — Vient l'heure du souper, on me

convie; — j'accepte. — Quel souper, mon
cher ami, et quelle cuisinière que mon imagination ! — Le vin rit dans le crystal, le faisan
doré et blond fume sur son plat armorié : le
festin se prolonge bien avant dans la nuit, et
tu penses bien que ce n'est pas chez moi que
je la termine. — Ne voilà-t-il pas quelque chose
de bien imaginé. — Rien au monde n'est plus
simple, et en vérité il est bien étonnant que
cela ne soit pas arrivé plutôt dix fois qu'une.

  Quelquefois c'est dans une grande forêt.
— Voilà la chasse qui passe ; le cor sonne, la
meute aboie et traverse le chemin avec la rapidité de l'éclair ; la belle en amazone monte
un cheval turc, blanc comme le lait, fringant
et vif au possible. Bien qu'elle soit excellente écuyère, il piaffe, il caracole, il se cabre,
et elle a toutes les peines du monde à le contenir ; il prends le mors aux dents et la mène
droit à un précipice. Je tombe là du ciel tout
exprès, je retiens le cheval, je prends dans mes
bras la princesse évanouie, je la fais revenir
à elle et la reconduis à son château. Quelle
est la femme bien née qui refuserait son cœur
à un homme qui a exposé sa vie pour elle?

— Aucune ; — et la reconnaissance est un chemin de traverse qui mène bien vite à l'amour.

Tu conviendras, au moins, que lorsque je
donne dans le romanesque, ce n'est pas à
demi, et que je suis aussi fou qu'il est possible
de l'être. C'est toujours cela, car rien au monde
n'est plus maussade qu'une folie raisonnable.
Tu conviendras aussi que lorsque j'écris des
lettres ce sont plutôt des volumes que de simples billets. En tout j'aime ce qui dépasse les
bornes ordinaires. — C'est pourquoi je t'aime.
Ne te moque pas trop de toutes les niaiseries
que je t'ai griffonnées : je quitte la plume pour
les mettre en action ; car j'en reviens toujours
à mon refrain : — je veux avoir une maîtresse.
J'ignore si ce sera la dame du parc, la beauté
du balcon, mais je te dis adieu pour me mettre
en quête. Ma résolution est prise. Dût celle
que je cherche se cacher au fond du royaume
de Cathay ou de Samarcande, je la saurais
bien dénicher. Je te ferai savoir le succès de
mon entreprise ou sa non réussite. J'espère
que ce sera le succès : fais des vœux pour moi,
mon cher ami. Quant à moi, je m'habille de
mon plus bel habit, et sors de la maison bien

décidé à n'y rentrer qu'avec une maîtresse selon mes idées. — J'ai assez rêvé ; à l'action maintenant.

P. S. Donne-moi donc des nouvelles du petit D*** ; qu'est-il devenu ? Personne ici n'en sait rien : et fais bien mes complimens à ton digne frère et à toute la famille.

II.

Eh bien ! mon ami, je suis rentré à la maison, je n'ai pas été au Cathay, à Cachemire ni à Samarcande. — Mais il est juste de dire que je n'ai pas plus de maîtresse que jamais. — Je m'étais pourtant pris la main à moi-même, et juré mon grand jurement, que j'irais au bout du monde : je n'ai pas été seulement au bout de la ville. Je ne sais comment je m'y prends, je n'ai jamais pu tenir parole à personne, pas

même à moi : il faut que le diable s'en mêle.
Si je dis j'irai là demain, il est sûr que je resterai ; si je me propose d'aller au cabaret, je
vais à l'église ; si je veux aller à l'église, les
chemins s'embrouillent sous mes pieds comme
des écheveaux de fil, et je me trouve dans un
endroit tout différent. Je jeûne, quand j'ai
décidé de faire une orgie, et ainsi de suite.
Aussi je crois que ce qui m'empêche d'avoir
une maîtresse, c'est que j'ai résolu d'en avoir
une.

Il faut que je te raconte mon expédition de
point en point : cela vaut bien les honneurs
de la narration. J'avais passé ce jour-là deux
grandes heures au moins à ma toilette. J'avais
bien fait peigner et friser mes cheveux, retrous-
ser et cirer le peu que j'ai de moustache, et
l'émotion du désir animant un peu la pâleur
ordinaire de ma figure, je n'étais réellement
pas trop mal. — Enfin, après m'être attentivement regardé au miroir sous des jours différens pour voir si j'étais assez beau et si j'avais
la mine assez galante, je suis sorti résolument
de la maison le front haut, le menton relevé,
le regard direct, une main sur la hanche,
faisant sonner les talons de mes bottes comme

un anspessade, coudoyant les bourgeois et ayant l'air parfaitement vainqueur et triomphal.

J'étais comme un autre Jason allant à la conquête de la Toison-d'or. — Mais, hélas ! Jason a été plus heureux que moi : outre la conquête de la Toison, il a fait en même temps la conquête d'une belle princesse; et moi je n'ai ni princesse ni toison.

Je m'en allais donc par les rues avisant toutes les femmes et courant à elles et les regardant au plus près quand elles me semblaient valoir la peine d'être examinées. — Les unes prenaient leur grand air vertueux et passaient sans lever l'œil. — Les autres s'étonnaient d'abord, et puis souriaient quand elles avaient les dents belles. — Quelques-unes se retournaient au bout de quelque temps pour me voir lorsqu'elles croyaient que je ne les regardais plus, et rougissaient comme des cerises en se trouvant nez à nez avec moi. — Le temps était beau; il y avait foule à la promenade. — Et cependant, je dois l'avouer, malgré tout le respect que je porte à cette intéressante moitié du genre humain, ce qu'on est convenu d'appeler le beau sexe est diable-

ment laid : sur cent femmes, il y en avait à
peine une de passable. Celle-ci avait de la
moustache ; celle-là avait le nez bleu ; d'autres
avaient des taches rouges en place des sourcils ;
une n'était pas mal faite, mais elle avait le
visage couperosé. La tête d'une seconde était
charmante, mais elle pouvait se gratter l'oreille
avec l'épaule ; la troisième eût fait honte à
Praxitèle pour la rondeur et le moelleux de
certains contours, mais elle patinait sur des
pieds pareils à des étriers turcs. Une autre faisait montre des plus magnifiques épaules qu'on
pût voir ; en revanche ses mains ressemblaient,
pour la forme et la dimension, à ces énormes
gants écarlates qui servent d'enseigne aux mer-
cières. — En général, que de fatigue sur ces
figures ; comme elles sont flétries, étiolées,
usées ignoblement par de petites passions et
de petits vices. Quelle expression d'envie, de
curiosité méchante, d'avidité, de coquetterie
effrontée ! et qu'une femme qui n'est pas belle
est plus laide qu'un homme qui n'est pas beau !

Je n'ai rien vu de bien, — excepté quelques
grisettes ; — mais il y a là plus de toile à
chiffonner que de soie, et ce n'est pas mon
affaire. — En vérité, je crois que l'homme, et

par l'homme j'entends aussi la femme, est le plus vilain animal qui soit sur la terre. Ce quadrupède qui marche sur ses pieds de derrière, me paraît singulièrement présomptueux de se donner de son plein droit le premier rang dans la création. Un lion, un tigre, sont plus beaux que des hommes; et dans leur espèce beaucoup d'individus atteignent à toute la beauté qui lui est propre. Cela est extrêmement rare chez l'homme. — Que d'avortons pour un Antinoüs! que de Gothons pour une Philis!

J'ai bien peur, mon cher ami, de ne pouvoir jamais embrasser mon idéal, et cependant il n'a rien d'extravagant et de hors nature. — Ce n'est pas l'idéal d'un écolier de troisième. Je ne demande ni des globes d'ivoire, ni des colonnes d'albâtre, ni des réseaux d'azur; je n'ai employé dans sa composition, ni lis, ni neige, ni rose, ni jais, ni ébène, ni corail, ni ambroisie, ni perles, ni diamans; j'ai laissé les étoiles du ciel en repos, et je n'ai pas décroché le soleil hors de saison. C'est un idéal presque bourgeois, tant il est simple; et il me semble qu'avec un sac ou deux de piastres je le trouverais tout fait et tout réalisé dans le premier

bazar venu de Constantinople ou de Smyrne ;
il me coûterait probablement moins qu'un
cheval ou qu'un chien de race : et dire que je
n'arriverai pas à cela, car je sens que je n'y
arriverai pas ! Il y a de quoi en enrager, et
j'entre contre le sort dans les plus belles colères
du monde.

Toi, — tu n'es pas si fou que moi, tu es
heureux, toi ; — tu t'es laissé aller tout bonnement à ta vie sans te tourmenter à la faire, et
tu as pris les choses comme elles se présentaient. Tu n'as pas cherché le bonheur, et il
est venu te chercher ; tu es aimé et tu aimes.
— Je ne t'envie pas ; — ne va pas croire cela
au moins : mais je me trouve moins joyeux en
pensant à ta félicité que je ne devrais l'être,
et je me dis, en soupirant, que je voudrais
bien jouir d'une félicité pareille.

Peut-être mon bonheur a-t-il passé à côté
de moi et je ne l'aurai pas vu, aveugle que
j'étais ; peut-être la voix a-t-elle parlé et le
bruit de mes tempêtes m'aura empêché de
l'entendre.

Peut-être ai-je été aimé obscurément par un
humble cœur que j'aurai méconnu ou brisé ;
peut-être ai-je été moi-même l'idéal d'un autre ;

le pôle d'une âme en souffrance, — le rêve
d'une nuit et la pensée d'un jour. — Si j'avais
regardé à mes pieds, peut-être y aurais-je vu
quelque belle Madeleine avec son urne de
parfums et sa chevelure éplorée. J'allais levant
les bras au ciel, désireux de cueillir les étoiles
qui me fuyaient, et dédaignant de ramasser
la petite paquerette qui m'ouvrait son cœur
d'or dans la rosée et le gazon. J'ai commis une
grande faute : j'ai demandé à l'amour autre
chose que l'amour et ce qu'il ne pouvait pas
donner. J'ai oublié que l'amour était nu, je
n'ai pas compris le sens de ce magnifique sym-
bole. — Je lui ai demandé des robes de bro-
cart, des plumes, des diamans, un esprit sublime, la science, la poésie, la beauté, la
jeunesse, la puissance suprême, — tout ce qui
n'est pas lui; — l'amour ne peut offrir que lui-
même, et qui en veut tirer autre chose n'est
pas digne d'être aimé.

Je me suis sans doute trop hâté : mon heure
n'est pas venue; Dieu qui m'a prêté la vie ne
me la reprendra pas sans que j'aie vécu. A quoi
bon donner au poète une lyre sans cordes, à
l'homme une vie sans amour? Dieu ne peut
pas commettre une pareille inconséquence;

I.   8

et, sans doute, au moment voulu, il mettra
sur mon chemin celle que je dois aimer et dont
je dois être aimé. — Mais pourquoi l'amour
m'est-il venu avant la maîtresse? pourquoi ai-je
soif sans avoir de fontaine où m'étancher ? ou
pourquoi ne sais-je pas voler, comme ces oiseaux du désert, à l'endroit où est l'eau ? Le
monde est pour moi un zahara sans puits et
sans dattiers. Je n'ai pas dans ma vie un seul
coin d'ombre où m'abriter du soleil : je souffre
toutes les ardeurs de la passion sans en avoir
les extases et les délices ineffables; j'en connais les tourmens, et n'en ai pas les plaisirs :
je suis jaloux de ce qui n'existe pas; je m'inquiète pour l'ombre d'une ombre ; je pousse
des soupirs qui n'ont point de but ; j'ai des
insomnies que ne vient pas embellir un fantôme adoré ; je verse des larmes qui coulent
jusqu'à terre sans être essuyées ; je donne au
vent des baisers qui ne me sont pas rendus ;
j'use mes yeux à vouloir saisir dans le lointain
une forme incertaine et trompeuse ; j'attends
ce qui ne doit point venir, et je compte les
heures avec anxiété, comme si j'avais un rendez-vous.

Qui que tu sois, ange ou démon, vierge ou

courtisane, bergère ou princesse, que tu
viennes du nord ou du midi, toi que je ne
connais pas et que j'aime, oh ! ne te fais pas
attendre plus long-temps, ou la flamme brû-
lera l'autel, et tu ne trouveras plus à la place
de mon cœur qu'un monceau de cendre froide.
Descends de la sphère où tu es ; quitte le ciel
de cristal, esprit consolateur, et viens jeter
sur mon âme l'ombre de tes grandes ailes : toi,
femme que j'aimerai, viens ; que je ferme sur
toi mes bras ouverts depuis si long-temps.
Portes d'or du palais qu'elle habite, roulez sur
vos gonds ; humble loquet de sa cabane, lève-
toi ; rameaux des bois, ronces des chemins,
décroisez-vous ; enchantemens de la tourelle,
charmes des magiciens, soyez rompus ; ou-
vrez-vous, rangs de la foule, et la laissez
passer !

Si tu viens trop tard, ô mon idéal ! je n'aurai plus la force de t'aimer : — mon âme est
comme un colombier tout plein de colombes.
A toute heure du jour, il s'en envole quelque
désir. Les colombes reviennent au colombier ;
mais les désirs ne reviennent point au cœur.
— L'azur du ciel blanchit sous leurs innombrables essaims ; ils s'en vont, à travers l'es-

pace, de monde en monde, de ciel en ciel, chercher quelque amour pour s'y poser et y passer la nuit : presse le pas, ô mon rêve, ou tu ne trouveras plus dans le nid vide que les coquilles des oiseaux envolés.

Mon ami, mon compagnon d'enfance, tu es le seul à qui je puisse conter de pareilles choses. Ecris-moi que tu me plains, et que tu ne me trouves pas hypocondriaque ; console-moi, je n'en ai jamais eu plus besoin : que ceux qui ont une passion qu'ils peuvent satisfaire sont dignes d'envie ! L'ivrogne ne rencontre de cruauté dans aucune bouteille ; il tombe du cabaret au ruisseau, et se trouve plus heureux sur son tas d'ordures qu'un roi sur son trône : le sensuel va chez les courtisanes chercher de faciles amours ou des raffinemens impudiques. Une joue fardée, une jupe courte, une gorge débraillée, un propos libertin, il est heureux ; son œil blanchit, sa lèvre se trempe ; il atteint au dernier degré de son bonheur, il a l'extase de sa grossière volupté. Le joueur n'a besoin que d'un tapis vert et d'un jeu de cartes gras et usé pour se procurer les angoisses poignantes, les spasmes nerveux et les diaboliques jouissances de son horrible passion : ces

gens-là peuvent s'assouvir ou se distraire, —
moi, cela m'est impossible.

Cette idée s'est tellement emparée de moi,
que je n'aime presque plus les arts, et que la
poésie n'a plus pour moi aucun charme; ce qui
me ravissait autrefois ne me fait pas la moindre
impression.

Je commence à le croire; — je suis dans mon
tort, — je demande à la nature et à la société
plus qu'elles ne peuvent donner. Ce que je
cherche n'existe point, et je ne dois pas me
plaindre de ne pas le trouver. Mais cependant
si la femme que nous rêvons n'est pas dans les
conditions de la nature humaine, qui fait donc
que nous n'aimons que celle-là et point les
autres, puisque nous sommes des hommes, et
que notre instinct devrait nous y porter d'une
invincible manière ? Qui nous a donné l'idée
de cette femme imaginaire ? de quelle argile
avons-nous pétri cette statue invisible ? où
avons-nous pris les plumes que nous avons at-
tachées au dos de cette chimère ? quel oiseau
mystique a déposé dans un coin obscur de
notre âme l'œuf inaperçu dont notre rêve est
éclos ? quelle est donc cette beauté abstraite

que nous sentons, et que nous ne pouvons
définir ? pourquoi, devant une femme souvent
charmante, disons-nous quelquefois qu'elle est
belle, — tandis que nous la trouvons fort
laide ? Où est donc le modèle, le type, le
patron intérieur qui nous sert de point de
comparaison ? Car la beauté n'est pas une
idée absolue, et ne peut s'apprécier que par le
contraste. — Est-ce au ciel que nous l'avons
vue, — dans une étoile, — au bal, à l'ombre
d'une mère, frais bouton d'une rose effeuillée ?
— est-ce en Italie ou en Espagne ? est-ce ici
ou là-bas, hier ou il y a long-temps ? était-ce
la courtisane adorée, la cantatrice en vogue,
la fille du prince ? une tête fière et noble
ployant sous son lourd diadème de perles et
de rubis ? un visage jeune et enfantin se penchant entre les capucines et les volubilis de la
fenêtre ? — A quelle école appartenait le tableau où cette beauté ressortait blanche et
rayonnante au milieu des noires ombres ?
Est-ce Raphaël qui a caressé le contour qui
vous plaît ? est-ce Cléomène qui a poli le marbre
que vous adorez ? — êtes-vous amoureux d'une
madone ou d'une Diane ? — votre idéal est-il
un ange, une sylphide ou une femme ?

Hélas ! c'est un peu de tout cela , et ce n'est
pas cela.

Cette transparence de ton , cette fraîcheur
charmante et pleine d'éclat, ces chairs où court
tant de sang et tant de vie , ces belles chevelures blondes se déroulant comme des manteaux d'or, ces rires étincelans , ces fossettes
amoureuses , ces formes ondoyantes comme
des flammes , cette force , cette souplesse , ces
luisans de satin , ces lignes si bien nourries ;
ces bras potelés , ces dos charnus et polis ,
toute cette belle santé appartient à Rubens.
— Raphaël lui seul a pu remplir de cette couleur d'ambre pâle un aussi chaste linéament.
Quel autre que lui a courbé ces longs sourcils
si fins et si noirs , et effilé les franges de ces
paupières si modestement baissées ? — Croyez-
vous qu'Allégri ne soit pour rien dans votre
idéal ? C'est à lui que la dame de vos pensées
a volé cette blancheur mate et chaude qui vous
ravit. Elle s'est arrêtée bien long-temps devant
ses toiles pour surprendre le secret de cet
angélique sourire toujours épanoui; elle a mo-
delé l'ovale de son visage sur l'ovale d'une
nymphe ou d'une sainte. Cette ligne de la
hanche qui serpente si voluptueusement est de

l'Antiope endormie. — Ces mains grasses et fines peuvent être réclamées par Danaë ou Madeleine. — La poudreuse antiquité elle-même a fourni bien des matériaux pour la composition de votre jeune chimère ; ces reins souples et forts que vous enlacez de vos bras avec tant de passion ont été sculptés par Praxitèle. Cette divinité a laissé tout exprès passer le petit bout de son pied charmant hors des cendres d'Herculanum , pour que votre idole ne fût pas boîteuse. La nature a aussi contribué pour sa part. Vous avez vu au prisme du désir, çà et là , un bel œil sous une jalousie, un front d'ivoire appuyé contre une vitre , une bouche souriant derrière un éventail. — Vous avez deviné un bras d'après la main , un genou d'après une cheville. Ce que vous voyiez était parfait : — vous supposiez le reste comme ce que vous voyiez , et vous l'acheviez avec les morceaux d'autres beautés enlevés ailleurs. — Là beauté idéale , réalisée par les peintres , ne vous a pas même suffi , et vous êtes allés demander aux poètes des contours encore plus arrondis , des formes plus éthérées, des grâces plus divines , des recherches plus exquises ; vous les avez priés de donner le souffle et la

parole à votre fantôme, tout leur amour,
toute leur rêverie, toute leur joie et leur tristesse, leur mélancolie et leur morbidesse, tous
leurs souvenirs et toutes leurs espérances, leur
science et leur passion, leur esprit et leur
cœur, vous leur avez pris tout cela, et vous y
avez ajouté, pour mettre le comble à l'impossible, votre passion à vous, votre esprit à vous,
votre rêve et votre pensée. L'étoile a prêté son
rayon, la fleur son parfum, la palette sa couleur, le poète son harmonie, le marbre sa
forme, vous votre désir. — Le moyen qu'une
femme réelle, mangeant et buvant, se levant
le matin et se couchant le soir, si adorable et
si pétrie de grâces qu'elle soit d'ailleurs, puisse
soutenir la comparaison avec une pareille créature, on ne peut raisonnablement l'espérer, et
cependant on l'espère, on cherche. — Quel
singulier aveuglement! cela est sublime ou
absurde. Que je plains et que j'admire ceux
qui poursuivent à travers tout la réalité de
leur rêve, et qui meurent contens, pourvu
qu'ils aient baisé une fois leur chimère à la
bouche! Mais quel sort affreux que celui des
Colombs qui n'ont pas trouvé leur monde, et
des amans qui n'ont pas trouvé leur maîtresse!

Ah ! si j'étais poète, c'est à ceux dont l'existence est manquée, dont les flèches n'ont pas été au but, qui sont morts avec le mot qu'ils avaient à dire et sans presser la main qui leur était destinée ; c'est à tout ce qui a avorté et à tout ce qui a passé, sans être aperçu, au feu étouffé, au génie sans issue, à la perle inconnue au fond des mers, à tout ce qui a aimé sans être aimé, à tout ce qui a souffert et que l'on n'a pas plaint, que je consacrerais mes chants; — ce serait une noble tâche.

Que Platon avait bien raison de vouloir vous bannir de sa république, et quel mal vous nous avez fait, ô poètes ! Que votre ambroisie nous a rendu notre absynthe encore plus amère ! et comme nous avons trouvé notre vie encore plus aride et dévastée après avoir plongé nos yeux dans les perspectives que vous nous ouvrez sur l'infini ! que vos rêves ont amené une lutte terrible contre nos réalités ! et comme, durant le combat, notre cœur a été piétiné et foulé par ces rudes athlètes !

Nous nous sommes assis comme Adam au pied des murs du paradis terrestre, sur les marches de l'escalier qui mène au monde que vous avez créé, voyant étinceler à travers les fentes de

la porte une lumière plus vive que le soleil,
entendant confusément quelques notes éparses
d'une harmonie séraphique. Toutes les fois
qu'un élu entre ou sort, au milieu d'un flot de
splendeur, nous tendons le cou pour tâcher
de voir quelque chose par le battant ouvert.
C'est une architecture féérique qui n'a son
égale que dans les contes arabes. Des entasse-
mens de colonnes, des arcades superposées,
des piliers tordus en spirale, des feuillages
merveilleusement découpés, des trèfles évidés,
du porphyre, du jaspe, du lapis lazuli; que
sais-je, moi! des transparences et des reflets
éblouissans, des profusions de pierreries
étranges, des sardoines, du chrysobéril, des
aigues marines, des opales irisées; de l'azero-
drach, des jets de crystal, des flambeaux à
faire pâlir les étoiles, une vapeur splendide
pleine de bruit et de vertige — un luxe tout
assyrien!

Le battant retombe; vous ne voyez plus
rien. — Et vos yeux se baissent, pleins de larmes corrosives, sur cette pauvre terre déchar-
née et pâle, sur ces masures en ruines, sur ce
peuple en haillon, sur votre âme, rocher aride,
où rien ne germe, sur toutes les misères et

toutes les infortunes de la réalité. Ah! du
moins, si nous pouvions voler jusque-là, si les
degrés de cet escalier de feu ne nous brûlaient
pas les pieds ; mais hélas! l'échelle de Jacob
ne peut être montée que par les anges!

Quel sort que celui du pauvre à la porte du
riche! quelle ironie sanglante qu'un palais
en face d'une cabane, que l'idéal en face du
réel, que la poésie en face de la prose! quelle
haine enracinée doit tordre les nœuds au
fond du cœur des misérables! quels grince-
mens de dents doivent retentir la nuit sur
leur grabat, tandis que le vent apporte jusqu'à
leur oreille les soupirs des théorbes et des vio-
les d'amour! Poètes, peintres, sculpteurs,
musiciens, pourquoi nous avez-vous menti?
Poètes, pourquoi nous avez-vous raconté vos
rêves? Peintres, pourquoi avez-vous fixé sur
la toile ce fantôme insaisissable qui montait et
descendait de votre cœur à votre tête avec les
bouillons de votre sang, et nous avez-vous dit :
Ceci est une femme? Sculpteurs, pourquoi
avez-vous tiré le marbre des profondeurs de
Carrare pour lui faire exprimer éternellement
et aux yeux de tous, votre plus secret et plus
fugitif désir? Musiciens, pourquoi avez-vous

écouté, pendant la nuit, le chant des étoiles et
des fleurs, et l'avez-vous noté ? Pourquoi avez-
vous fait de si belles chansons, que la voix la
plus douce qui nous dit : — je t'aime ! — nous
paraît rauque comme le grincement d'une scie
ou le croassement d'un corbeau ? — Soyez
maudits, imposteurs !.... et puisse le feu du
ciel brûler et détruire tous les tableaux, tous
les poëmes, toutes les statues et toutes les
partitions..... Ouf ! voilà une tirade d'une
longueur interminable et qui sort un peu du
style épistolaire. — Quelle tartine !

Je me suis joliment laissé aller au lyrisme,
mon très cher ami, et voilà déjà bien du temps
que je pindarise assez ridiculement. Tout ceci
est fort loin de notre sujet, qui est, si je m'en
souviens bien, l'histoire glorieuse et triomphante du chevalier d'Albert au pourchas de
Daraïde, la plus belle princesse du monde,
comme disent les vieux romans. Mais, en vérité, l'histoire est si pauvre, que je suis forcé
d'avoir recours aux digressions et aux réflexions. J'espère qu'il n'en sera pas toujours
ainsi, et qu'avant peu, le roman de ma vie
sera plus entortillé et plus compliqué qu'un
imbroglio espagnol.

Après avoir erré de rue en rue, je me déci-
dai à aller trouver un de mes amis qui devait
me présenter dans une maison, où à ce qu'il
m'a dit, on voyait un monde de jolies femmes, — une collection d'idéalités réelles, — de
quoi satisfaire une vingtaine de poètes; — il
il y en a pour tous les goûts : — des beautés
aristocratiques avec des regards d'aigle, des
yeux verts de mer, des nez droits, des men-
tons orgueilleusement relevés, des mains
royales et des démarches de déesse; des lis d'argent montés sur des tiges d'or; — de simples
violettes aux pâles couleurs, aux doux parfums, œil humide et baissé, cou frêle, chair
diaphane; — des beautés vives et piquantes;
des beautés précieuses, des beautés de tous les
genres; — car c'est un vrai sérail que cette
maison-là, — moins les eunuques et le Kis-
lar aga. — Mon ami me dit qu'il y a déjà fait
cinq ou six passions, — tout autant; — cela me
paraît extrêmement prodigieux, et j'ai bien
peur de ne pas avoir un pareil succès; de C*** prétend que si, et que je réussirai bientôt, plus que
je ne le voudrai. Je n'ai, suivant lui, qu'un
défaut dont je me corrigerai avec l'âge, et en
prenant du monde, c'est de faire trop de cas

de la femme, et pas assez des femmes. — Il pourrait bien y avoir quelque chose de vrai, là-dedans. — Il dit que je serai parfaitement aimable, quand je me serai défait de ce petit travers. Dieu le veuille. Il faut que les femmes sentent que je les méprise; car un compliment, qu'elles trouveraient adorable et du dernier charmant dans la bouche d'un autre, les met en colère et leur déplaît dans la mienne, autant que l'épigramme la plus sanglante. Cela tient probablement à ce que de C*** me reproche.

Le cœur me battait un peu en montant l'escalier, et j'étais à peine remis de mon émotion, que de C*** me poussant par le coude, me mit face à face avec une femme d'une trentaine d'années environ, — assez belle, — parée avec un luxe sourd et une prétention extrême de simplicité enfantine, — ce qui ne l'empêchait pas d'être plaquée de rouge comme une roue de carrosse : — c'était la dame du lieu.

De C***, prenant cette voix grêle et moqueuse si différente de sa voix habituelle, et dont il se sert dans le monde quand il veut faire le charmant, lui dit avec force démonstrations de respect ironique, où perçait visiblement le plus profond mépris, moitié bas, moitié haut :

— C'est ce jeune homme dont je vous avais parlé l'autre jour ; — un homme d'un mérite très distingué ; — il est on ne peut mieux né, et je pense qu'il ne pourra que vous être agréable de le recevoir, c'est pourquoi j'ai pris la liberté de vous le présenter.

— Assurément, monsieur, vous avez très bien fait, répliqua la dame en minaudant de la manière la plus outrée. Puis elle se retourna vers moi, et après m'avoir détaillé du coin de l'œil, en connaisseuse habile, et d'une façon qui me fit rougir par-dessus les oreilles : —Vous pouvez vous regarder comme invité une fois pour toutes, et venir aussi souvent que vous aurez une soirée à perdre.

Je m'inclinai assez gauchement, et balbutiai quelques mots sans suite qui ne durent pas lui donner une haute idée de mes moyens ; d'autres personnes entrèrent, ce qui me délivra des ennuis inséparables de la présentation. De C*** me tira dans un coin de fenêtre et se mit à me sermonner d'importance.

— Que diable ! tu vas me compromettre,

je t'ai annoncé comme un phénix d'esprit, un homme à imagination effrénée, un poète lyrique ; tout ce qu'il y a de plus transcendant et de plus passionné, et tu restes là comme une souche sans sonner mot. Quelle pauvre imaginative ! Je te croyais la veine plus féconde ; allons donc, lâche la bride à ta langue, babille à tort et à travers ; tu n'as pas besoin de dire des choses sensées et judicieuses, au contraire, cela pourrait t'être nuisible ; parle, voilà l'essentiel ; parle beaucoup, parle long-temps ; attire l'attention sur toi ; jette-moi de côté toute crainte et toute modestie ; mets-toi bien dans la tête que tout ceux qui sont ici sont des sots, ou à peu près, et n'oublie pas qu'un orateur qui veut réussir ne peut mépriser assez son auditoire. — Que te semble de la maîtresse de la maison ?

— Elle me déplaît déjà considérablement ; et quoique je lui aie parlé à peine trois minutes, je m'ennuyais autant que si j'eusse été son mari.

— Ah ! voilà ce que tu en penses ?

— Mais, oui.

— Ta répugnance pour elle est donc tout-à-fait insurmontable ? — Tant pis, il aurait été décent pour toi de l'avoir, ne fût-ce qu'un

mois, cela est du bon air; et un jeune homme
un peu bien ne peut être mis dans le monde
que par elle.

— Eh bien! je l'aurai, fis-je d'un air assez
piteux, puisqu'il le faut; mais cela est-il aussi
nécessaire que tu as l'air de le croire ?

— Hélas oui, cela est du dernier indispensable, et je m'en vais t'en expliquer les raisons :
Madame de Thémines est à la mode maintenant; elle a tous les ridicules du jour d'une
manière supérieure, quelquefois ceux de demain, mais jamais ceux d'hier : elle est parfaitement au courant. On portera ce qu'elle
porte, et elle ne porte pas ce qu'on a porté.
Elle est riche d'ailleurs, et ses équipages sont
du meilleur goût. — Elle n'a pas d'esprit,
mais beaucoup de jargon; elle a des goûts fort
vifs et peu de passion. On lui plaît, mais on
ne la touche pas; c'est un cœur froid et une
tête libertine. Quant à son âme, si elle en a
une, ce qui est douteux, elle est des plus noires, et il n'y a pas de méchancetés et de bas-
sesses dont elle ne soit capable; mais elle est
extrêmement adroite et conserve les dehors,
juste ce qu'il est nécessaire pour qu'on ne puisse
rien prouver contre elle ; ainsi, elle couchera

très bien avec un homme et ne lui écrira pas
le billet le plus simple ; aussi ses ennemies les
plus intimes ne trouvent rien à dire sur elle,
sinon qu'elle met son rouge trop haut, et que
certaines portions de sa personne n'ont pas ,
en vérité, toute la rondeur qu'elles paraissent
avoir , — ce qui est faux.

— Comment le sais-tu?

— La question est bonne ; — comme on
sait ces sortes de choses, en m'en assurant par
moi-même.

— Tu as donc eu aussi madame de Thémines ?

— Certainement! Pourquoi donc ne l'aurais-je pas eue? Il eût été de la dernière in-
convenance que je ne l'eusse pas. — Elle m'a
rendu de grands services et je lui en suis fort
reconnaissant.

— Je ne comprends pas le genre de service
qu'elle peut t'avoir rendu...

— Serais-tu réellement un sot? me dit alors
de C*** en me regardant avec la mine la plus
comique du monde. — Ma foi, j'en ai bien
peur; — et faut-il donc tout te dire. Madame
de Thémines passe, et à juste titre, pour avoir
des lumières spéciales à de certains endroits,

et un jeune homme qu'elle a pris et gardé
pendant quelque temps, peut hardiment se
présenter partout, et être sûr qu'il ne restera
pas long-temps sans avoir une affaire, et deux
plutôt qu'une. — Outre cet ineffable avantage,
il y en a un autre qui n'est pas moindre, —
c'est que, dès que les femmes de cette société
te verront l'amant en titre de madame de
Thémines, n'eussent-elles pas le plus léger
goût pour toi, elles se feront un plaisir et
un devoir de t'enlever à une femme à la
mode comme est celle-ci; et, au lieu des
avances et des démarches que tu aurais à
faire, tu n'auras que l'embarras du choix, et
tu deviendras nécessairement le point de mire
de toutes les agaceries et de toutes les minauderies possibles.

Cependant, si elle t'inspire une répugnance
trop forte, ne la prends pas. Tu n'y es pas
précisément obligé, quoique cela eût été dans
la politesse et les convenances. Mais fais vite
un choix et attaque-toi à celle qui te plaira le
mieux ou qui te semblera offrir le plus de facilités, car tu perdrais, en différant, le bénéfice
de la nouveauté et l'avantage qu'elle te donne
pendant quelques jours sur tous les cavaliers

qui sont ici : toutes ces dames ne conçoivent rien à ces passions qui naissent dans l'intimité et se développent lentement dans le respect et dans le silence : elles sont pour les coups de foudre et les sympathies occultes ; — chose merveilleusement bien imaginée pour épargner les ennuis de la résistance et toutes ces longueurs et ces redites que le sentiment entre-mêle au roman de l'amour et qui ne font qu'en différer inutilement la conclusion. — Ces dames sont très économes de leur temps, et il leur paraît tellement précieux qu'elles seraient au désespoir d'en laisser une seule minute inemployée. — Elles ont une envie d'obliger le genre humain qu'on ne saurait trop louer, et elles aiment leur prochain comme elles-mêmes, — ce qui est parfaitement évangélique et méritoire ; ce sont de très charitables créatures et qui ne voudraient, pour rien au monde, faire mourir un homme de désespoir.

Il doit déjà y en avoir trois ou quatre de *frappées* en ta faveur, et je te conseillerais amicalement de pousser ta pointe avec vivacité de ce côté-là, au lieu de t'amuser à bavarder avec moi dans l'embrasure d'une fenêtre, ce qui ne t'avancera pas à grand' chose.

— Mais, mon cher C***, je suis tout-à-fait
neuf sur ces matières-là. Je n'ai point ce qu'il
faut du monde pour distinguer au premier coup
d'œil une femme frappée d'avec une qui ne
l'est point, et je pourrais commettre d'étranges
bévues si tu ne m'aidais de ton expérience.

— En vérité, tu es d'un primitif qui n'a pas
de nom, et je ne croyais pas qu'il fût possible
d'être aussi pastoral et aussi bucolique que
cela, dans le bienheureux siècle où nous sommes. — Que diable fais-tu donc de cette grande
paire d'yeux noirs que tu as là et qui serait de
l'effet le plus vainqueur si tu savais t'en servir?
— Regarde-moi là-bas un peu, dans ce coin
auprès de la cheminée, cette petite femme en
rose, qui joue avec son éventail : elle te lorgne
depuis un quart d'heure avec une assiduité
et une fixité tout-à-fait significative : il n'y a
qu'elle au monde pour être indécente d'une
manière aussi supérieure, et déployer une
aussi noble effronterie. Elle déplaît beaucoup
aux femmes qui désespèrent de parvenir jamais
à cette hauteur d'impudence ; mais, en revanche, elle plaît beaucoup aux hommes qui lui
trouvent tout le piquant d'une courtisane.

— Il est vrai qu'elle est d'une dépravation charmante, pleine d'esprit, de verve et de caprice. — C'est une excellente maîtresse pour un jeune homme qui a des préjugés. — En huit jours elle vous débarrasse une conscience de tout scrupule, et vous corrompt le cœur de manière à ce que vous ne soyez jamais ridicule ni élégiaque. Elle a sur toutes choses des idées d'un positif inexprimable! Elle va au fond de tout avec une rapidité et une sûreté qui étonne! C'est l'algèbre incarnée que cette petite femme-là; c'est précisément ce qu'il faut à un rêveur et à un enthousiaste. Elle t'aura bientôt corrigé de ton vaporeux idéalisme : c'est un grand service qu'elle te rendra. Elle le fera du reste avec le plus grand plaisir, car son instinct est de désenchanter des poètes.

Ma curiosité étant éveillée par la description de C***, je sortis de ma retraite, et me glissant entre les groupes, je m'approchai de la dame et je la regardai fort attentivement : — elle pouvait avoir vingt-cinq ou vingt-six ans. Sa taille était petite, mais assez bien prise, quoique un peu chargée d'embonpoint; elle avait le bras blanc et potelé, la main assez

noble, le pied joli et même trop mignon, — les
épaules grasses et lustrées, peu de gorge, mais
ce qu'il y en avait fort satisfaisant et ne donnant
pas mauvaise idée du reste; pour les cheveux, ils
étaient extrêmement brillans et d'un noir bleu
comme des ailes de geai; — le coin de l'œil
troussé assez haut vers la tempe, le nez mince et
les narines fort ouvertes, la bouche humide et
sensuelle, une petite raie à la lèvre inférieure et
un duvet presque imperceptible aux commis-
sures. Et dans tout cela une vie, une anima-
tion, une santé, une force, et je ne sais quelle
expression de luxure adroitement tempérée
par la coquetterie et le manége qui en faisait
en somme une très désirable créature et justi-
fiait et au-delà les goûts très vifs qu'elle avait
inspirés et qu'elle inspirait tous les jours.

Je la désirai; — mais je compris néanmoins
que ce ne serait pas cette femme, toute agréable qu'elle fût, qui réaliserait mon vœu et
me ferait dire : — enfin j'ai une maîtresse !

Je revins à de C***, et je lui dis : — La
dame me plaît assez, et je m'arrangerai peut-
être avec elle. Mais avant de rien dire de
précis et qui m'engage, je voudrais bien que
tu eusses la bonté de me faire voir celles des

indulgentes beautés qui ont eu l'obligeance de
se frapper pour moi, afin que je puisse choisir.
— Tu me ferais plaisir aussi, puisque tu me
sers ici de démonstrateur, d'y ajouter une
petite notice et la nomenclature de leurs défauts et qualités; la manière dont il faut les
attaquer et le ton qu'on doit employer avec
elles pour que je n'aie pas trop l'air d'un provincial ou d'un littérateur.

— Je veux bien, dit de C***. — Vois-tu ce
beau cygne mélancolique qui déploie son cou si
harmonieusement et fait remuer ses manches
comme des ailes; c'est la modestie même.
Tout ce qu'il y a de plus chaste et de plus virginal au monde, c'est un front de neige, un
cœur de glace, des regards de madone, un
sourire d'Agnès; elle a une robe blanche et
l'âme pareille; elle ne met dans ses cheveux
que des fleurs d'oranger ou des feuilles de nénuphar, et ne tient à la terre que par un fil.
Elle n'a jamais eu une mauvaise pensée, et
ignore profondément en quoi un homme dif-
fère d'une femme. La sainte Vierge est une
bacchante à côté d'elle, ce qui d'ailleurs ne
l'empêche pas d'avoir eu plus d'amans qu'aucune femme que je connaisse, et assurément

ce n'est pas peu dire : examine-moi un peu la
gorge de cette discrète personne ; — c'est un
petit chef-d'œuvre, et réellement il est difficile de montrer autant en cachant davantage ;
dis-moi si avec toutes ses restrictions et toute
sa pruderie, elle n'est pas dix fois plus indécente que cette bonne dame qui est à sa gauche
et qui étale bravement deux hémisphères qui,
s'ils étaient réunis, formeraient une mappe-
monde d'une grandeur naturelle, ou que cette
autre qui est à sa droite décolletée jusqu'au
ventre et qui fait parade de son néant avec
une intrépidité charmante ? — Cette virginale
créature, ou je me trompe fort, a déjà sup-
puté dans sa tête ce que les promesses de ta
pâleur et de tes yeux noirs pouvaient tarir
d'amour et de passion ; et ce qui me fait dire
cela, c'est qu'elle n'a pas regardé une seule
fois de ton côté, du moins en apparence ; car
elle sait faire jouer sa prunelle avec tant d'art
et la faire couler si adroitement dans le coin
de ses yeux que rien ne lui échappe ; on croirait qu'elle y voit par le derrière de la tête,
car elle sait parfaitement ce qui se passe derrière elle. C'est un Janus féminin. — Si tu
veux réussir auprès d'elle, — il faut laisser là

les manières débraillées et victorieuses. Il faut lui parler sans la regarder, sans faire de mouvement, dans une attitude contrite, et d'un ton de voix étouffé et respectueux ; de cette façon, tu pourras lui dire tout ce que tu voudras, pourvu que cela soit convenablement gazé, et elle te permettra les choses les plus libres en paroles, d'abord, et ensuite en action. Aie soin seulement de rouler tendrement les yeux quand elle aura les siens baissés, et parle-lui des douceurs de l'amour platonique et du commerce des âmes, tout en employant avec elle la pantomime la moins platonique et la moins idéale du monde ! Elle est fort sensuelle et très suceptible, embrasse-la tant que tu voudras ; mais dans l'abandon le plus intime n'oublie pas de l'appeler madame au moins trois fois par phrase : elle s'est brouillée avec moi, parce qu'étant couché dans son lit, je lui ai dit je ne sais plus quoi, en la tutoyant. Que diable ! on n'est pas honnête femme pour rien.

— Je n'ai pas grande envie d'après ce que tu me dis de risquer l'aventure : une Messaline prude, l'alliance est monstrueuse et nouvelle.

— Vieille comme le monde, mon cher, cela

se voit tous les jours et rien n'est plus commun.
— Tu as tort de ne pas te fixer à celle-là :
— elle a un grand agrément, c'est qu'avec
elle on a toujours l'air de commettre un péché
mortel, et le moindre baiser paraît tout-à-
fait damnable ; tandis qu'avec les autres on
croit à peine faire un péché véniel et souvent
même on ne croit rien faire du tout. — C'est
la raison pourquoi je l'ai gardée plus long-
temps qu'aucune maîtresse. — Je l'aurais encore si elle ne m'avait pas quitté elle-même ;
c'est la seule femme qui m'ait devancé et je
lui porte certain respect à cause de cela. — Elle
a des petits raffinemens de volupté on ne peut
plus délicats, et ce grand art de paraître se
faire extorquer ce qu'elle accorde très librement. Ce qui donne à chacune de ses faveurs
le charme d'un viol. Tu trouveras dans le monde
dix de ses amans qui te jureront sur leur honneur que c'est la plus vertueuse créature qui
soit. — Elle est précisément le contraire. —
C'est une curieuse étude que d'anatomiser
cette vertu-là sur un oreiller.—Etant prévenu
tu ne cours aucun risque, et tu n'auras pas la
maladresse d'en devenir sincèrement amoureux.

— Quel âge a donc cette adorable personne ? demandai-je à de C***, car il m'était impossible de le déterminer, en l'examinant avec l'attention la plus scrupuleuse.

— Ah ! voilà ; quel âge a-t-elle ? c'est le mystère, et Dieu seul le sait. Pour moi, qui me pique d'assigner leur âge aux femmes, à une minute près, je n'ai jamais pu trouver le sién. Seulement d'une manière approximative, j'estime qu'elle peut avoir de dix-huit à trente-six ans. —Je l'ai vu en grande toilette, en déshabillé, sous le linge, et je ne puis rien t'apprendre à cet égard : ma science est en défaut, l'âge qu'elle semble le plus avoir c'est dix-huit ans, et cependant ce ne peut être son âge. — C'est un corps de vierge et une âme de fille de joie, et pour se corrompre aussi profondément et aussi spécieusement, il faut beaucoup de temps ou de génie. Il faut un cœur de bronze dans une poitrine d'acier; elle n'a ni l'un ni l'autre ; alors je pense qu'elle a trente-six ans, mais au fond je ne sais rien.

— Est-ce qu'elle n'a pas d'amie intime qui te pourrait donner des lumières sur ce sujet ?

— Non, elle est arrivée dans cette ville il y a deux ans. Elle venait de la province ou de l'é-

tranger, je ne sais plus lequel ; — c'est une admirable position pour une femme qui sait en
profiter. Avec une figure comme elle en a
une, elle peut se donner l'âge qu'elle veut et
ne dater que du jour où elle est arrivée ici.

— Voilà qui est on ne peut plus agréable,
surtout quand quelque ride impertinente ne
vient pas vous démentir, et que le temps, ce
grand destructeur, a la bonté de se prêter à
cette falsification de l'extrait de baptême.

Il m'en fit voir encore quelques-unes qui,
selon lui, recevraient favorablement toutes les
requêtes qu'il me plairait de leur adresser et me
traiteraient avec une philanthropie toute particulière. Mais la femme en rose du coin de la
cheminée, et la modeste colombe qui lui ser-
vait d'antithèse, étaient incomparablement
mieux que toutes les autres ; et si elles n'avaient
pas toutes les qualités que je demande, elles
en avaient quelques-unes, du moins en apparence.

Je parlai toute la soirée avec elles, surtout
avec la dernière, et j'eus soin de jeter mes
idées dans le moule le plus respectueux ;—quoiqu'elle me regardât à peine, je crus voir quelquefois luire ses prunelles sous leur rideau de

cils, et à quelques galanteries assez vives, mais
habillées de la gaze la plus pudique que je
hasardai, passer à deux ou trois lignes sous sa
chair une petite rougeur contenue et étouffée
assez pareille à celle que produit une liqueur
rose versée dans une tasse à moitié opaque.
— Ses réponses, en général, étaient sobres,
mesurées, mais pourtant aiguës et pleines de
trait, et donnaient à penser beaucoup plus
qu'elles n'exprimaient. Tout cela était entre-
mêlé de réticences, de demi-mots, d'allusions
détournées; chaque syllable avait son intention, chaque silence sa portée, rien au monde
n'était plus diplomatique et plus charmant.
— Et pourtant tel plaisir que j'y aie pris mo-
mentanément, je ne pourrais supporter long-
temps une pareille conversation. Il faut être
perpétuellement en éveil et sur ses gardes, et
ce que j'aime le mieux dans une causerie, c'est
l'abandon et la familiarité. — Nous avons parlé
d'abord de musique, ce qui nous a conduits
tout naturellement à parler de l'Opéra, et
ensuite des femmes, puis de l'amour, sujet
dans lequel il est plus facile que dans tout
autre de trouver des transitions pour passer
de la généralité à la spécialité. — Nous avons

fait du *beau cœur* à qui mieux mieux ; — tu
aurais ri de m'entendre, — en vérité Amadis
sur la Roche pauvre n'était qu'un cuistre sans
flamme au prix de moi. C'étaient des géné-
rosités, des abnégations, des dévouemens à
faire rougir de honte feu le Romain Curtius.
— Je ne me croyais sincèrement pas capable
d'un galimathias et d'un pathos aussi transcendant. — Moi, faisant du platonisme le plus
quintessencié, cela ne te paraît-il pas une des
choses les plus bouffonnes, la meilleure scène
de comédie qu'il se puisse voir ? Et puis cet
air confit en perfection, ces petites façons pa-
pelardes et chattemites que je vous avais !
tubleu ! — Je n'avais pas la mine de lui toucher ;
et toute mère qui m'aurait entendu raisonner
n'aurait pas hésité à me laisser coucher avec
sa fille ; tout mari m'aurait confié sa femme.
C'est la soirée de ma vie où j'ai eu le plus l'air
vertueux et où je l'ai été le moins. — Je pensais
qu'il fût plus difficile que cela d'être hypocrite
et de dire des choses que l'on ne croyait point.
— Il faut que ce soit assez aisé ou que j'aie de
fort belles dispositions pour avoir aussi agréablement réussi du premier coup. — J'ai en
vérité de fort beaux momens.

Quant à la dame, elle a dit beaucoup de choses très finement détaillées, et qui malgré l'air de candeur qu'elle y mettait, prouvent une expérience des plus consommées; on ne peut se faire une idée de la subtilité de ses distinctions. Cette femme-là scierait un cheveu en trois dans sa longueur, et elle ferait quinauds tous les docteurs angéliques et séraphiques. Au reste, à la manière dont elle parle, il est impossible de croire qu'elle ait même l'ombre d'un corps. — C'est d'un immatériel, d'un vaporeux, d'un idéal à vous casser les bras ; et si de C*** ne m'avait prévenu des allures de la bête, j'aurais assurément désespéré du succès de mes affaires, et je me serais tenu piteusement à l'écart. Comment diable aussi, lorsqu'une femme vous dit pendant deux heures, de l'air le plus détaché du monde, que l'amour ne vit que de privations et de sacrifices et autres belles choses de ce genre, peut-on décemment espérer de lui persuader un jour de se mettre entre deux draps avec vous, pour vous fomenter la complexion et voir si vous êtes faits l'un comme l'autre ?

Bref, nous nous sommes séparés très amis,

I.   10

et nous félicitant réciproquement de l'éléva-
tion, de la pureté de nos sentimens.

La conversation avec l'autre a été, comme
tu l'imagines, d'un genre tout-à-fait opposé.
Nous avons ri autant que parlé. Nous nous
sommes moqués, et fort spirituellement, de
toutes les femmes qui étaient là; — quand je
dis nous nous sommes moqués et fort spirituellement, je me trompe, je devais dire elle
s'est moquée; un homme ne se moque jamais bien d'une femme : moi j'écoutais et
j'approuvais, car il est impossible de crayon-
ner un trait plus vif, et de le colorer plus ardemment; c'est la plus curieuse galerie de
caricatures que j'aie jamais vue. Malgré l'exa-
gération, on sentait la vérité là dessous; de
C*** avait bien raison : la mission de cette
femme est de désenchanter des poètes. Il y a
autour d'elle une atmosphère de prose dans
laquelle une idée poétique ne peut vivre. Elle
est charmante et pétillante d'esprit, et cependant, à côté d'elle, on ne pense qu'à des choses ignobles et vulgaires; tout en lui parlant
je me sentais une foule d'envies incongrues
et impraticables dans le lieu où je me trouvais,

comme de me faire apporter du vin et de me
soûler; de la camper sur un de mes genoux et
de lui baiser la gorge, — de relever le bord de
sa jupe et de voir si sa jarretière était au-dessus
ou au-dessous du genou, de chanter à tue tête
un refrain ordurier, de fumer une pipe ou de
casser les carreaux : que sais-je? — Toute la
partie animale, toute la brute se soulevait en
moi; j'aurais très volontiers craché sur l'Iliade
d'Homère et je me serais mis à genoux devant
un jambon. — Je comprends parfaitement aujourd'hui l'allégorie des compagnons d'Ulysse
changés en pourceaux par Circé. Circé était
probablement quelque égrillarde comme ma
petite femme en rose.

Chose honteuse à dire; j'éprouvais un grand
délice à me sentir gagné par l'abrutissement;
je ne m'y opposais pas, j'y aidais de toutes
mes forces, tant la corruption est naturelle à
l'homme, et tant il y a de boue dans l'argile
dont il est pétri.

Cependant j'eus une minute peur de cette
gangrène qui me gagnait, et je voulus quitter
la corruptrice; mais le parquet semblait m'a-
voir monté jusqu'aux genoux, et j'étais comme
enchâssé à ma place.

A la fin je pris sur moi de la quitter, et la
soirée étant fort avancée, je m'en retournai
chez moi très perplexe, très troublé et ne sa-
chant trop ce que je devais faire. — J'hésitais
entre la prude et la galante. — Je trouvais de la
volupté dans l'une et du piquant dans l'autre;
et, après un examen de conscience très détaillé
et très approfondi, je m'aperçus non que je les
aimais toutes les deux, mais que je les désirais
toutes les deux, l'une autant que l'autre avec
assez de vivacité pour en prendre de la rêverie et de la préoccupation.

Selon toute apparence, ô mon ami! j'aurai
une de ces deux femmes, je les aurai peut-être
toutes les deux, et pourtant je t'avoue que
leur possession ne me satisfait qu'à moitié :
ce n'est pas qu'elles ne soient fort jolies, mais
à leur vue rien n'a crié dans moi, rien n'a
palpité, rien n'a dit — c'est elles — je ne les
ai pas reconnues; — cependant je ne crois pas
que je rencontrerai beaucoup mieux du côté
de la naissance et de la beauté, et de C***
me conseille de m'en tenir là. Assurément je
le ferai, et l'une ou l'autre sera ma maîtresse,
ou le diable m'emportera avant qu'il soit
bien long-temps; mais, au fond de mon cœur,

une secrète voix me reproche de mentir à
mon amour, et de m'arrêter ainsi au premier sourire d'une femme que je n'aime point,
au lieu de chercher infatigablement à travers
le monde, dans les cloîtres et dans les mauvais lieux, dans les palais et dans les auber-
ges, celle qui a été faite pour moi et que
Dieu me destine, princesse ou servante, religieuse ou femme galante.

Puis je me dis que je me fais des chimères;
qu'il est bien égal après tout que je couche
avec cette femme ou avec une autre, avec
toutes ou aucune; que la terre n'en déviera
pas d'une ligne dans sa marche, et que les
quatre saisons n'intervertiront pas leur ordre
pour cela; que rien au monde n'est plus indifférent, et que je suis bien bon de me
tourmenter de pareilles billevesées : voilà ce
que je me dis. — Mais j'ai beau dire, je n'en
suis ni plus tranquille, ni plus résolu.

Cela tient peut-être à ce que je vis beaucoup avec moi-même, et que les plus petits
détails dans une vie aussi monotone que la
mienne prennent une trop grande importance. Je m'écoute trop vivre et penser :
j'entends le battement de mes artères, les

pulsations de mon cœur; je dégage, à force
d'attention, mes idées les plus insaisissables
de la vapeur trouble où elles flottaient, et je
leur donne un corps. — Si j'agissais davantage, je n'apercevrais pas toutes ces petites
choses, et je n'aurais pas le temps de regarder mon âme au microscope, comme je le
fais toute la journée. Le bruit de l'action ferait envoler cet essaim de pensées oisives
qui voltigent dans ma tête et m'étourdissent
du bourdonnement de leurs ailes : au lieu de
poursuivre des fantômes, je me colleterais
avec des réalités; je ne demanderais aux femmes que ce qu'elles peuvent donner, — du
plaisir, — et je ne chercherais pas à embrasser
je ne sais qu'elle fantastique idéalité parée de
nuageuses perfections : — cette tension achar-
née de l'œil de mon âme vers un objet invisible m'a faussé la vue. Je ne sais pas voir
ce qui est, à force d'avoir regardé ce qui n'est
pas; et mon œil si subtil pour l'idéal est
tout-à-fait myope dans la réalité; — ainsi, j'ai
connu des femmes que tout le monde assure
être ravissantes, et qui ne me paraissent rien
moins que cela. — J'ai beaucoup admiré des
peintures généralement jugées mauvaises, et

des vers bizarres ou inintelligibles m'ont fait
plus de plaisir que les plus galantes productions. — Je ne serais pas étonné qu'après
avoir tant adressé de soupirs à la lune et
regardé les étoiles entre les deux yeux, après
avoir tant fait d'élégies et d'apostrophes sen-
timentales, je ne devienne amoureux de quelque fille de joie bien ignoble ou de quelque
femme laide et vieille; — ce serait une belle
chûte. — La réalité se vengera peut-être ainsi
du peu de soin que j'ai mis à lui faire la cour :
— cela ne serait-il pas bien fait si j'allais m'é-
prendre d'une belle passion romanesque pour
quelque maritorne ou quelque abominable
gaupe? Me vois-tu jouant de la guitare sous
la fenêtre d'une cuisine et supplanté par un
marmiton, ou portant le roquet d'une vieille
douairière crachant sa dernière dent. — Peut-
être aussi que ne trouvant rien en ce monde
qui soit digne de mon amour, je finirai par
m'y adorer moi-même, comme feu Narcisse,
d'égoïste mémoire. — Pour me garantir d'un
aussi grand malheur, je me regarde dans tous
les miroirs et dans tous les ruisseaux que je
rencontre. Au vrai, à force de rêveries et
d'aberrations, j'ai une peur énorme de tom-

ber dans le monstrueux et le hors nature.
Cela est sérieux, et il y faut prendre garde.
— Adieu, mon ami, — je vais de ce pas chez
la dame rose, de peur de me laisser aller à
mes contemplations habituelles. — Je ne pense
pas que nous nous occupions beaucoup de
l'entéléchie, et je crois que si nous faisons
quelque chose, ce ne sera pas à coup sûr du
spiritualisme, bien que la créature soit fort
spirituelle : je roule soigneusement et serre
dans un tiroir le patron de ma maîtresse idéale
pour ne pas l'essayer sur celle-ci. Je veux jouir
tranquillement des beautés et des mérites
qu'elle a. Je veux la laisser habillée d'une
robe à sa taille sans tâcher de lui adapter
le vêtement que j'ai taillé d'avance et à tout
événement pour la dame de mes pensées.
— Ce sont de fort sages résolutions, je ne
sais pas si je les tiendrai. — Encore une fois,
adieu.

III.

Je suis l'amant en pied de la dame rose ;
c'est presqu'un état, une charge, et cela
donne de la consistance dans le monde ; je n'ai
plus l'air d'un écolier qui cherche une bonne
fortune parmi les aïeules et qui n'ose débiter
un madrigal à une femme, à moins qu'elle ne
soit centenaire : je m'aperçois, depuis mon
installation, que l'on me considère beaucoup
plus, que toutes les femmes me parlent avec

une coquetterie jalouse et font de grands frais
pour moi.—Les hommes, au contraire, y mettent plus de froideur, et dans le peu de mots
que nous échangeons, il y a quelque chose
d'hostile et de contraint; ils sentent qu'ils ont
en moi un rival déjà redoutable et qui peut
le devenir davantage.—Il m'est revenu que
beaucoup d'entre eux avaient amèrement cri-
tiqué ma façon de me mettre, et avaient dit
que je m'habillais d'une manière trop effémi-
née; que mes cheveux étaient bouclés et lustrés avec plus de soin qu'il ne convenait; que
cela, joint à ma figure imberbe, me donnait
un air damoiseau on ne peut plus ridicule, que
j'affectais pour mes vêtemens des étoffes riches
et brillantes qui sentaient leur théâtre, et que
je ressemblais plus à un comédien qu'à un
homme.—Toutes les banalités qu'on dit pour
se donner le droit d'être sale et de porter des
habits pauvres et mal coupés.—Mais tout cela
ne fait que blanchir, et toutes les dames trouvent que mes cheveux sont les plus beaux du
monde, que mes recherches sont du meilleur
goût et semblent fort disposées à me dédom-
mager des frais que je fais pour elles, car elles
ne sont point assez sottes pour croire que

toute cette élégance n'ait pour but que mon embellissement particulier.

La dame du logis a d'abord paru un peu piquée de mon choix, qu'elle croyait devoir nécessairement tomber sur elle, et pendant quelques jours elle en a gardé une certaine aigreur (envers sa rivale seulement ; car, pour moi, elle m'a toujours parlé de même), qui se manifestait par quelques petits, — ma chère, — dits avec cette manière sèche et découpée que les femmes ont seules, et par quelques avis désobligeans sur sa toilette, donnés à aussi haute voix que possible, comme : — Vous êtes coiffée beaucoup trop haut et pas du tout à l'air de votre visage ; ou, — Votre corsage poche sous les bras ; qui vous a donc fait cette robe ? ou, — Vous avez les yeux bien battus, je vous trouve toute changée, et mille autres menues observations à quoi l'autre ne manquait pas de riposter avec toute la méchanceté désirable quand l'occasion s'en présentait ; et, si l'occasion tardait trop, elle s'en faisait elle-même une pour son usage et rendait, et au-delà, ce qu'on lui avait donné. Mais bientôt un autre objet ayant détourné l'attention de

l'infante dédaignée, cette petite guerre de mots
cessa et tout rentra dans l'ordre habituel.

Je t'ai dit sommairement que j'étais l'a-
mant en pied de la dame rose ; cela ne suffit
pas pour un homme aussi ponctuel que tu l'es.
Tu me demanderas sans doute comment elle
s'appelle : quant à son nom, je ne te le dirai
pas ; mais si tu veux, pour la facilité du récit
et en mémoire de la couleur de la robe avec
laquelle je l'ai vue pour la première fois,
— nous l'appellerons Rosette ; — c'est un joli
nom : — ma petite chienne s'appelait comme
cela.

Tu voudras savoir de point en point, car
tu aimes la précision dans ces sortes de choses,
l'histoire de mes amours avec cette belle Bradamante, et par quelles gradations succes-
sives je suis passé du général au particulier et
de l'état de simple spectateur à celui d'acteur ;
comment, de public que j'étais, je suis devenu amant. Je contenterai ton envie avec le
plus grand plaisir. Il n'y a rien de sinistre
dans notre roman ; il est couleur de rose, et
l'on n'y verse d'autres larmes que celles du
plaisir ; on n'y rencontre ni longueur, ni re-

dites, et tout y marche à la fin avec cette hâte et cette rapidité si recommandée par Horace ; — c'est un vérirable roman français. — Toutefois, ne va pas t'imaginer que j'aie emporté la place au premier assaut.—La princesse, quoique fort humaine pour ses sujets, n'est pas aussi prodigue de ses faveurs qu'on pourrait le croire d'abord ; elle connaît trop leur prix pour ne pas vous les faire acheter ; elle sait trop bien aussi ce qu'un juste retard donne de vivacité au désir, et le ragoût qu'une demi-résistance ajoute au plaisir pour se livrer à vous tout d'abord, si vif que soit ce goût que vous lui ayez inspiré.

Pour te conter la chose tout au long, il faut remonter un peu plus haut. Je t'ai fait un récit assez circonstancié de notre première entrevue. J'en ai eu encore une ou deux autres dans la même maison ou même trois, puis elle m'a invité à aller chez elle ; je ne me suis pas fait prier, comme tu peux bien le croire : j'y suis allé avec discrétion d'abord, puis un peu plus souvent, puis encore plus souvent, puis enfin toutes les fois que l'envie m'en prenait, et je dois avouer qu'elle me prenait au moins trois, quatre fois par jour. — La dame,

après quelques heures d'absence, me recevait
toujours comme si je fusse revenu des Indes
orientales ; ce à quoi j'étais on ne peut plus
sensible, et ce qui m'obligeait à montrer ma
reconnaissance d'une manière marquée par les
choses les plus galantes et les plus tendres du
monde, auxquelles elle répondait de son
mieux.

Rosette, puisque nous sommes convenus de
l'appeler ainsi, est une femme d'un grand esprit et qui comprend l'homme de la manière
la plus admirable ; quoiqu'elle ait retardé
quelque temps la conclusion du chapitre, je
n'ai pas pris une seule fois de l'humeur contre
elle : ce qui est vraiment merveilleux ; car tu
sais les belles fureurs où j'entre lorsque je n'ai
pas sur-le-champ ce que je désire et qu'une
femme dépasse le temps que je lui ai assigné
dans ma tête pour se rendre. — Je ne sais pas
comment elle a fait dès la première entrevue ;
elle m'a fait comprendre que je l'aurais, et j'en
étais plus sûr que si j'en eusse tenu la promesse
écrite et signée de sa main. On dira peut-être
que la hardiesse et la facilité de ses manières
laissait le champ libre à la témérité des espérances. Je ne pense pas que ce soit là le véri-

table motif : j'ai vu quelques femmes dont la prodigieuse liberté excluait, en quelque sorte, jusqu'à l'ombre d'un doute, qui ne m'ont pas produit cet effet, et auprès desquelles j'avais des timidités et des inquiétudes pour le moins déplacées.

Ce qui fait qu'en général je suis bien moins aimable avec les femmes que je veux avoir qu'avec celles qui me sont indifférentes, c'est l'attente passionnée de l'occasion et l'incertitude où je suis de la réussite de mon projet : cela me donne du sombre et me jette dans une rêverie qui m'ôte beaucoup de mes moyens et de ma présence d'esprit. Quand je vois s'échapper une à une les heures que j'avais destinées à un autre emploi, la colère me gagne malgré moi, et je ne puis m'empêcher de dire des choses fort sèches et fort aigres, qui vont quelquefois jusqu'à la brutalité et qui reculent mes affaires à cent lieues. Avec Rosette, je n'ai rien senti de tout cela ; jamais, même au moment où elle me résistait le plus, je n'ai eu cette idée qu'elle voulût échapper à mon amour. Je lui ai laissé déployer tranquillement toutes ses petites coquetteries, et j'ai pris en patience les délais assez longs qu'il lui

a plu d'apporter à mon ardeur : sa rigueur
avait quelque chose de souriant qui vous en
consolait autant que possible, et dans ses
cruautés les plus hyrcaniennes on entrevoyait
un fond d'humanité qui ne vous permettait
guère d'avoir une peur bien sérieuse. — Les
honnêtes femmes, même lorsqu'elles le sont
le moins, ont une façon rechignée et dédai-
gneuse qui m'est parfaitement insupportable.
Elles vous ont l'air toujours prêtes à sonner et
à vous faire jeter à la porte par leurs laquais ;
— et il me semble, en vérité, qu'un homme qui
prend la peine de faire la cour à une femme
(ce qui n'est pas déjà si agréable qu'on veut
le croire) ne mérite pas d'être regardé de
cette manière-là.

La chère Rosette n'a pas de ces regards-
là, elle, — et je t'assure qu'elle y trouve son
profit ; — c'est la seule femme avec qui j'aie
été moi, et j'ai la fatuité de dire que je n'ai
jamais été aussi bien. — Mon esprit s'est déployé librement ; et, par l'adresse et le feu de
ses répliques, elle m'en a fait trouver plus que
je ne m'en croyais et plus que je n'en ai peut-
être réellement. — Il est vrai que j'ai été assez
peu lyrique ; — cela n'est guère possible avec

elle ; — ce n'est pas cependant qu'elle n'ait son
côté poétique, malgré ce que de C*** en a
dit ; mais elle est si pleine de vie et de force
et de mouvement, elle a l'air d'être si bien
dans le milieu où elle est qu'on n'a pas envie
d'en sortir pour monter dans les nuages. Elle
remplit la vie réelle si agréablement et en fait
une chose si amusante pour elle et pour les
autres, que la rêverie n'a rien à vous offrir de
mieux.

Chose miraculeuse ! voilà près de deux mois
que je la connais ; et depuis ce temps je ne me
suis ennuyé que lorsque je n'étais pas avec
elle. Tu conviendras que cela n'est pas d'une
femme médiocre de produire un pareil effet :
car habituellement les femmes produisent sur
moi l'effet précisément inverse, et me plaisent
beaucoup plus de loin que de près.

Rosette a le meilleur caractère du monde ;
avec les hommes s'entend, car avec les femmes elle est méchante comme un diable ; elle
est gaie, vive, alerte, prête à tout, très ori-
ginale dans sa manière de parler, et a toujours
à vous dire quelques charmantes drôleries auxquelles on ne s'attend pas : — c'est un délicieux compagnon, un joli camarade avec lequel

I.   11

on couche, plutôt qu'une maîtresse ; et si j'avais
quelques années de plus et quelques idées romanesques de moins ; cela me serait parfaitement égal, et même je m'estimerais le plus
fortuné mortel qui soit. Mais.... mais.... voilà
une particule qui n'annonce rien de bon ; et
ce diable de petit mot restrictif est malheureusement celui de toutes les langues humaines
qui est le plus employé ; mais je suis un imbécile, un idiot, un véritable oison qui ne sais
me contenter de rien et qui vais toujours chercher midi à quatorze heures ; et, au lieu d'être
tout-à-fait heureux, je ne le suis qu'à moitié ;
— à moitié, c'est déjà beaucoup pour ce mon-
de-ci, et cependant je trouve que ce n'est pas
assez.

Aux yeux de tout le monde, j'ai une maîtresse que plusieurs désirent et m'envient, et
que personne ne dédaignerait. Mon désir est
donc rempli en apparence, et je n'ai plus le
droit de chercher des querelles au sort. Cependant il ne me semble pas avoir une maîtresse ; je le comprends par raisonnement,
mais je ne le sens pas ; et si quelqu'un me demandait inopinément si j'en ai une, je crois
que je répondrais que non. — Pourtant la

possession d'une femme qui a de la beauté, de la jeunesse et de l'esprit constitue ce que, dans tous les temps et dans tous les pays, on a appelé et on appelle avoir une maîtresse, et je ne pense pas qu'il y ait une autre manière. Cela n'empêche pas que je n'aie les plus étranges doutes à cet égard; et cela est poussé au point que si plusieurs personnes s'entendaient pour me soutenir que je ne suis pas l'amant favorisé de Rosette, malgré l'évidence palpable de la chose, je finirais par les croire.

Ne va pas imaginer, d'après ce que je te dis, que je ne l'aime pas ou qu'elle me déplaise en quelque chose; je l'aime au contraire beaucoup; et je la trouve ce que tout le monde la trouvera : une jolie et piquante créature. Simplement je ne me sens pas l'avoir; voilà tout. Et pourtant aucune femme ne m'a donné autant de plaisir; et si jamais j'ai compris la volupté, c'est dans ses bras. — Un seul de ses baisers, la plus chaste de ses caresses, me fait frissonner jusqu'à la plante des pieds et fait refluer tout mon sang au cœur. Arrangez tout cela. — La chose est pourtant comme je te la conte. Mais le cœur de l'homme est plein de ces absurdités-là; et s'il fallait concilier toutes

les contradictions qu'il renferme , on aurait
fort à faire.

D'où cela peut-il venir? En vérité, je ne
sais.

Je la vois toute la journée, et même toute la
nuit, si je veux. Je lui fais toutes les caresses
qu'il me plaît de lui faire; je l'ai nue ou habillée, à la ville ou à la campagne. Elle est d'une
complaisance inépuisable , et entre parfaitement dans tous mes caprices, si bizarres qu'ils
soient : un soir, il m'a pris cette fantaisie de la
posséder au milieu du salon , le lustre et les
bougies allumées, le feu dans la cheminée, les
fauteuils rangés en cercle comme pour une
grande soirée de réception , elle en toilette de
bal avec son bouquet et son éventail, tous ses
diamans aux doigts et au cou, des plumes sur
la tête, le costume le plus splendide possible,
et moi habillé en ours ; elle y a consenti. —
Quand tout fut prêt, les domestiques furent
très surpris de recevoir l'ordre de fermer les
portes et de ne laisser monter personne ; ils
n'avaient pas l'air de comprendre le moins
du monde , et s'en allèrent avec une mine hé-
bétée qui nous fit bien rire. A coup sûr, ils
pensèrent que leur maîtresse était décidément

folle ; mais ce qu'ils pensaient ou ne pensaient
pas ne nous importait guère.

Cette soirée est la plus bouffonne de ma vie :
te figures-tu l'air que je devais avoir avec mon
chapeau à plumes sous la patte, des bagues à
toutes les griffes, une petite épée à garde d'argent et un ruban bleu de ciel à la poignée? Je
me suis approché de la belle ; et, après lui
avoir fait la plus gracieuse révérence, je m'assis
à côté d'elle et je l'assiégeai dans toutes les
formes. Les madrigaux musqués, les galanteries exagérées que je lui adressais, tout le
jargon de la circonstance prenait un relief singulier en passant par mon mufle d'ours ; car
j'avais une superbe tête en carton peint que je
fus bientôt obligé de jeter sous la table, tellement ma déité était adorable ce soir-là et tant
j'avais envie de lui baiser la main et mieux
que la main : la peau suivit la tête à peu de
distance ; car, n'ayant pas l'habitude d'être
ours, j'y étouffais très bien et plus qu'il n'était
nécessaire. — Alors la toilette de bal eut beau
jeu, comme tu peux croire ; les plumes tom-
baient comme une neige autour de ma beauté,
les épaules sortirent bientôt des manches, les
seins du corset, les pieds des souliers, et les

jambes des bas : les colliers défilés roulèrent
sur le plancher, et je crois que jamais robe
plus fraîche n'a été plus impitoyablement fri-
pée et chiffonnée ; la robe était de gaze d'argent,
et la doublure de satin blanc. Rosette a déployé
dans cette occasion un héroïsme tout-à-fait au-
dessus de son sexe, et qui m'a donné d'elle la
plus haute opinion. — Elle a assisté au sac de
sa toilette comme un témoin désintéressé, et
n'a pas montré un seul instant le moindre
regret pour sa robe et ses dentelles ; elle était
au contraire de la gaieté la plus folle, et aidait
elle-même à déchirer et à rompre ce qui ne
se dénouait pas ou ne se dégrafait pas assez
vite à mon gré et au sien. — Ne trouves-tu pas
cela d'un beau à consigner dans l'histoire à
côté des plus éclatantes actions des héros de
l'antiquité? C'est la plus grande preuve d'amour
qu'une femme puisse donner à son amant que
de ne pas lui dire : Prenez garde de me chiffonner ou de me faire des taches, surtout si sa
robe est neuve. — Une robe neuve est un plus
grand motif de sécurité pour un mari qu'on
ne le croit communément. — Il faut que Rosette m'adore, ou qu'elle ait une philosophie
supérieure à celle d'Epictète.

Toujours est-il que je crois bien avoir payé
à Rosette la valeur de sa robe et au-delà en
une monnaie qui, pour n'avoir pas cours chez
les marchands, n'en est pas moins estimée et
prisée. — Tant d'héroïsme méritait bien une
pareille récompense. Au reste, en femme généreuse, elle m'a bien rendu ce que je lui ai
donné. — J'ai eu un plaisir fou, presque con-
vulsif et comme je ne me croyais pas capable
d'en éprouver. Ces baisers sonores mêlés de
rires éclatans, ces caresses frémissantes et
pleines d'impatience, toutes ces voluptés âcres
et irritantes ; ce plaisir goûté incomplétement
à cause du costume et de la situation, mais
plus vif cent fois que s'il eût été sans entraves,
me donnèrent tellement sur les nerfs, qu'il
me prit des spasmes dont j'eus quelque peine
à me remettre. — Tu ne saurais t'imaginer
l'air tendre et fier dont Rosette me regardait
tout en cherchant à me faire revenir et la manière pleine de joie et d'inquiétude dont elle
s'empressait autour de moi : sa figure rayon-
nait du plaisir qu'elle ressentait de produire
sur moi un effet semblable, en même temps
que ses yeux tout trempés de douces larmes
témoignaient de la peur qu'elle avait de me

voir malade et de l'intérêt qu'elle prenait à ma
santé. — Jamais elle ne m'a paru aussi belle
qu'à ce moment-là. Il y avait quelque chose de
si maternel et de si chaste dans son regard que
j'oubliai totalement la scène plus qu'anacréon-
tique qui venait de se passer, et me mis à
genoux devant elle en lui demandant la permission de baiser sa main ; ce qu'elle m'ac-
corda avec une gravité et une dignité singulières.

Assurément, cette femme-là n'est pas aussi
dépravée que de C*** le prétend, et qu'elle
me l'a paru bien souvent à moi-même ; sa corruption est dans son esprit et non pas dans
son cœur.

Je t'ai cité cette scène entre vingt autres : il
me semble qu'après cela on peut, sans fatuité
excessive, se croire l'amant d'une femme. —
Eh bien ! c'est ce que je ne fais pas. — J'étais
à peine de retour chez moi que cette pensée
me reprit et se mit à me travailler comme
d'habitude. — Je me souvenais parfaitement
de tout ce que j'avais dit et entendu, de tout
ce que j'avais fait et vu faire. — Les moindres
gestes, les moindres poses, tous les plus petits
détails se dessinaient très nettement dans ma

mémoire ; je me rappelais tout, jusqu'aux plus
légères inflexions de voix , jusqu'aux plus insaisissables nuances de la volupté : seulement,
il ne me paraissait pas que ce fût à moi plutôt
qu'à un autre que toutes ces choses fussent
arrivées. Je n'étais pas sûr que ce ne fût
une illusion, une fantasmagorie , un rêve, ou
que je n'eusse lu cela quelque part , ou même
que ce ne fût une histoire composée par moi,
comme je m'en suis fait bien souvent. Je
craignais d'être la dupe de ma crédulité et le
jouet de quelque mystification ; et, malgré le
témoignage de ma lassitude et les preuves
matérielles que j'avais couché dehors , j'aurais
cru volontiers que je m'étais mis dans mes
couvertures à mon heure ordinaire , et que
j'avais dormi jusqu'au matin.

Je suis très malheureux de ne pouvoir ac-
quérir la certitude morale d'une chose dont
j'ai la certitude physique. — C'est ordinairement l'inverse qui a lieu, et c'est le fait qui
prouve l'idée. Je voudrais me prouver le fait
par l'idée ; je ne le puis : quoique la chose soit
assez singulière , elle est. Il dépend de moi,
jusqu'à un certain point , d'avoir une maîtresse; mais je ne puis me forcer à croire que

j'en aie une tout en l'ayant. Si je n'ai pas en
moi la foi nécessaire, même pour une chose
aussi évidente, il m'est aussi impossible de
croire à un fait aussi simple qu'à un autre de
croire à la Trinité. La foi ne s'acquiert pas,
et c'est un pur don, une grâce spéciale du
ciel.

Jamais personne autant que moi n'a désiré
vivre de la vie des autres, et s'assimiler une
autre nature; — jamais personne n'y a moins
réussi. — Quoi que je fasse, les autres hommes
ne sont guère pour moi que des fantômes,
et je ne sens pas leur existence ; ce n'est
pourtant pas le désir de reconnaître leur vie
et d'y participer qui me manque. — C'est la
puissance ou le défaut de sympathie réelle
pour quoique ce soit. L'existence ou la non-
existence d'une chose ou d'une personne ne
m'intéressent pas assez pour que j'en sois
affecté d'une manière sensible et convain-
cante. — La vue d'une femme ou d'un homme
qui m'apparaissent dans la réalité ne laisse
pas sur mon âme des traces plus fortes que
la vision fantastique du rêve : — il s'agite
autour de moi un pâle monde d'ombres et
de semblans faux ou frais qui bourdonnent

sourdement, au milieu duquel je me trouve aussi parfaitement seul que possible, car aucun n'agit sur moi en bien ou en mal, et ils me paraissent d'une nature tout-à-fait différente. — Si je leur parle et qu'ils me répondent quelque chose qui ait à peu près le sens commun, je suis aussi surpris que si mon chien ou mon chat prenaient tout à coup la parole et se mêlaient à la conversation : — le son de leur voix m'étonne toujours, et je croirais très volontiers qu'ils ne sont que de fugitives apparences dont je suis le miroir objectif. Inférieur ou supérieur, à coup sûr je ne suis pas de leur espèce. Il y a des momens où je ne reconnais que Dieu au-dessus de moi, et d'autres où je me juge à peine l'égal du cloporte sous sa pierre ou du mollusque sur son banc de sable ; mais dans quelque situation d'esprit que je me trouve haut ou bas, je n'ai jamais pu me persuader que les hommes étaient vraiment mes semblables. Quand on m'appelle monsieur, ou qu'en parlant de moi on dit — cet homme, — cela me paraît fort singulier. Mon nom même me semble un nom en l'air et qui n'est pas mon véritable nom ; cependant,

si bas qu'il soit prononcé au milieu du bruit
le plus fort, je me retourne subitement avec
une vivacité convulsive et fébrile dont je
n'ai jamais bien pu me rendre compte. — Est-
ce la crainte de trouver dans cet homme
qui sait mon nom et pour qui je ne suis plus
la foule, un antagoniste ou un ennemi?

C'est surtout lorsque j'ai vécu avec une
femme, que j'ai le mieux senti combien ma
nature repoussait invinciblement toute alliance et toute mixtion. Je suis comme une
goutte d'huile dans un verre d'eau. Vous
aurez beau tourner et remuer, jamais l'huile
ne se pourra lier avec elle, elle se divisera
en cent mille petits globules qui se réuniront
et remonteront à la surface, au premier moment de calme : la goutte d'huile et le verre
d'eau voilà mon histoire; la volupté même,
cette chaîne de diamant qui lie tous les êtres,
ce feu dévorant qui fond les rochers et les
métaux de l'âme et les fait retomber en pleurs,
comme le feu matériel fait fondre le fer et le
granit, toute puissante qu'elle est, n'a jamais
pu me dompter ou m'attendrir. Cependant
j'ai les sens très vifs; mais mon âme est pour
mon corps une sœur ennemie, et le malheu-

reux couple, comme tout couple possible,
légal ou illégal, vit dans un état de guerre
perpétuel. — Les bras d'une femme, ce qui
lie le mieux sur la terre à ce qu'on dit, sont
pour moi de bien faibles attaches ; et je n'ai
jamais été plus loin de ma maîtresse que lorsqu'elle me serrait sur son cœur. — J'étouffais,
voilà tout.

Que de fois je me suis coléré contre moi-
même, que d'efforts j'ai faits pour ne pas être
ainsi! Comme je me suis exhorté à être tendre,
amoureux, passionné! Que souvent j'ai pris
mon âme par les cheveux et l'ai traînée jusque
sur mes lèvres au beau milieu d'un baiser!
quoi que j'aie fait, elle s'est toujours reculée
en s'essuyant, aussitôt que je l'ai lâchée. Quel
supplice pour cette pauvre âme d'assister aux
débauches de mon corps et de s'asseoir perpétuellement à des festins où elle n'a rien à
manger!

C'est avec Rosette que j'ai résolu, une fois
pour toutes, d'éprouver si je ne suis pas décidément insociable, et si je puis prendre assez
d'intérêt dans l'existence d'une autre pour y
croire. J'ai poussé les expériences jusqu'à
l'épuisement, et je ne me suis pas beaucoup

éclairci dans mes doutes. Avec elle, le plaisir
est si vif que l'âme se trouve assez souvent,
sinon touchée, au moins distraite, ce qui
nuit un peu à l'exactitude des observations.
Après tout, j'ai reconnu que cela ne passait
pas la peau, et que je n'avais qu'une jouissance
d'épiderme à laquelle l'âme ne participait que
par curiosité. — J'ai du plaisir, parce que je
suis jeune et ardent; mais ce plaisir me vient
de moi et non d'un autre. La cause est dans
moi-même plutôt que dans Rosette.

J'ai beau faire, je n'ai pu sortir de moi une
minute. — Je suis toujours ce que j'étais,
c'est-à-dire quelque chose de très ennuyé et
de très ennuyeux, qui me déplaît fort. Je
n'ai pu venir à bout de faire entrer dans ma
cervelle l'idée d'un autre, dans mon âme le
sentiment d'un autre, dans mon corps la douleur ou la jouissance d'un autre. — Je suis
prisonnier dans moi-même, et toute évasion
est impossible : le prisonnier veut s'échapper,
les murs ne demandent pas mieux que de
crouler, les portes que de s'ouvrir pour lui
livrer passage; je ne sais quelle fatalité retient
invinciblement chaque pierre à sa place, et
chaque verrou dans ses ferrures; il m'est aussi

impossible d'admettre quelqu'un chez moi, que d'aller moi-même chez les autres ; je ne saurais ni faire, ni recevoir de visites, et je vis dans le plus triste isolement au milieu de la foule : mon lit peut n'être pas veuf, mais mon cœur l'est toujours.

Ah ! ne pouvoir s'augmenter d'une seule parcelle, d'un seul atôme ; ne pouvoir faire couler le sang des autres dans ses veines ; voir toujours de ses yeux, ni plus clair, ni plus loin, ni autrement ; entendre les sons avec les mêmes oreilles et la même émotion ; toucher avec les mêmes doigts ; percevoir des choses variées avec un organe invariable ; être condamné au même timbre de voix, au retour des mêmes tons, des mêmes phrases et des mêmes paroles, et ne pouvoir s'en aller, se dérober à soi-même, se réfugier dans quelque coin où l'on ne se suive pas ; être forcé de se garder toujours, de dîner et de coucher avec soi, — d'être le même homme pour vingt femmes nouvelles ; traîner, au milieu des situations les plus étranges du drame de votre vie, un personnage obligé et dont vous savez le rôle par cœur ; penser les mêmes choses,

avoir les mêmes rêves, — quel supplice, quel
ennui!

J'ai désiré le cor des frères Tangut, le chapeau de Fortunatus, le bâton d'Abarys, l'anneau de Gygès, j'aurais vendu mon âme pour
arracher la baguette magique de la main
d'une fée; mais je n'ai jamais rien tant souhaité que rencontrer sur la montagne, comme
Tiresias-le-Devin, ces serpens qui font changer
de sexe : et ce que j'envie le plus aux dieux
monstrueux et bizarres de l'Inde ce sont leurs
perpétuels *avatars* et leurs transformations
innombrables.

J'ai commencé par avoir envie d'être un
autre homme; — puis, faisant réflexion que
je pouvais, par l'analogie, prévoir à peu près
ce que je sentirais, et alors ne pas éprouver
la surprise et le changement attendus, j'aurais
préféré d'être femme; cette idée m'est toujours venue, lorsque j'avais une maîtresse qui
n'était pas laide; car une femme laide est un
homme pour moi, et aux instans de plaisir
j'aurais volontiers changé de rôle, car il est
bien impatientant de ne pas avoir la conscience
de l'effet qu'on produit et de ne juger de la

jouissance des autres que par la sienne. Ces pensées et beaucoup d'autres m'ont souvent donné dans les momens où il était le plus déplacé, un air méditatif et rêveur qui m'a fait accuser bien à tort vraiment de froideur et d'infidélité.

Rosette, qui ne sait pas tout cela, fort heureusement, me croit l'homme le plus amoureux de la terre; elle prend cette impuissante *fureur* pour une fureur de passion, et elle se prête de son mieux à tous les caprices expérimentaux qui me passent par la tête.

J'ai fait tout ce que j'ai pu pour me convaincre de sa possession : j'ai tâché de descendre dans son cœur, mais je me suis toujours arrêté à la première marche de l'escalier, à sa peau ou sur sa bouche. Malgré l'intimité de nos relations corporelles, je sens bien qu'il n'y a rien de commun entre nous. Jamais une idée pareille aux miennes n'a ouvert ses ailes dans cette tête jeune et souriante. Jamais ce cœur plein de vie et de feu, qui soulève en palpitant une gorge si ferme et si pure, n'a battu à l'unisson de mon cœur. Mon âme ne s'est jamais unie avec cette âme. Cupidon, le dieu aux ailes d'épervier, n'a pas embrassé

I.   12

Psyché sur son beau front d'ivoire. Non !
— cette femme n'est pas ma maîtresse.

Si tu savais tout ce que j'ai fait pour forcer
mon âme à partager l'amour de mon corps !
avec quelle furie j'ai plongé ma bouche dans
sa bouche, trempé mes bras dans ses cheveux,
et comme j'ai serré étroitement sa taille ronde
et souple ! Comme l'antique Salmacis, l'amoureuse du jeune Hermaphrodite, je tâchais de
fondre son corps avec le mien ; je buvais son
haleine et les tièdes larmes que la volupté
faisait déborder du calice trop plein de ses
yeux. Plus nos corps s'enlaçaient, plus nos
étreintes étaient intimes, moins je l'aimais.
Mon âme, assise tristement, regardait d'un air
de pitié ce déplorable hymen où elle n'était
pas invitée où se voilait le front de dégoût et
pleurait silencieusement sous le pan de son
manteau. — Tout cela tient peut-être à ce que
réellement je n'aime pas Rosette, toute digne
d'être aimée qu'elle soit, et telle envie que
j'en aie.

Pour me débarrasser de l'idée que j'étais
moi, je me suis composé des milieux très
étranges, où il était tout-à-fait improbable
que je me rencontrasse ; et j'ai tâché, ne

pouvant jeter mon individualité aux orties,
de la dépayser de façon qu'elle ne se reconnût plus. J'y ai assez médiocrement réussi,
et ce diable de moi me suit obstinément, il
n'y a pas moyen de s'en défaire; — je n'ai
pas la ressource de lui faire dire, comme aux
autres importuns, que je suis sorti ou que je
suis allé à la campagne.

   J'ai eu ma maîtresse au bain, et j'ai fait le
triton de mon mieux. — La mer était une fort
grande cuve de marbre. — Quant à la Néréide,
ce qu'elle faisait voir accusait l'eau, toute
transparente qu'elle fût, de ne pas l'être
encore assez pour l'exquise beauté des choses
qu'elle cachait. — Je l'ai eue la nuit, au clair
de lune, dans une gondole avec de la musique.

   Cela serait fort commun à Venise, mais
ici cela l'est fort peu. — Dans sa voiture lancée
au grand galop, au milieu du bruit des roues,
des sauts et des cahots, tantôt illuminés par
les lanternes, tantôt plongés dans la plus
profonde obscurité. — C'est une manière qui
ne manque pas d'un certain piquant, et je te
conseille d'en user; mais j'oubliais que tu es
un vénérable patriarche, et que tu ne donnes

point en de pareils raffinemens. — Je suis
entré chez elle, par la fenêtre, ayant la clef
de la porte dans ma poche. — Je l'ai fait
venir chez moi en plein jour, et enfin je l'ai
compromise de telle façon que personne
maintenant (excepté moi, bien entendu) ne
doute qu'elle ne soit ma maîtresse.

A cause de toutes ces inventions qui, si je
n'étais aussi jeune, auraient l'air des ressources d'un libertin blasé, Rosette m'adore
principalement et par-dessus tous autres.
Elle y voit l'ardeur d'un amour pétulant que
rien ne peut contenir et qui est le même
malgré la diversité des temps et des lieux.
Elle y voit l'effet sans cesse renaissant de ses
charmes et le triomphe de sa beauté, et en
vérité, je voudrais qu'elle eût raison, et ce
n'est point ma faute ni la sienne non plus, il
faut être juste, si elle ne l'a pas.

Le seul tort que j'aie en vers elle, c'est
d'être moi. Si je lui disais cela, l'enfant ré-
pondrait bien vite que c'est précisément mon
plus grand mérite à ses yeux, ce qui serait
plus obligeant que sensé.

Une fois, — c'était dans les commencemens de notre liaison, — j'ai cru être arrivé

a mon but, une minute j'ai cru avoir aimé;
— j'ai aimé, — ô mon ami! je n'ai vécu que
cette minute-là, et si cette minute eût été une
heure, je fusse devenu un dieu. — Nous étions
sortis tous les deux à cheval, moi sur mon
cher Ferragus, elle sur une jument couleur
de neige et qui a l'air d'une licorne tant elle
a les pieds déliés et l'encolure svelte. Nous
suivions une grande allée d'ormes d'une hauteur prodigieuse; le soleil descendait sur
nous tiède et blond, tamisé par les déchiquetures du feuillage ;— des losanges d'outre-mer
scintillaient par places dans des nuages pom-
melés, de grandes lignes d'un bleu pâle
jonchaient les bords de l'horizon et se chan-
geaient en un vert pomme extrêmement tendre, lorsqu'elles se rencontraient avec les
tons orangés du couchant. — L'aspect du
ciel était charmant et singulier; la brise nous
apportait je ne sais quelle odeur de fleurs
sauvages on ne peut plus ravissante. — De
temps en temps un oiseau partait devant nous
et traversait l'allée en chantant. — La cloche
d'un village que l'on ne voyait pas, sonnait
doucement l'angélus, et les sons argentins
qui ne nous arrivaient qu'atténués par l'éloi-

gnement, avaient une douceur infinie. Nos
bêtes allaient le pas et marchaient côte à côte
d'une manière si égale que l'une ne dépassait
pas l'autre. — Mon cœur se dilatait, et mon
âme débordait sur mon corps. — Je n'avais
jamais été si heureux. — Je ne disais rien,
ni Rosette non plus, et pourtant nous ne
nous étions jamais aussi bien entendus. — Nous
étions si près l'un de l'autre que ma jambe
touchait le ventre du cheval de Rosette. Je
me penchai vers elle et passai mon bras autour
de sa taille; elle fit le même mouvement de
son côté, et renversa sa tête sur mon épaule.
Nos bouches se prirent; ô quel chaste et délicieux baiser! — Nos chevaux marchaient
toujours avec leur bride flottante sur le cou.
— Je sentais le bras de Rosette se relâcher
et ses reins ployer de plus en plus. — Moi-
même je faiblissais et j'étais près de m'évanouir. — Ah! je t'assure que dans ce moment-
là je ne songeais guère si j'étais moi ou un
autre. Nous allâmes ainsi jusqu'au bout de
l'allée où un bruit de pas nous fit reprendre
brusquement notre position; c'étaient des
gens de connaissance aussi à cheval qui vin-
rent à nous et nous parlèrent. Si j'avais eu des

pistolets, je crois que j'aurais tiré sur eux.

Je les regardais d'un air sombre et furieux, qui aura dû leur paraître bien singulier. — Après tout, j'avais tort de me mettre si fort en colère contre eux, car ils m'avaient rendu sans le vouloir, le service de couper mon plaisir à point, au moment où par son intensité même, il allait devenir une douleur ou s'affaisser sous sa violence. — C'est une science que l'on ne regarde pas avec tout le respect qu'on lui doit, que celle de s'arrêter à temps. — Quelquefois, en étant couché avec une femme on lui passe le bras sous la taille, c'est d'abord une grande volupté de sentir la tiède chaleur de son corps, la chair douce et veloutée de ses reins, l'ivoire poli de ses flancs et de refermer sa main sur sa gorge qui se dresse et frisonne. — La belle s'endort dans cette position amoureuse et charmante ; la cambrure de ses reins devient moins prononcée ; sa gorge s'apaise ; son flanc est soulevé par la respiration plus large et plus régulière du sommeil ; ses muscles se dénouent, sa tête roule dans ses cheveux. — Cependant votre bras est plus pressé, vous commencez à vous apercevoir que c'est une

femme et non pas une sylphide ; — mais vous
n'ôteriez pas votre bras pour rien au monde,
il y a beaucoup de raisons pour cela ; la
première c'est qu'il est assez dangereux de
réveiller une femme avec qui l'on est couché ;
il faut être en état de substituer au rêve délicieux qu'elle fait sans doute une réalité
encore plus délicieuse ; la seconde, c'est
qu'en la priant de se soulever pour que vous
retiriez votre bras, vous lui dites d'une manière indirecte qu'elle est lourde et qu'elle
vous gêne, ce qui n'est pas honnête, ou bien
vous lui faites entendre que vous êtes faible
ou fatigué, chose extrêmement humiliante
pour vous et qui vous nuira infiniment dans
son esprit ; — la troisième est que, comme
l'on a eu du plaisir dans cette position, l'on
croit qu'en la gardant on pourra en éprouver
encore, en quoi l'on se trompe. — Le pauvre
bras se trouve pris sous la masse qui l'op-
prime, le sang s'arrête, les nerfs sont tiraillés
et l'engourdissement vous picote avec ses
millions d'aiguilles : vous êtes une manière
de petit Milon Crotoniate, et le matelas de
votre lit et le dos de votre divinité représen-
tent assez exactement les deux parties de

l'arbre qui se sont rejointes; — le jour vient
enfin qui vous délivre de ce martyre et vous
sautez à bas de ce chevalet avec plus d'empressement qu'aucun mari n'en met à descendre de l'échafaud nuptial.

Ceci est l'histoire de bien des passions.
— C'est celle de tous les plaisirs.

Quoi qu'il en soit, — malgré l'interruption
ou à cause de l'interruption, jamais volupté
pareille n'a passé sur ma tête : je me sentais
réellement un autre. L'âme de Rosette était
entrée tout entière dans mon corps. — Mon
âme m'avait quitté et remplissait son cœur
comme son âme à elle remplissait le mien. —
Sans doute elles s'étaient rencontrées au passage, dans ce long baiser équestre, comme
Rosette l'a appelé depuis (ce qui m'a fâché
par parenthèse), et s'étaient traversées et con-
fondues aussi intimement que le peuvent faire
les âmes de deux créatures mortelles sur un
grain de boue périssable.

Les anges doivent assurément s'embrasser
ainsi, et le vrai paradis n'est pas au ciel, mais
sur la bouche d'une personne aimée.

J'ai attendu vainement une minute pareille,
et j'en ai sans succès provoqué le retour. Nous

avons été bien souvent nous promener à cheval dans l'allée du bois, par de beaux couchers
de soleil; les arbres avaient la même verdure, les oiseaux chantaient la même chanson,
mais nous trouvions le soleil terne, le feuillage jauni : le chant des oiseaux nous paraissait aigre et discordant, l'harmonie n'était
plus en nous. Nous avons mis nos chevaux
au pas et nous avons essayé le même baiser.
— Hélas ! nos lèvres seules se joignaient, et
ce n'était que le spectre de l'ancien baiser.
— Le beau, le sublime, le divin, le seul vrai
baiser que j'aie donné et reçu en ma vie était
envolé à tout jamais. — Depuis ce jour-là je
suis toujours revenu du bois avec un fond de
tristesse inexprimable. — Rosette, toute gaie
et folâtre qu'elle soit habituellement, ne peut
échapper à cette impression, et sa rêverie se
trahit par une petite moue délicatement plissée
qui vaut au moins son sourire.

Il n'y a guère que la fumée du vin et le
grand éclat des bougies qui me puissent faire
revenir de ces mélancolies-là. Nous buvons
tous les deux comme des condamnés à mort,
silencieusement et coup sur coup jusqu'à ce
que nous ayons atteint la dose qu'il nous faut;

alors nous commençons à rire et à nous moquer du meilleur cœur de ce que nous appelons notre sentimentalité.

Nous rions, — parce que nous ne pouvons
pleurer. — Ah! qui pourra faire germer une
larme au fond de mon œil tari?

Pourquoi ai-je eu tant de plaisir ce soir-là?
Il me serait bien difficile de le dire. J'étais
pourtant le même homme, Rosette la même
femme. Ce n'était pas la première fois que je
me promenais à cheval, ni elle non plus.
Nous avions déjà vu se coucher le soleil, et ce
spectacle ne nous a pas autrement touchés que
la vue d'un tableau que l'on admire, selon que
les couleurs en sont plus ou moins brillantes.
Il y a plus d'une allée d'ormes et de marro-
niers dans le monde, et celle-là n'était pas la
première que nous parcourions; qui donc
nous y a fait trouver un charme si souverain,
qui métamorphosait les feuilles mortes en to-
pases, les feuilles vertes en émeraudes, qui
avait doré tous ces atômes voltigeans, et
changé en perles toutes ces gouttes d'eau
égrenées sur la pelouse, qui donnait une harmonie si douce aux sons d'une cloche habituellement discordante, et aux piaillemens de

je ne sais quels oisillons? — Il fallait qu'il y eût
dans l'air une poésie bien pénétrante, puisque nos chevaux mêmes paraissaient la sentir.

Rien au monde cependant n'était plus pastoral et plus simple. Quelques arbres, quelques nuages, cinq ou six brins de serpolet,
une femme et un rayon de soleil brochant
sur le tout comme un chevron d'or sur un
blason. — Il n'y avait d'ailleurs, dans ma sensation, ni surprise, ni étonnement. Je me
reconnaissais bien. Je n'étais jamais venu dans
cet endroit, mais je me rappelais parfaitement
et la forme des feuilles et la position des nuées;
cette colombe blanche qui traversait le ciel,
s'envolait dans la même direction; cette petite
cloche argentine, que j'entendais pour la
première fois, avait bien souvent tinté à mon
oreille, et sa voix me semblait une voix amie;
j'avais, sans y être jamais passé, parcouru
cette allée bien des fois avec des princesses
montées sur des licornes; les plus voluptueux
de mes rêves s'y allaient promener tous les
soirs, et mes désirs s'y étaient donné des baisers absolument pareils à celui échangé par
moi et Rosette. — Ce baiser n'avait rien de
nouveau pour moi: mais il était tel que j'avais

pensé qu'il serait. C'est peut-être la seule fois
de ma vie que je n'ai pas été désappointé, et
que la réalité m'a paru aussi belle que l'idéal.
— Si je pouvais trouver une femme, un paysage, une architecture, quelque chose qui
répondît à mon désir intime aussi parfaitement que cette minute-là a répondu à la minute que j'avais rêvée, je n'aurais rien à en-
vier aux dieux, et je renoncerais très
volontiers à ma stalle du paradis. — Mais, en
vérité, je ne crois pas qu'un homme de chair
pût résister une heure à des voluptés si péné-
trantes ; deux baisers comme cela pomperaient
une existence entière, et feraient vide complet dans une âme et dans un corps. — Ce
n'est pas cette considération-là qui m'arrête-
rait ; car, ne pouvant prolonger ma vie indé-
finiment, il m'est égal de mourir, et j'aimerais
mieux mourir de plaisir que de vieillesse ou
d'ennui.

Mais cette femme n'existe pas. — Si, elle
existe ! — Je n'en suis peut-être séparé que
par une cloison. — Je l'ai peut-être coudoyée
hier ou aujourd'hui

Que manque-t-il à Rosette, pour être cette
femme-là ? — Il lui manque que je le croie.

Quelle fatalité me fait donc avoir toujours pour maîtresses des femmes que je n'aime pas. Son cou est assez poli pour y suspendre les colliers les mieux ouvrés ; ses doigts sont assez effilés pour faire honneur aux plus belles et aux plus riches bagues ; le rubis rougirait de plaisir de briller au bout vermeil de son oreille délicate ; sa taille pourrait ceindre le ceste de Vénus ; mais c'est l'amour seul qui sait nouer l'écharpe de sa mère.

Tout le mérite qu'a Rosette est en elle, je ne lui ai rien prêté. Je n'ai pas jeté sur sa beauté ce voile de perfection dont l'amour enveloppe la personne aimée ; — le voile d'Isis est un voile transparent à côté de celui-là. — Il n'y a que la satiété qui en puisse lever le coin.

Je n'aime pas Rosette, du moins l'amour que j'ai pour elle, si j'en ai, ne ressemble pas à l'idée que je me suis faite de l'amour. — Après cela mon idée n'est peut-être pas juste. Je n'ose rien décider. Toujours est-il qu'elle me rend tout-à-fait insensible au mérite des autres femmes, et je n'ai désiré personne avec un peu de suite depuis que je la possède. — Si elle a à être jalouse, ce n'est que de fantômes ; ce dont elle s'inquiète assez peu, et

pourtant mon imagination est sa plus redoutable rivale ; c'est une chose dont, avec toute
sa finesse, elle ne s'apercevra problablement
jamais.

— Si les femmes savaient cela ! — Que d'infidélités l'amant le moins volage fait à la maîtresse la plus adorée ! — Il est à présumer que
les femmes nous le rendent et au-delà ; —
mais elles font comme nous, et n'en disent
rien. — Une maîtresse est un thème obligé
qui disparaît ordinairement sous les fioritures
et les broderies. — Bien souvent les baisers
qu'on lui donne ne sont pas pour elle ; —
c'est l'idée d'une autre femme que l'on embrasse dans sa personne, et elle profite plus
d'une fois (si cela peut s'appeler un profit)
des désirs inspirés par une autre. Ah ! que de
fois, pauvre Rosette, tu as servi de corps à
mes rêves et donné une réalité à tes rivales ;
que d'infidélités dont tu as été involontaire-
ment la complice ! Si tu avais pu penser aux
momens où mes bras te serraient avec tant
de force, où ma bouche s'unissait plus étroitement à la tienne, que ta beauté et ton amour
n'y étaient pour rien, que ton idée était à
mille lieues de moi, si l'on t'avait dit que ces

yeux, voilés d'amoureuse langueur, ne s'a-
baissaient que pour ne pas te voir et ne pas
dissiper l'illusion que tu ne servais qu'à compléter, et qu'au lieu d'être une maîtresse, tu
n'étais qu'un instrument de volupté, un
moyen de tromper un désir impossible à
réaliser,

O célestes créatures! belles vierges frêles
et diaphanes qui penchez vos yeux de per-
venche et joignez vos mains de lis sur les
tableaux à fond d'or des vieux maîtres alle-
mands, saintes des vitraux, martyres des
missels qui souriez si doucement au milieu
des enroulemens des arabesques, et qui sortez
si blondes et si fraîches de la cloche des fleurs!
— O vous, belles courtisanes couchées toutes
nues dans vos cheveux sur des lits semés de
roses, sous de larges rideaux pourpres avec
vos bracelets et vos colliers de grosses perles
votre éventail et vos miroirs où le couchant
accroche dans l'ombre une flamboyante pail-
lette! — brunes filles du Titien, qui nous étalez
si voluptueusement vos hanches ondoyantes,
vos cuisses fermes et dures, vos ventres polis
et vos reins souples et musculeux! — antiques
déesses, qui dressez votre blanc fantôme sous

les ombrages du jardin, — vous faites partie de mon sérail; je vous ai possédées tour à tour. — Sainte Ursule, j'ai baisé tes mains sur les belles mains de Rosette; — j'ai joué avec les noirs cheveux de la Muranèse, et jamais Rosette n'a eu tant de peine à se recoiffer; virginale Diane, j'ai été avec toi plus hardi qu'Actéon, et je n'ai pas été changé en cerf, c'est moi qui ai remplacé ton bel Endymion! — Que de rivales dont on ne se défie pas, et dont on ne peut se venger! encore ne sont-elles pas toujours peintes ou sculptées!

Femmes, quand vous voyez votre amant devenir plus tendre que de coutume, vous étreindre dans ses bras avec une émotion extraordinaire; quand il plongera sa tête dans vos genoux et la relevera pour vous regarder avec des yeux humides et errans; quand la jouissance ne fera qu'augmenter son désir, et qu'il éteindra votre voix sous ses baisers, comme s'il craignait de l'entendre, soyez certaines qu'il ne sait seulement pas si vous êtes là, qu'il a, en ce moment, rendez-vous avec une chimère que vous rendez palpable, et dont vous jouez le rôle. — Bien des cham-

brières ont profité de l'amour qu'inspiraient
des reines. — Bien des femmes ont profité
de l'amour qu'inspiraient des déesses, et
une réalité assez vulgaire a souvent servi de
socle à l'idole idéale; c'est pourquoi les poètes
prennent habituellement d'assez sales gue-
nipes pour maîtresses. — On peut coucher dix
ans avec une femme sans l'avoir jamais vue; —
c'est l'histoire de beaucoup de grands génies
et dont les relations ignobles ou obscures ont
fait l'étonnement du monde.

Je n'ai fait à Rosette que des infidélités de
ce genre-là. Je ne l'ai trahie que pour des
tableaux et des statues, et elle a été de moitié
dans la trahison. Je n'ai pas sur la conscience
le plus petit péché matériel à me reprocher. Je
suis, de ce côté, aussi blanc que la neige de la
yung-frau; et pourtant sans être amoureux de
personne, je désirerais l'être de quelqu'un.
— Je ne cherche pas l'occasion, et je ne serais
pas fâché qu'elle vînt; et si elle venait, je ne
m'en servirais peut-être pas, car j'ai la conviction intime qu'il en serait de même avec
toute autre, et j'aime mieux qu'il en soit ainsi
avec Rosette qu'avec toute autre; — car la

femme ôtée, il me reste du moins un joli compagnon, plein d'esprit, et très agréablement démoralisé; et cette considération n'est pas une des moindres qui me retiennent, car, en perdant la maîtresse, je serais désolé de perdre l'amie.

———

IV.

Sais-tu que voilà tantôt cinq mois, — oui, cinq mois, tout autant, cinq éternités que je suis le Céladon en pied de madame Rosette. Cela est du dernier beau. Je ne me serais pas cru aussi constant, ni elle non plus, je gage. Nous sommes en vérité un couple de pigeons plumés ; car il n'y a que des tourterelles pour avoir de ces tendresses-là. Avons - nous roucoulé ! nous sommes-nous becquetés ! quels

enlacemens de lierre ! quelle existence à
deux ! rien au monde n'était plus touchant ; et
nos deux pauvres petits cœurs auraient pu se
mettre sur un cartel, enfilés par la même
broche avec une flamme en coup de vent.

Cinq mois ! en tête à tête, pour ainsi dire,
car nous nous voyons tous les jours et presque toutes les nuits, — la porte toujours fermée à tout le monde ; — n'y a-t-il pas de quoi
avoir la peau de poule rien que d'y songer !
Eh bien ! c'est une chose qu'il faut dire à la
gloire de l'incomparable Rosette, je ne me
suis pas par trop ennuyé ; et ce temps-là sera
sans doute le plus agréablement passé de ma
vie ; je ne crois pas qu'il soit possible d'occuper
d'une manière plus soutenue et plus amusante un homme qui n'a point de passion ;
et Dieu sait quel terrible désœuvrement est
celui qui provient d'un cœur vide ! On ne
peut se faire une idée des ressources de cette
femme. — Elle a commencé à les tirer de son
esprit, puis de son cœur, car elle m'aime à
l'adoration ; — avec quel art elle profite de
la moindre étincelle ! et comme elle sait en
faire un incendie ! comme elle dirige habile-
ment les plus petits mouvemens de l'âme !

comme elle fait tourner la langueur en rêverie tendre! et par combien de chemins dé-
tournés fait-elle revenir à elle l'esprit qui s'en
éloigne! — C'est merveilleux! — Et je l'admire
comme un des plus haut génies qui soient.

Je suis venu chez elle fort maussade, de
fort mauvaise humeur et cherchant une querelle. Je ne sais comment la sorcière faisait;
au bout de quelques minutes, elle m'avait
forcé à lui dire des choses galantes, quoique je n'en eusse pas la moindre envie, à lui
baiser les mains et à rire de tout mon cœur,
quoique je fusse d'une colère épouvantable.
A-t-on idée d'une tyrannie pareille? — Cependant, si habile qu'elle soit, le tête à tête ne peut
se prolonger plus long-temps, et dans cette dernière quinzaine, il m'est arrivé assez souvent,
ce que je n'avais jamais fait jusque-là, d'ouvrir
les livres qui sont sur la cheminée et sur la table
et d'en lire quelques lignes dans les interstices
de la conversation. Rosette l'a remarqué et
en a conçu un effroi qu'elle a eu peine à dis-
simuler, et elle a fait emporter tous les livres
de son cabinet. J'avoue que je les regrette,
quoique je n'ose pas les redemander. — L'autre
jour, — symptôme effrayant! quelqu'un est

venu pendant que nous étions ensemble, et
au lieu d'enrager comme je faisais dans les
commencemens, j'en ai éprouvé une espèce
de joie. J'ai presque été aimable : j'ai sou-
tenu la conversation que Rosette tâchait de
laisser tomber afin que le monsieur s'en allât,
et quand il fut parti, je me mis à dire qu'il
ne manquait pas d'esprit et que sa société était
assez agréable. Rosette me fit souvenir qu'il y
avait deux mois je l'avais précisément trouvé
stupide et le plus sot fâcheux qui fût sur la
terre, ce à quoi je n'eus rien à répondre, car
en vérité je l'avais dit ; et j'avais cependant
raison, malgré ma contradiction apparente ;
car la première fois il dérangeait un tête à tête
charmant, et la seconde fois il venait au secours d'une conversation épuisée et languis-
sante (d'un côté du moins), et m'évitait, pour
ce jour-là, une scène de tendresse assez fati-
gante à jouer.

Voilà où nous en sommes ; — la position est
grave, — surtout quand il y en a un des deux
qui est encore épris et qui s'attache désespérément aux restes de l'amour de l'autre. Je suis
dans une perplexité grande. — Quoique je ne
sois pas amoureux de Rosette, j'ai pour elle

une très grande affection, et je ne voudrais rien faire qui lui causât de la peine. —Je veux qu'elle croie, aussi long-temps que possible, que je l'aime.

En reconnaissance de toutes ces heures qu'elle a rendues ailées, en reconnaissance de l'amour qu'elle m'a donné pour du plaisir, je le veux. —Je la tromperai; mais une tromperie agréable ne vaut-elle pas mieux qu'une vérité affligeante? — car jamais je n'aurai le cœur de lui dire que je ne l'aime pas. —La vaine ombre d'amour dont elle se repaît lui paraît si adorable et si chère; elle embrasse ce pâle spectre avec tant d'ivresse et d'effusion, que je n'ose le faire évanouir; cependant j'ai peur qu'elle ne s'aperçoive à la fin que ce n'est après tout qu'un fantôme. Ce matin nous avons eu ensemble un entretien que je te vais rapporter sous sa forme dramatique pour plus de fidélité et qui me fait craindre de ne pouvoir prolonger notre liaison bien long-temps.

La scène représente le lit de Rosette. Un rayon de soleil plonge à travers les rideaux : il est dix heures. Rosette a un bras sous mon cou et ne remue pas de peur de m'é-

veiller. De temps en temps elle se soulève un
peu sur le coude et penche sa figure sur la
mienne en retenant son souffle. Je vois tout
cela à travers le grillage de mes cils, car il y
a une heure que je ne dors plus. La chemise
de Rosette a un tour de gorge de maline toute
déchirée : la nuit a été orageuse, ses cheveux
s'echappent confusément de son petit bonnet :
elle est aussi jolie que peut l'être une femme
que l'on n'aime point, et avec qui l'on est
couché.

ROSETTE, voyant que je ne dors plus.

Oh ! le vilain dormeur.

MOI, bâillant.

Haaa !

ROSETTE.

Ne bâillez donc pas comme cela., ou je ne
vous embrasserai pas de huit jours.

MOI.

Ouf !

ROSETTE.

Il paraît, monsieur, que vous ne tenez pas
beaucoup à ce que je vous embrasse?

MOI.

Si fait.

ROSETTE.

Comme vous dites cela d'une manière dé-
gagée! — C'est bon ; vous pouvez compter
que, d'ici à huit jours, je ne vous toucherai
du bout des lèvres. — C'est aujourd'hui mardi,
ainsi à mardi prochain.

MOI.

Bah !

ROSETTE.

Comment, bah !

MOI.

Oui, bah! tu m'embrasseras avant ce soir,
ou je meure.

ROSETTE.

Vous mourrez ! Est-il fat ? — Je vous ai gâté,
monsieur.

MOI.

Je vivrai. — Je ne suis pas fat et tu ne m'as
pas gâté, au contraire. — D'abord, je demande
la suppression du *monsieur* ; je suis assez de
tes connaissances pour que tu m'appelles par
mon nom et que tu me tutoies.

ROSETTE.

Je t'ai gâté, d'Albert !

MOI.

Bien. — Maintenant approche ta bouche.

ROSETTE.

Non, mardi prochain.

MOI.

Allons donc ; est-ce que nous ne nous ca-
resserons plus maintenant que le calendrier à
la main ? nous sommes un peu trop jeunes tous
les deux pour cela. — Ça, votre bouche, mon
infante, ou je m'en vais attrapper un torti-
colis.

ROSETTE.

Point.

MOI.

Ah ! vous voulez qu'on vous viole, mignonne ;
pardieu ! l'on vous violera ; — la chose est faisable, quoique peut-être elle n'ait pas été encore faite.

ROSETTE.

Impertinent !

MOI.

Remarque, ma toute belle, que je t'ai fait
la galanterie d'un peut-être ; c'est fort honnête de ma part. — Mais nous nous éloignons
du sujet. Penche ta tête. Voyons : qu'est-ce
que c'est que cela, ma sultane favorite ? et
quelle mine maussade nous avons ! Nous voulons baiser un sourire et non une moue.

ROSETTE, se baissant pour m'embrasser.

Comment veux-tu que je rie ? tu me dis des
choses si dures !

MOI.

Mon intention est de t'en dire de fort tendres. — Pourquoi veux-tu que je te dise des
choses dures ?

ROSETTE.

Je ne sais ; — mais vous m'en dites.

MOI.

Tu prends pour des duretés des plaisanteries
sans conséquence.

ROSETTE.

Sans conséquence ! Vous appelez cela sans
conséquence ? tout en a en amour. — Tenez ;

j'aimerais mieux que vous me battissiez que de
rire comme vous faites.

MOI.

Tu voudrais donc me voir pleurer?

ROSETTE.

Vous allez toujours d'une extrémité à l'autre.
On ne vous demande pas de pleurer, mais de
parler raisonnablement et de quitter ce petit
ton persifleur qui vous va fort mal.

MOI.

Il m'est impossible de parler raisonnablement et de ne pas persifler; alors je te vais
battre, puisque c'est dans tes goûts.

ROSETTE.

Faites.

MOI, lui donnant quelques petites
tapes sur les épaules.

J'aimerais mieux me couper la tête moi-
même que de me gâter ton adorable petit corps
et de marbrer de bleu la blancheur de ce dos
charmant. — Ma déesse, quel que soit le plaisir qu'une femme ait à être battue, en vérité,
vous ne le serez point.

ROSETTE.

Vous ne m'aimez plus ?

MOI.

Voici qui ne découle pas très directement de ce qui précède ; cela est à peu près aussi logique que de dire : — Il pleut, donc ne me donnez pas mon parapluie ; ou, il fait froid, ouvrez la fenêtre.

ROSETTE.

Vous ne m'aimez pas, vous ne m'avez jamais aimée.

MOI.

Ah ! la chose se complique : vous ne m'aimez plus et vous ne m'avez jamais aimée. Ceci est passablement contradictoire : comment puis-je cesser de faire une chose que je n'ai jamais commencée. — Tu vois bien, petite reine, que tu ne sais ce que tu dis et que tu es très parfaitement absurde.

ROSETTE.

J'avais tant envie d'être aimée de vous que j'ai aidé moi-même à me faire illusion. On croit aisément ce que l'on désire ; mais main-

tenant je vois bien que je me suis trompée.
— Vous vous êtes trompé vous-même ; vous
avez pris un goût pour de l'amour, et du désir
pour de la passion. — La chose arrive tous les
jours. — Je ne vous en veux pas : il n'a pas
dépendu de vous que vous ne soyez amoureux ;
c'est à mon peu de charmes que je dois m'en
prendre. J'aurais dû être plus belle , plus enjouée, plus coquette ; j'aurais dû tâcher de
monter jusqu'à toi, ô mon poète ! au lieu de
vouloir te faire descendre jusqu'à moi ; j'ai eu
peur de te perdre dans les nuages, et j'ai craint
que ta tête ne me dérobât ton cœur. — Je t'ai
emprisonné dans mon amour ; et j'ai cru, en
me donnant à toi tout entière, que tu en garderais quelque chose.....

MOI.

Rosette , recule-toi un peu ; ta cuisse me
brûle , — tu es comme un charbon ardent.

ROSETTE.

Si je vous gêne, je vais me lever. — Ah !
cœur de rocher, les gouttes d'eau percent la
pierre, et mes larmes ne te peuvent pénétrer.
Elle pleure.

MOI.

Si vous pleurez comme cela, vous allez assurément changer notre lit en baignoire. —
Que dis-je, en baignoire ? en océan. — Savez-
vous nager, Rosette ?

ROSETTE.

Scélérat !

MOI.

Allons ; voilà que je suis un scélérat ! Vous
me flattez, Rosette, je n'ai point cet honneur ;
je suis un bourgeois débonnaire, hélas ! et je
n'ai pas commis le plus petit crime ; j'ai peut-
être fait une sottise, qui est de vous avoir aimée éperdument : voilà tout. — Voulez-vous
donc à toute force m'en faire repentir ? — Je
vous ai aimée, et je vous aime le plus que je
peux. Depuis que je suis votre amant, j'ai toujours marché dans votre ombre : je vous ai
donné tout mon temps, mes jours et mes nuits.
Je n'ai point fait de grandes phrases avec vous,
parce que je ne les aime qu'écrites ; mais je
vous ai donné mille preuves de ma tendresse.
Je ne vous parlerai pas de la fidélité la plus
exacte, cela va sans dire ; enfin je suis maigri
de sept quarterons depuis que vous êtes ma

maîtresse. Que voulez-vous de plus ? Me voilà
dans votre lit ; j'y étais hier, j'y serai demain.
Est-ce ainsi que l'on se conduit avec les gens
que l'on n'aime pas ? Je fais tout ce que tu
veux ; tu dis allons, je vais ; restons, je reste ;
je suis le plus admirable amoureux du monde,
ce me semble.

ROSETTE.

C'est précisément ce dont je me plains, —
le plus parfait amoureux du monde en effet.

MOI.

Qu'avez-vous à me reprocher ?

ROSETTE.

Rien, et j'aimerais mieux avoir à me plaindre
de vous.

MOI.

Voici une étrange querelle.

ROSETTE.

C'est bien pis. — Vous ne m'aimez pas. — Je
n'y puis rien, ni vous non plus. — Que voulez-
vous qu'on fasse à cela ? Assurément, je préférerais avoir quelque faute à vous pardonner.
— Je vous gronderais ; vous vous excuseriez

que bien que mal, et nous nous raccommo-
derions

MOI.

Ce serait tout bénéfice pour toi. Plus le
crime serait grand, plus la réparation serait
éclatante.

ROSETTE.

Vous savez bien, monsieur, que je n'en suis
pas encore réduite à employer cette ressource,
et que si je voulais tout à l'heure, quoique vous
ne m'aimiez pas, et que nous nous querellions....

MOI.

Oui, je conviens que c'est un pur effet de ta
clémence.... Veuille donc un peu; cela vaudrait mieux que de syllogiser à perte de vue
comme nous faisons.

ROSETTE.

Vous voulez couper court à une conversation
qui vous embarrasse; mais, s'il vous plaît,
mon bel ami, nous nous contenterons de
parler.

MOI.

C'est un régal peu cher. — Je t'assure que

tu as tort ; car tu es jolie à ravir, et je sens pour
toi des choses....

ROSETTE.

Que vous m'exprimerez une autre fois.

MOI.

Oh çà ! — mon adorable, vous êtes donc
une petite tigresse d'Hircanie ? vous êtes aujourd'hui d'une cruauté non pareille ! — Est-ce
que cette démangeaison vous est venue, de
vous faire vestale ? — le caprice serait original.

ROSETTE.

Pourquoi pas ? L'on en a vu de plus bizarres ;
mais, à coup sûr, je serai vestale pour vous.
— Apprenez, monsieur, que je ne me livre
qu'aux gens qui m'aiment ou dont je crois être
aimée. — Vous n'êtes dans aucun de ces deux
cas. — Permettez que je me lève.

MOI.

Si tu te lèves, je me lèverai aussi. — Tu
auras la peine de te recoucher : voilà tout.

ROSETTE.

Laissez-moi !

MOI.

Pardieu non !

ROSETTE , se débattant.

Oh ! vous me lâcherez !

MOI.

J'ose , madame , vous assurer le contraire.

ROSETTE , voyant qu'elle n'est pas la plus forte.

Eh bien ! je reste ; vous me serrez le bras d'une force !... Que voulez-vous de moi ?

MOI.

Je pense que vous le savez. — Je ne me permettrais pas de dire ce que je me permets de faire ; je respecte trop la décence.

ROSETTE , déjà dans l'impossibilité de se défendre.

A condition que tu m'aimeras beaucoup.... Je me rends.

MOI.

Il est un peu tard pour capituler, lorsque 'ennemi est déjà dans la place.

ROSETTE , me jetant les bras autour du cou , à moitié
pâmée.

Sans condition.... Je m'en remets à ta géné-
rosité.

MOI.

Tu fais bien.

Ici , mon cher ami , je pense qu'il ne serait
pas hors de propos de mettre une ligne de
points , car le reste de ce dialogue ne se pourrait guère traduire que par des onomatopées.

. . . .

Le rayon de soleil, depuis le commencement
de cette scène , a eu le temps de faire le tour
de la chambre. Une odeur de tilleul arrive du
jardin suave et pénétrante. Le temps est le
plus beau qu'il se puisse voir ; le ciel est bleu
comme la prunelle d'une Anglaise. Nous nous
levons ; et , après avoir déjeuné de grand appétit , nous allons faire une longue promenade
champêtre. La transparence de l'air, la splendeur de la campagne et l'aspect de cette nature en joie m'ont jeté dans l'âme assez de
sentimentalité et de tendresse pour faire convenir Rosette qu'au bout du compte, j'avais
une manière de cœur tout comme un autre.

N'as-tu jamais remarqué comme l'ombre des bois, le murmure des fontaines, le chant des oiseaux, les riantes perspectives, l'odeur du feuillage et des fleurs, tout ce bagage de l'églogue et de la description dont nous sommes convenus de nous moquer, n'en conserve pas moins sur nous, si dépravés que nous soyons, une puissance occulte à laquelle il est impossible de résister? Je te confierai, sous le sceau du plus grand secret, que je me suis surpris tout récemment encore dans l'attendrissement le plus provincial à l'endroit d'un rossignol qui chantait. — C'était dans le jardin de*** ; le ciel, quoiqu'il fît tout-à-fait nuit, avait une clarté presque égale à celle du plus beau jour; il était si profond et si transparent que le regard pénétrait aisément jusqu'à Dieu. Il me semblait voir flotter les derniers plis de la robe des anges sur les blanches sinuosités du chemin de Saint-Jacques. La lune était levée, mais un grand arbre la cachait entièrement; elle criblait son noir feuillage d'un million de petits trous lumineux et y attachait plus de paillettes que n'en eut jamais l'éventail d'une marquise. Un silence plein de bruits et de soupirs étouffés se faisait entendre par tout le jardin (ceci

ressemble peut-être à du pathos, mais ce n'est
pas ma faute); quoique je ne visse rien que la
lueur bleue de la lune, il me semblait être entouré d'une population de fantômes inconnus
et adorés; et je ne me sentais pas seul, bien
qu'il n'y eût plus que moi sur la terrasse; — je
ne pensais pas, je ne rêvais pas, j'étais confondu
avec la nature qui m'environnait, je me sentais
frissonner avec le feuillage, miroiter avec
l'eau, reluire avec le rayon, m'épanouir avec la
fleur, je n'étais pas plus moi que l'arbre, l'eau
ou la belle-de-nuit. J'étais tout cela; et je ne
crois pas qu'il soit possible d'être plus absent
de soi-même, que je ne l'étais à cet instant-
là. Tout à coup, comme s'il allait arriver quelque chose d'extraordinaire, la feuille s'arrêta
au bout de la branche, la goutte d'eau de la
fontaine resta suspendue en l'air et n'acheva
pas de tomber. Le filet d'argent, parti du bord
de la lune, demeura en chemin : mon cœur
seul battait avec une telle sonorité qu'il me
semblait remplir de bruit tout ce grand espace. — Mon cœur cessa de battre, et il se fit
un tel silence que l'on eût entendu pousser
l'herbe et prononcer un mot tout bas à deux
cents lieues. Alors le rossignol, qui probable-

ment n'attendait que cet instant pour commencer à chanter, fit jaillir de son petit gosier une note tellement aiguë et éclatante que je l'entendis par la poitrine autant que par les oreilles. Le son se répandit subitement dans ce ciel crystallin, vide de bruits et y fit une atmosphère harmonieuse, où les autres notes qui le suivirent voltigeaient en battant des ailes. — Je comprenais parfaitement ce qu'il disait, comme si j'eusse eu le secret du langage des oiseaux. C'était l'histoire des amours que je n'ai pas eus que chantait ce rossignol. Jamais histoire n'a été plus exacte et plus vraie. Il n'omettait pas le plus petit détail, la plus imperceptible nuance. Il me disait ce que je n'avais pas pu me dire ; il m'expliquait ce que je n'avais pu comprendre : il donnait une voix à ma rêverie, et faisait répondre le fantôme jusqu'alors muet. Je savais que j'étais aimé, et la roulade la plus langoureusement filée m'apprenait que je serais heureux bientôt. Il me semblait voir à travers les trilles de son chant et sous la pluie de notes s'étendre vers moi, dans un rayon de lune, les bras blancs de ma bien-aimée. Elle s'élevait lentement avec le parfum du cœur d'une large rose à cent feuilles.

— Je n'essaierai pas de te décrire sa beauté. Il
est des choses auxquelles les mots se refusent.
Comment dire l'indicible ? comment peindre
ce qui n'a ni forme ni couleur ? comment noter
une voix sans timbre et sans paroles ? — Jamais
je n'ai eu tant d'amour dans le cœur ; j'aurais
pressé la nature sur mon sein, je serrais le
vide entre mes bras comme si je les eusse re-
fermés sur une taille de vierge ; je donnais
des baisers à l'air qui passait sur mes lèvres, je
nageais dans les effluves qui sortaient de mon
corps rayonnant. Ah ! si Rosette se fût trouvée
là ! quel adorable galimathias je lui eusse dé-
bité. Mais les femmes ne savent jamais arriver
à propos. — Le rossignol cessa de chanter, et
la lune, qui n'en pouvait plus de sommeil,
tira sur ses yeux son bonnet de nuages, et moi
je quittai le jardin ; car le froid de la nuit
commençait à me gagner.

Comme j'avais froid, je pensai tout naturellement que j'aurais plus chaud dans le lit
de Rosette que dans le mien, et je fus coucher avec elle. — J'entrai avec mon passe-par-
tout, car tout le monde dormait dans la maison ; — Rosette elle-même était endormie, et
j'eus la satisfaction de voir que c'était sur

un volume, non coupé, de mes dernières
poésies. Elle avait les deux bras au-dessus de
la tête, la bouche souriante et entr'ouverte,
une jambe étendue et l'autre un peu repliée,
dans une pose pleine de grâce et d'abandon ;
elle était si bien ainsi que je sentis un regret
mortel de n'en pas être plus amoureux.

En la regardant, je songeai à cela, que j'é-
tais aussi stupide qu'une autruche. J'avais ce
que je désirais depuis si long-temps, une maîtresse à moi, comme mon cheval et mon
épée. Jeune, jolie, amoureuse et spirituelle ;
— sans mère à grands principes, sans père
décoré, sans tante revèche, sans frère spadas-
sin, avec cet agrément ineffable d'un mari
dûment scellé et clouté dans un beau cercueil
de chêne, doublé de plomb, le tout recouvert
d'un gros quartier de pierre de taille ; ce qui
n'est pas à dédaigner ; car, après tout, c'est
un mince divertissement que d'être appré-
hendé au milieu d'un spasme voluptueux et
d'aller compléter sa sensation sur le pavé après
avoir décrit un arc de 40 à 45 degrés, selon
l'étage où l'on se trouve. — Une maîtresse,
libre comme l'air des montagnes et assez riche
pour entrer dans les raffinemens et les élé-

gances les plus exquises; n'ayant d'ailleurs aucune espèce d'idée morale, ne vous parlant
jamais de sa vertu, tout en essayant une nouvelle posture, ni de sa réputation, non plus
que si elle n'en avait jamais eu, ne voyant intimement aucune femme, et les méprisant
toutes presque autant que si elle était un
homme, faisant fort peu de cas du platonisme
et ne s'en cachant point, et toutefois mettant
toujours le cœur de la partie. — Une femme
qui, si elle avait été posée dans une autre
sphère, serait indubitablement devenue la
plus admirable courtisane du monde, et aurait fait pâlir la gloire des Aspasies et des Im-
peria !

Or, cette femme ainsi faite était à moi. —
J'en faisais ce que je voulais; j'avais la clef de
sa chambre et de son tiroir; je décachetais ses
lettres; je lui avais ôté son nom et je lui en
avais donné un autre. C'était ma chose, ma
propriété. Sa jeunesse, sa beauté, son amour,
tout cela m'appartenait, j'en usais, j'en abu-
sais. Je la faisais coucher dans le jour et se lever la nuit si la fantaisie m'en prenait, et elle
obéissait simplement et sans avoir l'air de me
faire un sacrifice et sans prendre des petits

airs de victime résignée. — Elle était atten-
tive, caressante, et, chose monstrueuse,
exactement fidèle ; — c'est-à-dire que si, il y
a six mois, au temps où je me dolentais de ne
pas avoir de maîtresse, on m'avait fait entrevoir, même lointainement, un pareil bonheur,
j'en serais devenu fou de joie et j'eusse envoyé
mon chapeau coigner le ciel en signe de ré-
jouissance. Eh bien ! maintenant que je l'ai,
ce bonheur me laisse froid ; je le sens à peine,
je ne le sens pas, et la situation où je suis
prend si peu sur moi que je doute souvent que
j'en aie changé. — Je quitterais Rosette, j'en
ai la conviction intime, qu'au bout d'un mois,
peut-être de moins, je l'aurais si parfaitement
et si soigneusement oubliée que je ne saurais
plus si je l'ai connue ou non ! En fera-t-elle
autant de son côté ? — Je crois que non.

Je réfléchissais donc à toutes ces choses, et,
par une espèce de sentiment de repentir, je
déposai sur le front de la belle dormeuse le
baiser le plus chaste et le plus mélancolique
que jamais jeune homme ait donné à une
jeune femme, sur le coup de minuit. — Elle fit
un petit mouvement ; le sourire de sa bouche
se prononça un peu plus, mais elle ne se ré-

veilla pas. — Je me deshabillai lentement, et, me glissant sous les couvertures, je m'étendis tout au long d'elle comme une petite couleuvre. — La fraîcheur de mon corps la surprit ; elle ouvrit ses yeux, et, sans me parler, elle colla sa bouche à ma bouche et s'entortilla si bien autour de moi que je fus réchauffé en moins de rien. Et tout le lyrisme de la soirée se tourna en prose, mais en prose poétique du moins. — Cette nuit est une des plus belles nuits blanches que j'aie passées : je ne puis plus en espérer de pareilles.

Nous avons encore des momens agréables, mais il faut qu'ils aient été amenés et préparés par quelque circonstance extérieure comme celle-ci, et, dans les commencemens, je n'avais pas besoin de m'être monté l'imagination en regardant la lune et en écoutant chanter le rossignol, pour avoir tout le plaisir qu'on peut avoir quand on n'est pas réellement amoureux. Il n'y a pas encore de fils cassés dans notre trame, mais il y a çà et là des nœuds, et la chaîne n'est pas à beaucoup près aussi unie.

Rosette, qui est encore amoureuse, fait ce qu'elle peut pour parer à tous ces inconvé-

niens. — Malheureusement il y a deux choses
au monde qui ne se peuvent commander : l'a-
mour et l'ennui. — Je fais de mon côté des
efforts surhumains pour vaincre cette somnolence qui me gagne malgré moi, et, comme
ces provinciaux qui s'endorment à dix heures
dans les salons des villes, je tiens mes yeux
le plus écarquillés possible et je relève mes
paupières avec mes doigts ; — rien n'y fait, et
je prends un laisser-aller conjugal on ne peut
plus déplaisant.

La chère enfant, qui s'est bien trouvée l'autre jour du système champêtre, m'a emmené
hier à sa campagne.

Il ne serait peut-être pas hors de propos que
je te fisse une petite description de la susdite
campagne, qui est assez jolie ; cela égaierait un
peu toute cette métaphysique, et d'ailleurs il
faut bien un fond pour les personnages, et les
figures ne peuvent pas se détacher sur le vide
ou sur cette teinte brune et vague dont les
peintres remplissent le champ de leur toile.

Les abords en sont très pittoresques. — On
arrive, par une grande route bordée de vieux
arbres, à une étoile dont le milieu est marqué
par un obélisque de pierre surmonté d'une

boule de cuivre doré : cinq chemins font les
pointes ; — puis le terrain se creuse tout à
coup. — La route plonge dans une vallée
assez étroite, dont le fond est occupé par une
petite rivière qu'elle enjambe, par un pont
d'une seule arche, puis remonte à grands pas
le revers opposé, où est assis le village dont
on voit poindre le clocher d'ardoise entre les
toits de chaume et les têtes rondes des pom-
miers. — L'horizon n'est pas très vaste, car il
est borné, des deux côtés, par la crête du
coteau ; mais il est riant, et repose l'œil. — A
côté du pont, il y a un moulin et une fabrique
en pierres rouges en forme de tour : des aboiemens presque perpétuels, quelques braques
et quelques jeunes bassets à jambes torses qui
se chauffent au soleil devant la porte vous ap-
prendraient que c'est là que demeure le garde-
chasse, si les buses et les fouines, clouées aux
volets, pouvaient vous laisser un moment dans
l'incertitude. — A cet endroit commence une
avenue de sorbiers dont les fruits écarlates
attirent des nuées d'oiseaux ; comme on n'y
passe pas fort souvent, il n'y a au milieu
qu'une bande de couleur blanche ; tout le reste
est recouvert d'une mousse courte et fine, et,

dans la double ornière tracée par les roues des voitures, bourdonnent et sautillent de petites grenouilles vertes comme des chrysoprases. — Après avoir cheminé quelque temps, on se trouve devant une grille en fer qui a été dorée et peinte, et dont les côtés sont garnis d'artichauts et de chevaux de frise. Puis le chemin se dirige vers le château que l'on ne voit pas encore, car il est enfoui dans la verdure comme un nid d'oiseau, sans trop se presser toutefois et se détournant assez souvent pour aller visiter un ruisseau et une fontaine, un kiosque élégant ou beau point de vue, passant et repassant la rivière sur des ponts chinois ou rustiques.—L'inégalité du terrain et les batardeaux élevés pour le service du moulin font qu'en plusieurs endroits la rivière a des chutes de quatre à cinq pieds de hauteur, et rien n'est plus agréable que d'entendre gazouiller toutes ces cascatelles à côté de soi, le plus souvent sans les voir, car les osiers et les sureaux qui bordent le rivage y forment un rideau presque impénétrable; mais toute cette portion du parc n'est en quelque sorte que l'antichambre de l'autre partie; une grande route qui passe au travers de cette propriété la coupe malheureuse-

ment en deux, inconvénient auquel on a remé-
dié d'une manière fort ingénieuse. Deux grands
murs crénelés, remplis de barbacanes et de
meurtrières imitant une forteresse ruinée, se
dressent de chaque côté de la route : une tour
où s'accrochent des lierres gigantesques, et qui
est du côté du château, laisse tomber sur le
bastion opposé un véritable pont-levis avec des
chaînes de fer qu'on baisse tous les matins. —
On passe par une belle arcade ogive dans l'intérieur du donjon, et de là dans la seconde
enceinte, où les arbres qui n'ont pas été coupés depuis plus d'un siècle sont d'une hauteur
extraordinaire, avec des troncs noueux em-
maillotés de plantes parasites, et les plus beaux
et les plus singuliers que j'aie jamais vus. Quelques-uns n'ont de feuilles qu'au sommet, et se
terminent en larges ombelles ; d'autres s'ef-
filent en panaches : — d'autres, au contraire,
ont près de leur tige une large touffe, d'où le
tronc dépouillé s'élance vers le ciel comme un
second arbre planté dans le premier ; on dirait
des plans de devant d'un paysage composé
ou des coulisses d'une décoration de théâtre,
tellement ils sont d'une difformité curieuse ; —
des lierres, qui vont de l'un à l'autre et les

embrassent à les étouffer, mêlent leurs cœurs
noirs aux feuilles vertes et semblent en être
l'ombre. — Rien au monde n'est plus pittoresque. — La rivière s'élargit à cet endroit, de
manière à former un petit lac ; et le peu de
profondeur permet de distinguer, sous la transparence de l'eau, les belles plantes aquatiques
qui en tapissent le lit. Ce sont des nymphæas
et des lotus qui nagent nonchalamment dans
le plus pur cristal avec les reflets des nuées et
des saules pleureurs qui se penchent sur la
rive : le château est de l'autre côté, et ce petit
batelet, peint de vert pomme et de rouge vif,
vous évitera de faire un assez long détour pour
aller chercher le pont ; — c'est un assemblage
de bâtimens construits, à différentes époques,
avec des pignons inégaux et une foule de petits
clochetons. Ce pavillon est en brique avec des
coins de pierre ; ce corps-de-logis est d'un
ordre rustique, plein de bossages et de vermi-
culages. Cet autre pavillon est tout moderne ;
il a un toit plat à l'italienne avec des vases et
une balustrade de tuiles et un vestibule de
coutil en forme de tente : les fenêtres sont
toutes de grandeurs différentes, et ne se cor-
respondent pas ; il y en a de toutes les façons :

on y trouve jusqu'au trèfle et à l'ogive, car la chapelle est gothique : — certaines portions sont treillissées, comme les maisons chinoises, de treillis peints de différentes couleurs, où grimpent des chèvrefeuilles, des jasmins, des capucines et de la vigne-vierge dont les brindilles entrent familièrement dans les chambres, et semblent vous tendre la main en vous disant bonjour.

Malgré ce manque de régularité, ou plutôt à cause de ce manque de régularité, l'aspect de l'édifice est charmant : au moins, l'on n'a pas tout vu d'un seul coup ; il y a de quoi choisir, et l'on s'avise toujours de quelque chose dont on ne s'était pas aperçu. Cette habitation que je ne connaissais pas, car elle est à une vingtaine de lieues, me plut tout d'abord, et je sus à Rosette le plus grand gré d'avoir eu cette idée triomphante, d'avoir choisi un pareil nid à nos amours.

Nous y arrivâmes à la tombée du jour ; et, comme nous étions las, après avoir soupé de grand appétit, nous n'eûmes rien de plus pressé que de nous aller coucher (séparément bien entendu), car nous avions l'intention de dormir sérieusement.

Je faisais je ne sais quel rêve couleur de
rose, plein de fleurs, de parfums et d'oiseaux,
quand je sentis une tiède haleine effleurer mon
front, et un baiser y descendre en palpitant
des ailes. Un mignard clapement de lèvres et
une douce moiteur à la place effleurée me firent
juger que je ne rêvais pas : j'ouvris les yeux ;
et la première chose que j'aperçus, ce fut le
cou frais et blanc de Rosette qui se penchait
sur le lit pour m'embrasser. — Je lui jetai les
bras autour de la taille, et lui rendis son baiser plus amoureusement que je ne l'avais fait
depuis long-temps.

Elle s'en fut tirer le rideau et ouvrir la
fenêtre, puis revint s'asseoir sur le bord de
mon lit, tenant ma main entre les deux siennes
et jouant avec mes bagues. — Son habillement
était de la simplicité la plus coquette. — Elle
était sans corset, sans jupon, et n'avait absolument sur elle qu'un grand peignoir de batiste
blanc comme le lait, fort ample et largement
plissé ; ses cheveux étaient relevés sur le haut
de sa tête avec une petite rose blanche de l'espèce de celles qui n'ont que trois ou quatre
feuilles ; ses pieds d'ivoire jouaient dans des
pantoufles de tapisserie de couleurs éclatantes

et bigarrées, mignonnes au possible, quoiqu'elles fussent encore trop grandes, et sans
quartier comme celles des jeunes Romaines.
— Je regrettai, en la voyant ainsi, d'être son
amant et de n'avoir pas à le devenir.

Le rêve que je faisais au moment où elle est
venue m'éveiller d'une aussi agréable manière
n'était pas fort éloigné de la réalité. — Ma
chambre donnait sur le petit lac que j'ai décrit
tout à l'heure. — Un jasmin encadrait la fenêtre, et secouait ses étoiles en pluie d'argent
sur mon parquet : de larges fleurs étrangères
balançaient leurs urnes sous mon balcon
comme pour m'encenser; une odeur suave et
indécise, formée de mille parfums différens,
pénétrait jusqu'à mon lit, d'où je voyais l'eau
miroiter et s'écailler en millions de paillettes;
les oiseaux jargonnaient, gazouillaient, pé-
piaient et sifflaient; — c'était un bruit harmo-
nieux et confus comme le bourdonnement d'une
fête. — En face, sur un coteau éclairé par le
soleil, se déployait une pelouse d'un vert doré,
où paissaient, sous la conduite d'un petit garçon, quelques grands bœufs dispersés çà et là.—
Tout en haut et plus dans le lointain, on aper-
cevait d'immenses carrés de bois d'un vert plus

noir, d'où montait , en se contournant en spirales, la bleuâtre fumée des charbonnières. —

Tout , dans ce tableau , était calme , frais et
souriant ; et , où que je portasse les yeux , je
ne voyais rien que de beau et de jeune. Ma
chambre était tendue de perse avec des nattes
sur le parquet , des pots bleus du Japon aux
ventres arrondis et aux cols effilés , tout pleins
de fleurs singulières , artistement arrangés sur
les étagères et sur la cheminée de marbre tur-
quin aussi remplie de fleurs ; des dessus de
portes , représentant des scènes de nature
champêtre ou pastorale d'une couleur gaie et
d'un dessin mignard, des sophas et des divans
à toutes les encognures ; — puis une belle et
jeune femme tout en blanc, dont la chair ro-
sait délicatement la robe transparente aux
endroits où elle la touchait : on ne pouvait
rien imaginer de mieux entendu pour le plaisir
de l'âme , ainsi que pour celui des yeux.

Aussi mon regard satisfait et nonchalant
allait , avec un plaisir égal, d'un magnifique
pot tout semé de dragons et de mandarins , à
la pantoufle de Rosette , et de là au coin de
son épaule qui luisait sous la batiste ; il se
suspendait aux tremblantes étoiles du jasmin

et aux blonds cheveux des saules du rivage,
passait l'eau et se promenait sur la colline, et
puis revenait dans la chambre se fixer aux
nœuds couleur de rose du long corset de
quelque bergère.

A travers les déchiquetures du feuillage, le
ciel ouvrait des milliers d'yeux bleus; l'eau
gazouillait tout doucement, et moi je me lais-
sais faire à toute cette joie, plongé dans une
extase tranquille, ne parlant pas, et ma
main toujours entre les deux petites mains de
Rosette.

On a beau faire : le bonheur est blanc et
rose ; on ne peut guère le représenter autrement. Les couleurs tendres lui reviennent de
droit. — Il n'a sur sa palette que du vert d'eau,
du bleu de ciel et du jaune-paille : ses tableaux
sont tout dans le clair comme ceux des peintres
chinois. — Des fleurs, de la lumière, des parfums, une peau soyeuse et douce qui touche
la vôtre, une harmonie voilée et qui vient on
ne sait d'où, on est parfaitement heureux avec
cela ; il n'y a moyen d'être heureux différem-
ment. Moi-même qui ai le commun en horreur,
qui ne rêve qu'aventures étranges, passions
fortes, extases délirantes, situations bizarres

et difficiles, il faut que je sois tout bêtement heureux de cette manière-là; et, quoi que j'aie fait, je n'ai pu en trouver d'autre.

Je te prie de croire que je ne faisais aucune de ces réflexions; c'est après coup et en t'écrivant qu'elles me sont venues; à cet instant-là, je n'étais occupé qu'à jouir, — la seule occupation d'un homme raisonnable.

Je ne te décrirai pas la vie que nous menons ici, elle est facile à imaginer. Ce sont des promenades dans les grands bois, des violettes et des fraises, des baisers et des petites fleurs bleues, des goûters sur l'herbe, des lectures, et des livres oubliés sous les arbres. — Des parties sur l'eau avec un bout d'écharpe ou une main blanche qui trempe au courant; de longues chansons et de longs rires, redits par l'écho de la rive; — la vie la plus arcadique qu'il se puisse imaginer !

Rosette me comble de caresses et de prévenances; elle, plus roucoulante qu'une colombe au mois de mai, elle se roule autour de moi et m'entoure de ses replis; elle tâche que je n'aie d'autre atmosphère que son souffle et d'autre horizon que ses yeux; elle fait mon blocus très exactement et ne laisse rien entrer

ni sortir sans permission ; elle s'est bâtie un
petit corps-de-garde à côté de mon cœur, d'où
elle le surveille nuit et jour ; — elle me dit
des choses ravissantes ; elle me fait des madrigaux forts galans ; elle s'asseoit à mes
genoux et se conduit tout-à-fait devant moi
comme une humble esclave devant son sei-
gneur et maître. Ce qui me convient assez ;
car j'aime ces petites façons soumises et j'ai de
la pente au despotisme oriental ; — elle ne fait
pas la plus petite chose sans prendre mon
avis , et semble avoir fait abnégation complète
de sa fantaisie et de sa volonté ; elle cherche à
deviner ma pensée et à la prévenir ; — elle est
assommante d'esprit, de tendresse, de complaisance ; elle est d'une perfection à jeter par
les fenêtres. — Comment diable pourrai-je
quitter une femme aussi adorable, sans avoir
l'air d'un monstre. — Il y a de quoi décréditer
mon cœur à tout jamais.

Oh ! que je souhaiterais la prendre en faute,
lui trouver un tort ; comme j'attends avec impatience une occasion de dispute ! mais il n'y
a pas de danger que la scélérate me la four-
nisse ! Quand, pour amener une alterca-
tion , je lui parle brusquement et d'un ton

dur, elle me répond des choses si douces,
avec une voix si argentine, des yeux si trempés, d'un air si triste et si amoureux que je
me fais à moi-même l'effet d'un plus que tigre
ou tout au moins d'un crocodile, et que, tout
en enrageant, je suis forcé de lui demander
pardon.

A la lettre, elle m'assassine d'amour; elle
me donne la question, et chaque jour elle res-
serre d'un cran les ais entre lesquels je suis
pris; — elle veut probablement m'amener à
lui dire que je la déteste, qu'elle m'ennuie à
la mort, et que, si elle ne me laisse en repos,
je lui couperai la figure à coup de cravache.
— Pardieu! elle y arrivera, et si elle continue
à être aussi aimable, ce sera avant peu ou le
diable m'emportera.

Malgré toutes ces belles apparences, Rosette
est soûle de moi comme je suis soûl d'elle. —
Mais comme elle a fait d'éclatantes folies pour
moi, elle ne veut pas se donner aux yeux de
l'honnête corporation des femmes sensibles le
tort d'une rupture. — Toute grande passion a
la prétention d'être éternelle, et il est fort
commode de se donner les bénéfices de cette
éternité sans en supporter les inconvéniens.

— Rosette raisonne ainsi : — Voici un jeune
homme qui n'a plus qu'un reste de goût pour
moi, et comme il est assez naïf et débonnaire, il n'ose pas le témoigner ouvertement,
et ne sait de quel bois faire flèche; il est
évident que je l'ennuie, mais il crevera plutôt
à la peine que de prendre sur lui de me quitter. Comme c'est une manière de poète, il a
la tête pleine de belles phrases sur l'amour et
la passion et se croit obligé, en conscience,
d'être un Tristan ou un Amadis. — Or, comme
rien au monde n'est plus insupportable que les
caresses d'une personne que l'on commence à
n'aimer plus (et n'aimer plus une femme c'est
la haïr violemment), je m'en vais les lui pro-
diguer de manière à l'indigestionner; et, de
toutes les façons, il faudra qu'il m'envoie à
tous les diables ou qu'il se remette à m'aimer
comme au premier jour, ce qu'il se gardera
soigneusement de faire.

Rien n'est mieux imaginé. — N'est-il pas
charmant de faire l'Ariane délaissée. — L'on
vous plaint, l'on vous admire, l'on n'a pas assez
d'imprécations pour l'infâme qui a eu la mons-
truosité d'abandonner une créature aussi adorable; on prend des airs résignés et doulou-

reux, on se met la main sous le menton et le coude sur le genou, de façon à faire ressortir les jolies veines bleues de son poignet. On porte des cheveux plus éplorés, et l'on met, pendant quelque temps, des robes d'une couleur plus sombre. On évite de prononcer le nom de l'ingrat, mais on y fait des allusions détournées, tout en poussant de petits soupirs admirablement modulés.

Une femme si bonne, si belle, si passionnée, qui a fait de si grands sacrifices, à qui l'on n'a pas à reprocher la moindre chose, un vase d'élection, une perle d'amour, un miroir sans taches, une goutte de lait, une rose blanche, une essence idéale à parfumer une vie ; — une femme qu'on aurait dû adorer à genoux, et qu'il faudra couper en petits morceaux, après sa mort, afin d'en faire des reliques : la laisser là iniquement, frauduleusement, scélératement ! Mais un corsaire ne ferait pas pis ! lui donner le coup de la mort ! — car elle en mourra assurément. — Il faut avoir un pavé dans le ventre, au lieu de cœur, pour se conduire de la sorte.

O hommes ! hommes !

Je me dis cela, mais peut-être n'est-ce pas vrai?

Si grandes comédiennes que soient naturellement les femmes, j'ai peine à croire qu'elles le soient à ce point-là; et, au bout du compte, toutes les démonstrations de Rosette ne sont-elles que l'expression exacte de ses sentimens pour moi.—Quoi qu'il en soit, la continuation du tête à tête n'est plus possible, et la belle châtelaine vient d'envoyer enfin des invitations à ses connaissances du voisinage. Nous sommes occupés à faire des préparatifs pour recevoir ces dignes provinciaux et provinciales. — Adieu, cher.

V.

Je m'étais trompé. — Mon mauvais cœur, incapable d'amour, s'était donné cette raison pour se délivrer du poids d'une reconnaissance qu'il ne veut pas supporter ; j'avais saisi avec joie cette idée pour m'excuser devant moi-même ; je m'y étais attaché, mais rien au monde n'est plus faux. Rosette ne jouait pas de rôle, et si jamais femme fut vraie c'est elle. — Eh bien ! je lui en veux presque de la sincé-

rité de sa passion qui est un lien de plus et qui
rend une rupture plus difficile ou moins excu-
sable ; je la préférerais fausse et volage. —
Quelle singulière position que celle-là ! — On
voudrait s'en aller et l'on reste ; on voudrait
dire : je te hais et l'on dit je t'aime ; — votre
passé vous pousse en avant et vous empêche de
retourner ou de vous arrêter. — L'on est fidèle
avec des regrets de l'être. Je ne sais quelle espèce de honte vous empêche de vous livrer
tout-à-fait à d'autres connaissances et vous fait
entrer en composition avec vous-même. On
donne à l'un tout ce que l'on peut dérober à
l'autre en sauvant les apparences ; le temps et
les occasions de se voir qui se présentaient
autrefois si naturellement, ne se trouvent plus
aujourd'hui que difficilement. — L'on commence à se souvenir que l'on a des affaires qui
sont d'importance. — Cette situation, pleine
de tiraillemens, est des plus pénibles, mais
elle ne l'est pas encore autant que celle où je
me trouve. — Quand c'est une nouvelle amitié
qui vous enlève à l'ancienne, il est plus facile
de se dégager. — L'espérance vous sourit doucement du seuil de la maison qui renferme vos
jeunes amours. — Une illusion plus blonde et

plus rosée voltige avec ses blanches ailes sur
le tombeau, à peine fermé, de sa sœur qui
vient de mourir; une autre fleur plus épa-
nouie et plus embaumée, où tremble une
larme céleste, a poussé subitement du milieu
des calices flétris du vieux bouquet; — de
belles perspectives azurées s'ouvrent devant
vous; des allées de charmilles discrètes et humides se prolongent jusqu'à l'horizon; ce sont
des jardins avec quelques pâles statues ou quelque banc adossé à un mur tapissé de lierre,
des pelouses étoilées de marguerites, des bal-
cons étroits où l'on va s'accouder, et regarder
la lune; des ombrages coupés de lueurs fur-
tives; — des salons avec des jours étouffés sous
d'amples rideaux;—toutes ces obscurités et cet
isolement que recherche l'amour qui n'ose se
produire. C'est comme une nouvelle jeunesse
qui vous vient. L'on a en outre le changement
de lieux, d'habitudes et de personnes; l'on
sent bien une espèce de remords, mais le désir
qui voltige et bourdonne autour de votre tête,
comme une abeille du printemps, vous empêche
d'en entendre la voix; le vide de votre cœur
est comblé, et vos souvenirs s'effacent sous
les impressions. Mais ici ce n'est pas la même

chose ; je n'aime personne, et ce n'est que
par lassitude, et par ennui, plutôt de moi
que d'elle, que je voudrais pouvoir rompre
avec Rosette.

Mes anciennes idées qui s'étaient un peu
assoupies, se réveillent plus folles que jamais.—
Je suis, comme autrefois, tourmenté du désir
d'avoir une maîtresse, et, comme autrefois,
dans les bras même de Rosette, je doute si j'en
ai jamais eu. — Je revois la belle dame à sa fenêtre, dans son parc du temps de Louis XIII,
et la chasseresse, sur son cheval blanc, traverse
au galop l'avenue de la forêt.—Ma beauté idéale
me sourit du haut de son hamac de nuages ; je
crois reconnaître sa voix dans le chant des oiseaux, dans le murmure du feuillage ; il me
semble qu'on m'appelle de tous les côtés et que
les filles de l'air m'effleurent le visage avec la
frange de leurs écharpes invisibles. Comme au
temps de mes agitations, je me figure que si je
partais en poste sur-le-champ et que j'allasse
quelque part, très loin et très vite, j'arriverais
dans quelque endroit où il se fait des choses
qui me regardent et où mes destinées se dé-
cident. — Je me sens impatiemment attendu
dans un coin de la terre, je ne sais lequel.

Une âme souffrante m'appelle ardemment et
me rêve qui ne peut venir à moi ; c'est la raison
de mes inquiétudes et ce qui m'empêche de
pouvoir rester en place ; je suis attiré violemment hors de mon centre ; — ma nature n'est
pas une de celles où les autres aboutissent ; une
de ces étoiles fixes, autour desquelles gravitent
les autres lueurs ; il faut que j'erre à travers
les champs du ciel, comme un météore déré-
glé, jusqu'à ce que j'aie fait la rencontre de la
planète dont je dois être le satellite, le Saturne à qui je dois mettre mon anneau. Oh !
quand donc se fera cet hymen ? — Jusque-là
je ne peux pas espérer de repos ni d'assiette,
et je serai comme l'aiguille éperdue et vacil-
lante d'une boussole qui cherche son pôle.

  Je me suis laissé prendre l'aile à cette glu
perfide, espérant n'y laisser qu'une plume et
croyant pouvoir m'envoler quand bon me
semblerait : rien n'est plus difficile ; je me
trouve couvert d'un filet imperceptible, plus
malaisé à rompre que celui forgé par Vul-
cain, et le tissu des mailles est si fin et si serré
qu'il n'y a point jour à se pouvoir échapper.
Le filet, du reste, est large, et l'on peut se remuer dedans avec une apparence de liberté ;

il ne se fait guère sentir que lorsqu'on essaie
à le rompre ; mais alors il résiste et se fait solide comme une muraille d'airain.

Que de temps j'ai perdu, ô mon idéal !
sans faire le moindre effort pour te réaliser !
Comme je me suis laissé aller lâchement à cette
volupté d'une nuit ! et combien je mérite peu
de te rencontrer !

Quelquefois je songe à former une autre
liaison ; mais je n'ai personne en vue : — plus
souvent je me propose, si je parviens à rompre,
de ne me jamais rengager en de tels liens ; et
pourtant rien ne justifie cette résolution ; car
cette affaire a été en apparence fort heureuse,
et je n'ai pas le moindrement du monde à
me plaindre de Rosette. — Elle a toujours été
bonne pour moi, et s'est conduite on ne peut
mieux ; elle m'a été d'une fidélité exemplaire,
et n'a pas même donné jour au soupçon : la
jalousie la plus éveillée et la plus inquiète n'aurait rien trouvé à dire sur son compte, et
aurait été obligée de s'endormir. — Un jaloux
n'aurait pu l'être que des choses passées ; il est
vrai qu'alors il aurait eu de quoi l'être largement. Mais c'est une délicatesse heureusement
assez rare qu'une jalousie de cette sorte, et il

y a bien assez du présent sans aller fouiller en
arrière sous les décombres des vieilles passions pour en extraire des fioles de poison et
des calices de fiel. — Quelles femmes pourrait-
on aimer, si l'on pensait à tout cela ? — On
sait bien confusément qu'une femme a eu plusieurs amans avant vous ; mais on se dit, tant
l'orgueil de l'homme a de retours et de replis
tortueux, que l'on est le premier qu'elle ait
véritablement aimé, et que c'est par un con-
cours de circonstances fatales qu'elle s'est trouvée liée à des gens indignes d'elle, ou bien
que c'était un vague désir d'un cœur qui cher-
chait à se satisfaire, et qui changeait, parce
qu'il n'avait pas rencontré.

Peut-être ne peut-on aimer réellement
qu'une vierge, — vierge de corps et d'esprit,
— un frêle bouton qui n'ait encore été caressé
d'aucun zéphyr et dont le sein fermé n'ait reçu
ni la goutte de pluie ni la perle de rosée, une
chaste fleur qui ne déploie sa blanche robe
que pour vous seul, un beau lis à l'urne d'argent, où ne se soit abreuvé aucun désir, et
qui n'ait été doré que par votre soleil, balancé
que par votre souffle, arrosé que par votre
main. — Le rayonnement du midi ne vaut pas

les divines pâleurs de l'aube, et toute l'ardeur d'une âme éprouvée et qui sait la vie le cède aux célestes ignorances d'un jeune cœur qui s'éveille à l'amour. — Ah ! quelle pensée amère et honteuse que celle qu'on essuie les baisers d'un autre ! qu'il n'y a peut-être pas une seule place sur ce front, sur ces lèvres, sur cette gorge, sur ces épaules, sur tout ce corps qui est à vous maintenant, qui n'ait été rougie et marquée par des lèvres étrangères ; que ces murmures divins qui viennent au secours de la langue qui n'a plus de mots ont déjà été entendus ; que ces sens si émus n'ont pas appris de vous leur extase et leur délire, et que, tout là-bas, bien loin, bien à l'écart, dans un de ces recoins de l'âme où l'on ne va jamais, veille un souvenir inexorable qui compare les plaisirs d'autrefois aux plaisirs d'aujourd'hui !

Quoique ma nonchalance naturelle me porte à préférer les grands chemins aux sentiers non frayés et l'abreuvoir public à la source de la montagne, il faudra absolument que je tâche d'aimer quelque virginale créature aussi candide que la neige, aussi tremblante que la sensitive, qui ne sache que rougir et baisser les yeux : peut-être, sous ce flot limpide où

nul plongeur n'est encore descendu, pêche-
rai-je une perle de la plus belle eau et digne
de faire le pendant de celle de Cléopâtre ;
mais, pour cela, il faudrait dénouer le lien
qui m'attache à Rosette ; car ce n'est pas probablement avec elle que je réaliserai cette
envie, et en vérité je ne m'en sens pas la force.

Et puis, s'il faut l'avouer, il y a au fond de
moi un motif sourd et honteux qui n'ose se
produire au grand jour, et qu'il faut pourtant
bien que je te dise, puisque je t'ai promis de
ne rien cacher, et que, pour qu'une confession
soit méritoire, il faut qu'elle soit complète ;
— ce motif est pour beaucoup dans toutes ces
incertitudes. — Si je romps avec Rosette, il se
passera nécessairement quelque temps avant
qu'elle ne soit remplacée, si facile que soit
le genre de femmes où je lui chercherai un
successeur, et j'ai pris avec elle une habitude
de plaisir qu'il me sera pénible de suspendre.
Il est vrai que l'on a la ressource des courtisanes ;
— je les aimais assez autrefois, et je ne m'en
faisais point faute en pareille occurrence ; —
mais aujourd'hui elles me dégoûtent horriblement, et me donnent la nausée. — Ainsi,
il n'y faut pas penser ; et je suis tellement

amolli par la volupté, le poison s'est insinué
si profondément dans mes os, que je ne puis
supporter l'idée d'être un ou deux mois sans
femme. — Voilà de l'égoïsme et du plus sale ;
mais je crois que s'ils voulaient être francs,
les plus vertueux pourraient confesser des
choses assez analogues.

C'est par là que je suis le plus fortement
englué ; et n'était cette raison, il y aurait long-
temps que Rosette et moi nous serions brouil-
lés sans retour. Et puis, en vérité, c'est une
chose si mortellement ennuyeuse que de faire
la cour à une femme que je ne m'en sens pas le
cœur. Recommencer à dire toutes les sottises
charmantes que j'ai déjà dites tant de fois ; refaire l'adorable ; écrire des billets et y répondre ; reconduire des beautés, le soir, à
deux lieues de chez soi ; attraper du froid aux
pieds et des rhumes devant la fenêtre, en
épiant une ombre chérie ; calculer sur un sopha
combien de tissus superposés vous séparent de
votre déesse ; porter des bouquets et courir les
bals pour arriver où j'en suis ; c'est bien la
peine ; — autant vaut rester dans son ornière ;
— en sortir pour retomber dans une autre
exactement pareille, après s'être beaucoup

agité et donné bien du mal; — à quoi bon ?
Si j'étais amoureux, la chose irait d'elle-même,
et tout cela me paraîtrait ravissant ; mais je ne
le suis point, quoique j'aie la plus forte envie
de l'être; car, après tout, il n'y a que l'amour
au monde; et si le plaisir qui n'en est que
l'ombre a tant d'amorces pour nous, que doit
donc être la réalité ? Dans quel flot d'ineffables extases, dans quels lacs de pures délices doivent nager ceux qu'il a atteints au
cœur d'une de ses flèches à pointe d'or, et
qui brûlent des aimables ardeurs d'une flamme
mutuelle !

J'éprouve à côté de Rosette ce calme plat et
cette espèce de bien-être paresseux qui résulte
de la satisfaction des sens, mais rien de plus,
et ce n'est pas assez. Souvent cet engourdissement voluptueux tourne en torpeur, et cette
tranquillité en ennui ; je tombe alors en des
distractions sans objet et en je ne sais quelles
fades rêvasseries qui me fatiguent et m'excè-
dent ; — c'est un état dont il faut que je sorte
à tout prix.

Oh ! si je pouvais être, comme certains de
mes amis qui baisent un vieux gant avec ivresse ;
qui se trouvent tout heureux d'un serrement

de main ; qui ne changeraient pas contre l'é-
crin d'une sultane quelques méchantes fleurs
à demi séchées par la sueur du bal ; qui cou-
vrent de larmes et cousent, dans leur chemise,
à l'endroit de leur cœur, un billet écrit en
pauvre style, et stupide à le croire copié du
parfait Secrétaire ; qui adorent des femmes
avec de gros pieds, et qui s'en excusent sur ce
qu'elles ont l'âme belle ! Si je pouvais suivre,
en frémissant, les derniers plis d'une robe ;
attendre qu'une porte s'ouvrît pour voir passer
dans un flot de lumière une chère et blanche
apparition ; si un mot dit tout bas me faisait
changer de couleur ; si j'avais cette vertu de
ne pas dîner pour arriver plus tôt à un rendez-
vous ; si j'étais capable de poignarder un rival
ou de me battre en duel avec un mari ; si, par
une grâce particulière du ciel, il m'était donné
de trouver spirituelles les femmes qui sont
laides, et bonnes celles qui sont laides et bêtes;
si je pouvais me résoudre à danser le menuet
et à écouter les sonates que jouent les jeunes
personnes sur le clavecin ou sur la harpe ; si
ma capacité se haussait jusqu'à apprendre
l'hombre et le reversi ; enfin, si j'étais un
homme et non pas un poète, — je serais cer-

tainement beaucoup plus heureux que je ne
suis ; — je m'ennuierais moins et serais moins
ennuyeux.

Je n'ai jamais demandé aux femmes qu'une
seule chose, — c'est la beauté ; je me passe
très volontiers d'esprit et d'âme. — Pour moi,
une femme qui est belle a toujours de l'esprit ;
— elle a l'esprit d'être belle, et je ne sais pas
lequel vaut celui-là. — Il faut bien des phrases
brillantes et des traits scintillans pour valoir
les éclairs d'un bel œil. Je préfère une jolie
bouche à un joli mot, et une épaule bien mo-
delée à une vertu, même théologale ; je don-
nerais cinquante âmes pour un pied mignon et
toute la poésie et tous les poètes pour la main
de Jeanne d'Aragon ou le front de la vierge de
Foligno. — J'adore sur toutes choses la beauté
de la forme ; — la beauté pour moi, c'est la
divinité visible, c'est le bonheur palpable,
c'est le ciel descendu sur la terre. — Il y a
certaines ondulations de contours, certaines
finesses de lèvres, certaines coupes de paupières, certaines inclinaisons de tête, certains
alongemens d'ovales qui me ravissent au-delà
de toute expression et m'attachent pendant
des heures entières.

La beauté, seule chose qu'on ne puisse ac-
quérir, inaccessible à tout jamais à ceux qui
ne l'ont pas d'abord; fleur éphémère et fragile
qui croît sans être semée, pur don du ciel!
— ô beauté! le plus radieux diadême dont le
hasard puisse couronner un front, — tu es
admirable et précieuse comme tout ce qui est
hors de la portée de l'homme, comme l'azur
du firmament, comme l'or de l'étoile, comme
le parfum du lis séraphique! — On peut changer son escabeau pour un trône; on peut con-
quérir le monde, beaucoup l'ont fait; mais
qui pourrait ne pas s'agenouiller devant toi,
pure personnification de la pensée de Dieu?

Je ne demande que la beauté, il est vrai;
mais il me la faut si parfaite que je ne la rencontrerai probablement jamais. J'ai bien vu
çà et là, dans quelques femmes, des portions
admirables médiocrement accompagnées, et
je les ai aimées pour ce qu'elles avaient de
choisi, en faisant abstraction du reste; c'est
toutefois un travail assez pénible et une opération douloureuse que de supprimer ainsi la
moitié de sa maîtresse, et de faire l'amputation
mentale de ce qu'elle a de laid ou de commun,
en circonscrivant ses yeux sur ce qu'elle peut

avoir de bien. — La beauté c'est l'harmonie, et une personne également laide partout est souvent moins désagréable à regarder qu'une femme inégalement belle : rien ne me fait peine à voir comme un chef-d'œuvre inachevé et comme une beauté à qui il manque quelque chose ; — une tache d'huile choque moins sur une bure grossière que sur une riche étoffe.

Rosette n'est point mal ; elle peut passer pour belle, mais elle est loin de réaliser ce que je rêve ; c'est une statue dont plusieurs morceaux sont amenés à point. Les autres ne sont pas si nettement dégagés du bloc ; il y a des endroits accusés avec beaucoup de finesse et de charme, et quelques-uns d'une manière plus lâche et plus négligée. — Aux yeux vulgaires, la statue paraît entièrement finie et d'une beauté complète ; mais un observateur plus attentif y découvre bientôt des places où le travail n'est pas assez serré et des contours qui, pour atteindre à la pureté qui leur est propre, ont besoin que l'ongle de l'ouvrier y passe et y repasse encore bien des fois ; — c'est à l'amour à polir ce marbre et à l'achever, c'est dire assez que ce ne sera pas moi qui le finirai.

Au reste, je ne circonscris point la beauté dans telle ou telle sinuosité de lignes. — L'air, le geste, la démarche, le souffle, la couleur, le son, le parfum, tout ce qui est la vie entre pour moi dans la composition de la beauté ; tout ce qui embaume, chante ou rayonne y revient de droit. — J'aime les riches brocarts, les splendides étoffes avec leurs plis amples et puissans ; j'aime les larges fleurs et les cassolettes, la transparence des eaux vives et l'éclat miroitant des belles armes, les chevaux de race et ces grands chiens blancs, comme on en voit dans les tableaux de Paul Véronèse. — Je suis un vrai païen de ce côté, et je n'adore point les dieux qui sont mal faits : — quoiqu'au fond je ne sois pas précisément ce qu'on appelle irréligieux, personne n'est de fait plus mauvais chrétien que moi. — Je ne comprends pas cette mortification de la matière qui fait l'essence du christianisme ; je trouve que c'est une action sacrilège que de frapper sur l'œuvre de Dieu, et je ne puis croire que la chair soit mauvaise, puisqu'il l'a pétrie lui-même de ses doigts et à son image. — J'approuve peu les longs sarraux de couleur sombre, d'où il ne sort qu'une tête et deux mains, et ces toiles où tout est noyé

d'ombre, excepté quelque front qui rayonne.
— Je veux que le soleil entre partout ; qu'il y
ait le plus de lumière et le moins d'ombre possible, que la couleur étincelle, que la ligne
serpente, que la nudité s'étale fièrement, et
que la matière ne se cache point d'être, puisque aussi bien que l'esprit, elle est un hymne
éternel à la louange de Dieu.

Je conçois parfaitement le fol enthousiasme
des Grecs pour la beauté ; et, pour mon
compte, je ne trouve rien d'absurde à cette
loi qui obligeait les juges à n'entendre plaider
les avocats que dans un lieu obscur, de peur
que leur bonne mine, la grâce de leurs gestes
et de leurs attitudes ne les prévinssent favorablement et ne fissent pencher la balance.

Je n'achèterais rien d'une marchande qui
serait laide ; je donne plus volontiers aux
mendians dont les haillons et la maigreur sont
pittoresques. — Il y a un petit Italien fiévreux,
vert comme un citron, avec de grands yeux
noirs et blancs qui lui tiennent la moitié de la
figure ; — on dirait un Murillo ou un Espa-
gnolet sans cadre qu'un brocanteur aurait
exposé contre la borne : — celui-là a toujours
deux sous de plus que les autres. — Je ne bat-

trais jamais un beau cheval ou un beau chien,
et je ne voudrais pas d'un ami ou d'un domestique qui ne seraient point d'un extérieur
agréable. — C'est un véritable supplice pour
moi que de voir de vilaines choses ou de vilaines personnes. — Une architecture de mauvais goût, un meuble d'une mauvaise forme
m'empêchent de me plaire dans une maison,
si comfortable et attrayante qu'elle soit d'ailleurs. Le meilleur vin me paraît presque de la
piquette dans un verre mal tourné, et j'avoue
que je préférerais le brouet le plus lacédémo-
nien sur un émail de Bernard de Palissy au
plus fin gibier sur une assiette de terre. —
L'extérieur m'a toujours pris violemment, et
c'est pourquoi j'évite la compagnie des vieil-
lards; cela me contriste et m'affecte désagréa-
blement, parce qu'ils sont ridés et déformés,
quoique cependant quelques-uns aient une
beauté spéciale; et, dans la pitié que j'ai
d'eux, il y a beaucoup de dégoût; — de toutes
les ruines du monde, la ruine de l'homme est
assurément la plus triste à contempler.

Si j'étais peintre (et j'ai toujours regretté de
ne pas l'être), je ne voudrais peupler mes toiles
que de déesses, de nymphes, de madones,

de chérubins et d'amours. — Consacrer ses pinceaux à faire des portraits, à moins que ce ne soit de belles personnes, me paraît un crime de lèse-peinture ; et, loin de vouloir doubler ces figures laides ou ignobles, ces têtes insignifiantes ou vulgaires, je pencherais plutôt à les faire couper sur l'original. — La férocité de Caligula, détournée en ce sens, me semblerait presque louable.

La seule chose au monde que j'aie enviée avec quelque suite, c'est d'être beau. — Par beau j'entends aussi beau que Pâris ou Apollon : n'être point difforme, avoir des traits à peu près réguliers, c'est-à-dire le nez au milieu de la figure, ni camard ni crochu, des yeux qui ne soient ni rouges ni éraillés, une bouche convenablement fendue ; cela n'est pas être beau : à ce compte, je le serais, et je me trouve aussi éloigné de l'idée que je me forme de la beauté virile que si j'étais un de ces jacquemarts qui frappent l'heure sur les clochers : j'aurais une montagne sur chaque épaule, les jambes torses d'un basset, le nez et le museau d'un singe ; j'y ressemblerais autant. — Bien des fois je me regarde, des heures entières, dans le miroir, avec une fixité

I.   17

et une attention inimaginables, pour voir s'il
n'est pas survenu quelque amélioration dans
ma figure ; j'attends que les lignes fassent un
mouvement et se redressent ou s'arrondissent
avec plus de finesse et de pureté, que mon
œil s'illumine et nage dans un fluide plus vivace, que la sinuosité qui sépare mon front
de mon nez se comble, et que mon profil
prenne ainsi le calme et la simplicité du profil grec, et je suis toujours très surpris que
cela n'arrive pas. J'espère toujours qu'un printemps ou l'autre je me dépouillerai de cette
forme que j'ai, comme un serpent qui laisse sa
vieille peau. — Dire qu'il faudrait si peu de
chose pour que je sois beau, et que je ne le serai
jamais ! Quoi donc ! une demi-ligne, un cen-
tième, un millième de ligne de plus ou de
moins dans un endroit ou dans un autre, un
peu moins de chair sur cet os, un peu plus sur
celui-ci, — un peintre, un statuaire auraient
rajusté cela en une demi-heure. Qu'est-ce que
cela faisait aux atomes qui me composent de
se cristalliser de telle ou telle façon ? En quoi
importait-il à ce contour de sortir ici et de
rentrer là, et où était la nécessité que je fusse
ainsi et pas autrement ?—En vérité, si je tenais

le hasard à la gorge, je crois que je l'étranglerais. — Parce qu'il a plu à une misérable parcelle de je ne sais quoi de tomber je ne sais où et de se coaguler bêtement en la gauche figure qu'on me voit, je serai éternellement malheureux! n'est-ce pas la plus sotte et la plus misérable chose du monde? Comment se fait-il que mon âme, avec l'ardent désir qu'elle en a, ne puisse laisser tomber à plat la pauvre charogne qu'elle fait tenir debout, et aller animer une de ces statues dont l'exquise beauté l'attriste et la ravit? — Il y a deux ou trois personnes que j'assassinerais avec délices, en ayant soin toutefois de ne pas les meurtrir ni les gâter, si je possédais le mot qui fait transmigrer les âmes d'un corps à l'autre. — Il m'a toujours semblé que, pour faire ce que je veux (et je ne sais pas ce que je veux), j'avais besoin d'une très grande et très parfaite beauté; et je m'imagine que si je l'avais, ma vie, qui est si enchevêtrée et si tiraillée, aurait été d'elle-même.

On voit tant de belles figures dans les tableaux! — Pourquoi aucune de celles-là n'est-elle la mienne? — Tant de têtes charmantes qui disparaissent sous la poussière et la fumée

du temps au fond des vieilles galeries ! ne vau-
drait-il pas mieux qu'elles quittassent leurs
cadres et vinssent s'épanouir sur mes épaules ?
La réputation de Raphaël souffrirait-elle beaucoup, si un de ces anges qu'il fait voler par
essaims dans l'outre-mer de ses toiles m'aban-
donnait son masque pour trente ans ? Il y a
tant d'endroits et des plus beaux de ses fresques
qui se sont écaillés et sont tombés de vétusté !
on n'y prendrait pas garde. Que font autour
de ces murs ces beautés silencieuses que le
vulgaire des hommes regarde à peine d'un
regard distrait? et pourquoi Dieu ou le hasard
n'ont-ils pas l'esprit de faire ce dont un homme
vient à bout avec quelques poils emmanchés
d'un bâton et quelques pâtes de différentes
couleurs délayées sur une planche ?

Ma première sensation devant une de ces
têtes merveilleuses dont le regard peint semble
vous traverser et se prolonger à l'infini, est le
saisissement et une admiration qui n'est pas
sans quelque terreur, mes yeux se trempent,
mon cœur bat ; puis, quand je suis un peu
familiarisé avec elle, et que je suis entré plus
avant dans le secret de leur beauté, je fais une
comparaison tacite d'elle à moi ; la jalousie se

tord au fond de mon âme en nœuds plus en-
tortillés qu'une vipère, et j'ai toutes les peines
du monde à ne pas me jeter sur la toile et à
ne pas la déchirer en morceaux.

Être beau! c'est-à-dire avoir en soi un
charme qui fait que tout vous sourit et vous
accueille; qu'avant que vous ayez parlé tout le
monde est déjà prévenu en votre faveur et disposé à être de votre avis; que vous n'avez qu'à
passer par une rue, ou vous montrer à un balcon pour vous créer, dans la foule, des amis
ou des maîtresses. N'avoir pas besoin d'être aimable pour être aimé, être dispensé de tous
ces frais d'esprit et de complaisance auxquels
la laideur vous oblige, et de ces mille qualités
morales qu'il faut avoir pour suppléer la beauté
du corps; quel don splendide et magnifique!

Et celui qui joindrait à la beauté suprême la
force suprême, qui, sous la peau d'Antinoüs,
aurait les muscles d'Hercule, que pourrait-il
désirer de plus? Je suis sûr qu'avec ces deux
choses et l'âme que j'ai, avant trois ans, je serais empereur du monde! —Une autre chose
que j'ai désirée presque autant que la beauté et
que la force, c'est le don de me transporter
aussi vite que la pensée d'un endroit à un

autre. — La beauté de l'ange, la force du tigre
et les ailes de l'aigle, et je commencerais à
trouver que le monde n'est pas aussi mal or-
ganisé que je le croyais d'abord. — Un beau
masque pour séduire et fasciner sa proie, des
ailes pour fondre dessus et l'enlever, des ongles pour la déchirer. — Tant que je n'aurai
pas cela, je serai malheureux.

Toutes les passions et tous les goûts que j'ai
eus n'ont été que des déguisemens de ces trois
désirs. J'ai aimé les armes, les chevaux et les
femmes ; — les armes, pour remplacer les
nerfs que je n'avais pas ; les chevaux, pour
me servir d'ailes ; les femmes, pour posséder
au moins dans quelqu'une la beauté qui me
manquait à moi-même. — Je recherchais de
préférence les armes les plus ingénieusement
meurtrières, et celles dont les blessures étaient
inguérissables. Je n'ai jamais eu l'occasion de
me servir d'aucun de ces kriss ou de ses yatah-
gans : néanmoins j'aime à les avoir autour de
moi ; je les tire hors du fourreau avec un sentiment de sécurité et de force inexprimable,
je m'en escrime à tort et à travers très énergi-
quement, et si par hasard je viens à voir la réflexion de ma figure dans une glace, je suis

étonné de son expression féroce.—Quant aux chevaux, je les surmène tellement, qu'il faut qu'ils crèvent ou qu'ils disent pourquoi;—si je n'avais pas renoncé à monter Ferragus, il y a long-temps qu'il serait mort et ce serait dommage, car c'est un brave animal. Quel cheval arabe pourrait avoir les jambes aussi promptes et déliées que mon Désir !—Dans les femmes, je n'ai cherché que l'extérieur, et comme jusqu'à présent celles que j'ai vues sont loin de répondre à l'idée que je me suis faite de la beauté, je me suis rejeté sur les tableaux et les statues;—ce qui, après tout, est une assez pitoyable ressource quand on a des sens aussi allumés que les miens.—Cependant il y a quelque chose de grand et de beau à aimer une statue, c'est que l'amour est parfaitement désintéressé, qu'on n'a à craindre ni la satiété ni le dégoût de la victoire, et qu'on ne peut espérer raisonnablement un second prodige pareil à l'histoire de Pygmalion.—L'impossible m'a toujours plu.

N'est-il pas singulier que moi, qui suis encore aux mois les plus blonds de l'adolescence, qui, loin d'avoir abusé de tout, n'ai pas même usé des choses les plus simples, j'en sois venu

à ce degré de blasement de n'être plus cha-
touillé que par le bizarre ou le difficile !— La
satiété suit le plaisir. C'est une loi naturelle et
qui se conçoit. — Qu'un homme qui a mangé
à un festin de tous les plats et en grande quantité n'ait plus faim et cherche à réveiller son
palais endormi par les mille flèches des épices
ou des vins irritans , rien n'est plus facile à
expliquer ; mais qu'un homme qui ne fait que
s'asseoir à table , et qui à peine a goûté des
premiers mets , soit pris déjà de ce dégoût superbe et ne puisse toucher sans vomir qu'aux
plats d'une saveur extrême et n'aime que les
viandes faisandées , les fromages jaspés de
bleu , les truffes , et les vins qui sentent la
pierre à fusil , c'est un phénomène qui ne peut
résulter que d'une organisation particulière :
c'est comme un enfant de six mois qui trouverait le lait de sa nourrice fade et qui ne voudrait téter que de l'eau-de-vie. — Je suis aussi
las que si j'avais exécuté toutes les prodigio-
sités de Sardanapale , et cependant ma vie a
été fort chaste et tranquille en apparence :
c'est une erreur de croire que la possession
soit la seule route qui mène à la satiété. On y
arrive aussi par le désir , et l'abstinence use

plus que l'excès. — Un désir tel que le mien
est quelque chose d'autrement fatigant que la
possession. Son regard parcourt et pénètre
l'objet qu'il veut avoir et qui rayonne au-
dessus de lui, plus promptement et plus profondément que s'il y touchait ; qu'est-ce que
l'usage lui apprendrait de plus? quelle expérience peut équivaloir à cette contemplation
constante et passionnée ?

J'ai traversé tant de choses, quoique j'aie
fait le tour de bien peu, qu'il n'y a plus que
les sommets les plus escarpés qui me tentent.
— Je suis attaqué de cette maladie qui prend
aux peuples et aux hommes puissans, dans
leur vieillesse :—l'impossible.—Tout ce que je
peux faire n'a pas le moindre attrait pour moi.
— Tibère, Caligula, Néron, grands Romains
de l'empire, ô vous que l'on a si mal compris,
et que la meute des rhéteurs poursuit de ses
aboiemens, je souffre de votre mal et je vous
plains de tout ce qui me reste de pitié ! Moi
aussi je voudrais bâtir un pont sur la mer et
paver les flots ; j'ai rêvé de brûler des villes
pour illuminer mes fêtes ; j'ai souhaité d'être
femme pour connaître de nouvelles voluptés.
— Ta maison dorée, ô Néron ! n'est qu'une

étable fangeuse à côté du palais que je me
suis élevé; ma garde-robe est mieux montée
que la tienne, Héliogabale, et bien autrement
splendide. — Mes cirques sont plus rugissans
et plus sanglans que les vôtres; mes parfums
plus âcres et plus pénétrans; mes esclaves plus
nombreux et mieux faits; j'ai aussi attelé à mon
char des courtisanes nues; j'ai marché sur
les hommes d'un talon aussi dédaigneux que
vous. — Colosses du monde antique, il bat
sous mes faibles côtes un cœur aussi grand que
le vôtre, et, à votre place, ce que vous avez
fait je l'aurais fait et peut-être davantage; que
de Babels j'ai entassées les unes sur les autres
pour atteindre le ciel, souffleter les étoiles et
cracher de là sur la création. Pourquoi donc
ne suis-je pas Dieu, — puisque je ne puis être
homme!

Oh! je crois qu'il faudra cent mille siècles
de néant pour me reposer de la fatigue de ces
vingt années de vie. — Dieu du ciel, quelle
pierre roulerez-vous sur moi? dans quelle
ombre me plongerez-vous? à quel Léthé me
ferez-vous boire? sous quelle montagne en-
terrerez-vous le Titan? Suis-je destiné à souffler un volcan par ma bouche et à faire des

tremblemens de terre en me changeant de
côté ?

Quand je pense à cela, que je suis né d'une
mère si douce, si résignée, de goûts et de
mœurs si simples, je suis tout surpris de ne pas
avoir fait éclater son ventre quand elle me
portait. Comment se fait-il qu'aucune de ses
pensées, calmes et pures, n'ait passé dans
mon corps avec le sang qu'elle m'a transmis ?
et pourquoi faut-il que je ne sois fils que de
sa chair et non de son esprit ? La colombe a
fait un tigre qui voudrait pour proie à ses
griffes la création tout entière.

J'ai vécu dans le milieu le plus calme et le
plus chaste. Il est difficile de rêver une existence enchâssée aussi purement que la mienne.
Mes années se sont écoulées, à l'ombre du fauteuil maternel, avec les petites sœurs et le chien
de la maison. Je n'ai vu autour de moi que de
bonnes têtes douces et tranquilles, de vieux
domestiques blanchis à notre service et en
quelque sorte héréditaires, de parens ou d'a-
mis graves et sententieux, vêtus de noir, qui
posaient leurs gants l'un après l'autre sur le
bord de leur chapeau, quelques tantes d'un
certain âge, grassouillettes, proprettes, dis-

crètes, avec du linge éblouissant, des jupes
grises, des mitaines de filet et les mains sur la
ceinture comme des personnes qui sont de religion, des meubles sévères jusqu'à la tristesse,
des boiseries de chêne nu, des tentures de
cuir, tout un intérieur d'une couleur sobre et
étouffée comme en ont fait certains maîtres
flamands. — Le jardin était humide et sombre,
le buis qui en dessinait les compartimens, le
lierre qui recouvrait les murs et quelques sa-
pins aux bras pelés étaient chargés d'y représenter de la verdure et y réussissaient assez
mal ; la maison de briques, avec un toit très
haut, quoique spacieuse et en bon état, avait
quelque chose de morne et d'assoupi. — Certes,
rien n'était propre à une vie séparée, austère
et mélancolique, comme une pareille habitation. Il semblait impossible que tous les enfans
élevés dans une telle maison ne finissent pas
par se faire prêtres ou religieuses : eh bien !
dans cette atmosphère de pureté et de repos,
sous cette ombre et ce recueillement, je me
pourrissais petit à petit, et sans qu'il en parût
rien, comme une nèfle sur la paille. Au sein
de cette famille honnête, pieuse, sainte, j'étais
parvenu à un degré de dépravation horrible.

— Ce n'était pas le contact du monde, puisque je n'en avais pas vu ; ni le feu des passions, puisque je transissais sous la sueur glacée qui suintait de ces braves murailles. — Le ver ne s'était pas traîné du cœur d'un autre fruit à mon cœur. Il était éclos de lui-même au plus plein de ma pulpe qu'il avait rongée et sillonnée en tous sens : en dehors, rien ne paraissait et n'avertissait que je fusse gâté. Je n'avais ni tache ni piqûre ; mais j'étais tout creux par dedans, et il ne me restait qu'une mince pellicule, brillamment colorée, que le moindre choc eût crevée. — N'est-ce pas là une chose inexplicable qu'un enfant né de parens vertueux, élevé avec soin et discrétion, tenu loin de toute chose mauvaise, se pervertisse tout seul à un tel point, et arrive où j'en suis arrivé ? Je suis sûr qu'en remontant jusqu'à la sixième génération, on ne retrouverait pas parmi mes ancêtres un seul atôme pareil à ceux dont je suis formé. Je ne suis pas de ma famille ; je ne suis pas une branche de ce noble tronc, mais un champignon vénéneux poussé par quelque lourde nuit d'orage entre ses racines moussues ; et pourtant personne n'a eu plus d'aspirations et d'élans vers le beau que moi, personne

n'a essayé plus opiniâtrément de déployer ses
ailes ; mais chaque tentative a rendu ma chute
plus profonde , et ce qui devait me sauver m'a
perdu.

La solitude m'est plus mauvaise que le
monde , quoique je désire plus la première
que le second. — Tout ce qui m'enlève à moi-
même m'est salutaire : la société m'ennuie ,
mais m'arrache forcément à cette rêverie
creuse dont je monte et je descends la spirale ,
le front penché et les bras en croix. — Aussi ,
depuis que le tête-à-tête est rompu , et qu'il
y a du monde ici avec lequel je suis forcé de
me contraindre un peu , je suis moins sujet à
me laisser aller à mes humeurs noires , et je
suis moins travaillé de ces désirs démesurés
qui me fondent sur le cœur , comme une nuée
de vautours , dès que je reste un moment
inoccupé. Il y a quelques femmes assez jolies
et un ou deux jeunes gens assez aimables et
fort gais ; mais , dans tout cet essaim provincial ,
ce qui me charme le plus est un jeune cavalier
qui est arrivé depuis deux ou trois jours ; — il
m'a plu tout d'abord , et je l'ai pris en affection , rien qu'à le voir descendre de son cheval.
Il est impossible d'avoir meilleure grâce ; il

n'est pas très grand , mais il est svelte et bien pris dans sa taille ; il a quelque chose de moelleux et d'onduleux dans la démarche et dans les gestes qui est on ne peut plus agréable ; bien des femmes lui envieraient sa main et son pied. Le seul défaut qu'il ait c'est d'être trop beau et d'avoir des traits trop délicats pour un homme ; il est muni d'une paire d'yeux les plus beaux et les plus noirs du monde , qui ont une expression indéfinissable et dont il est difficile de soutenir le regard. Mais , comme il est fort jeune et n'a pas l'apparence de barbe, la mollesse et la perfection du bas de sa figure tempèrent un peu la vivacité de ses prunelles d'aigle ; ses cheveux bruns et lustrés flottent sur son cou en grosses boucles , et donnent à sa tête un caractère particulier. —Voilà donc enfin un des types de beautés que je rêvais réalisé et marchant devant moi ! Quel dommage que ce soit un homme, ou quel dommage que je ne sois pas une femme ! — Cet Adonis, qui , à sa belle figure , joint un esprit très vif et très étendu , jouit encore de ce privilége, d'avoir à mettre au service de ses bons mots et de ses plaisanteries une voix d'un timbre argentin et mordant qu'il est difficile d'en-

tendre sans être ému. — Il est vraiment parfait. — Il paraît qu'il partage mes goûts pour
les belles choses, car ses habits sont très riches
et très recherchés, son cheval très fringant et
de race ; et, pour que tout fût complet et as-
sorti, il avait derrière lui, monté sur un petit
cheval, un page de quatorze ou quinze ans,
blond, rose, joli comme un séraphin, qui
dormait à moitié, et était si fatigué de la course
qu'il venait de faire, que son maître a été
obligé de l'enlever de sa selle et de l'emporter
dans ses bras jusqu'à sa chambre. Rosette lui a
fait beaucoup d'accueil, et je pense qu'elle a
formé le dessein de s'en servir pour éveiller
ma jalousie et faire sortir ainsi le peu de
flamme qui dort sous les cendres de ma passion
éteinte. — Tout redoutable cependant que soit
un pareil rival, je me sens peu disposé à en
être jaloux ; et je me sens tellement entraîné
vers lui, que je me désisterais assez volontiers
de mon amour pour avoir son amitié.

VI.

En cet endroit, si le débonnaire lecteur
veut bien nous le permettre, nous allons, pour
quelque temps, abandonner à ses rêveries le
digne personnage qui, jusqu'ici, a occupé la
scène à lui tout seul et parlé pour son propre
compte, et rentrer dans la forme ordinaire
du roman, sans toutefois nous interdire de
prendre par la suite la forme dramatique, s'il
en est besoin, et en nous réservant le droit de

puiser encore dans cette espèce de confession
épistolaire que le susdit jeune homme adres-
sait à son ami, persuadés que, si pénétrans et
si pleins de sagacité que nous soyons, nous
devons assurément en savoir là-dessus moins
long que lui-même.

.... Le petit page était tellement harassé
qu'il dormait sur les bras de son maître, et
que sa petite tête toute déchevelée allait et
venait comme s'il eût été mort. Il y avait assez
loin du perron à la chambre que l'on avait
désignée pour être celle du nouvel arrivant,
et le domestique qui le précédait s'offrit à porter l'enfant à son tour; mais le jeune cavalier,
pour qui, du reste, ce fardeau semblait n'être
qu'une plume, le remercia, et ne voulut pas
s'en dessaisir : il le déposa sur le canapé tout
doucement et en prenant mille précautions
pour ne pas le réveiller ; une mère n'eût pas
mieux fait. Quand le domestique se fut retiré
et que la porte fut fermée, il se mit à genoux
devant lui, et essaya de lui tirer ses bottines ;
mais ses petits pieds gonflés et endoloris ren-
daient cette opération assez difficile, et le joli
dormeur poussait de temps en temps quelques
soupirs vagues et inarticulés, comme une per-

sonne qui se va réveiller ; alors le jeune cavalier s'arrêtait, et attendait que le sommeil l'eût
repris. Les bottines cédèrent enfin, c'était le
plus important ; les bas firent peu de résistance. — Cette opération achevée, le maître
prit les deux pieds de l'enfant, et les posa
l'un à côté de l'autre sur le velours du sofa ;
c'étaient bien les deux plus adorables pieds du
monde, pas plus grands que cela, blancs
comme de l'ivoire neuf et un peu rosés par la
pression de la chaussure où ils étaient en prison
depuis dix-sept heures, des pieds trop petits
pour une femme, et qui semblaient n'avoir
jamais marché ; — ce qu'on voyait de la jambe
était rond, potelé, poli, transparent et veiné,
et de la plus exquise délicatesse ; — une jambe
digne du pied.

Le jeune homme, toujours à genoux, con-
templait ces deux petits pieds avec une attention amoureusement admirative ; il se pencha,
prit le gauche et le baisa, et puis le droit et le
baisa aussi ; et puis, de baisers en baisers, il
remonta le long de la jambe jusqu'à l'endroit
où l'étoffe commençait. — Le page souleva un
peu sa longue paupière, et laissa tomber sur
son maître un regard bienveillant et assoupi,

où ne perçait aucune surprise. — Ma ceinture
me gêne, dit-il en passant son doigt sous le
ruban, et il se rendormit. — Le maître déboucla la ceinture, releva la tête du page avec
un coussin ; et, touchant ses pieds qui étaient
devenus un peu froids, de brûlans qu'ils
étaient, il les enveloppa soigneusement dans
son manteau, prit un fauteuil, et s'assit au
plus près du sofa. Deux heures se passèrent
ainsi, le jeune homme regardant dormir l'enfant et suivant sur son front les ombres de ses
rêves. Le seul bruit qu'on entendît par la
chambre était sa respiration régulière et le
tic-tac de la pendule.

C'était un tableau assurément fort gracieux.
— Il y avait dans l'opposition de ces deux
genres de beauté un moyen d'effet dont un
peintre habile eût tiré bon parti. — Le maître
était beau comme une femme, — le page beau
comme une jeune fille. — Cette tête ronde et
rose, ainsi posée dans ses cheveux, avait l'air
d'une pêche sous ses feuilles ; elle en avait la
fraîcheur et le velouté, quoique la fatigue de
la route lui eût enlevé quelque peu de son éclat
habituel ; la bouche mi-ouverte laissait apercevoir des petites dents d'un blanc laiteux, et

sous ses tempes pleines et luisantes s'entre-
croisait un réseau de veines azurées ; les cils
de ses yeux, pareils à ces fils d'or qui s'épa-
nouissent dans les missels autour de la tête des
vierges, lui venaient presque au milieu des
joues ; ses cheveux longs et soyeux tenaient à
la fois de l'or et de l'argent, — or dans l'ombre, argent dans la lumière ; son cou était en
même temps gras et frêle, et n'avait rien du
sexe indiqué par ses habits ; deux ou trois boutons du justaucorps, défaits pour faciliter la
respiration, permettaient d'entrevoir, par
l'hiatus d'une chemise de fine toile de Hol-
lande, une losange de chair potelée et rebondie
d'une admirable blancheur, et le commencement d'une certaine ligne ronde, difficile à
expliquer, sur la poitrine d'un jeune garçon ;
en y regardant bien, on eût peut-être trouvé
aussi que ses hanches étaient un peu trop
développées. — Le lecteur en pensera ce qu'il
voudra ; ce sont de simples conjectures que
nous lui proposons : nous n'en savons pas là-
dessus plus que lui ; mais nous espérons en
apprendre davantage dans quelque temps, et
nous lui promettons de le tenir fidèlement au
courant de nos découvertes. — Que le lecteur

282

MADEMOISELLE DE MAUPIN.

s'il a la vue moins basse que nous, enfonce son regard sous la dentelle de cette chemise, et décide en conscience si ce contour est trop ou trop peu saillant ; mais nous l'avertissons que les rideaux sont tirés, et qu'il règne dans la chambre un demi-jour peu favorable à ces sortes d'investigations.

Le cavalier était pâle, mais d'une pâleur dorée, pleine de force et de vie ; ses prunelles nageaient sur un cristallin humide et bleu ; son nez droit et mince donnait à son profil une fierté et une vigueur merveilleuses, et la chair en était si fine que, sur le bord du contour, elle laissait transpercer la lumière ; sa bouche avait le sourire le plus doux à de certains momens ; mais d'ordinaire elle était arquée à ses soins, comme quelques-unes de ces têtes qu'on voit dans les tableaux des vieux maîtres italiens plutôt en dedans qu'en dehors ; ce qui lui donnait quelque chose d'adorablement dédaigneux, une smorfia on ne peut plus piquante, un air de bouderie enfantine et de mauvaise humeur très singulier et très charmant.

Quels étaient les liens qui unissaient le maître au page et le page au maître ? Assurément il y

avait entre eux plus que l'affection qui peut
exister entre le maître et le domestique.
Etaient-ce deux amis ou deux frères ? — Alors,
pourquoi ce travestissement ? — Il eût été cependant difficile de croire à quiconque eût vu
la scène que nous venons de décrire, que ces
deux personnages n'étaient en vérité que ce
qu'ils paraissaient être.

Ce cher ange, comme il dort ! dit à voix
basse le jeune homme ; je crois qu'il n'avait
jamais tant fait de chemin de sa vie. Vingt
lieues à cheval, lui qui est si délicat ! j'ai peur
qu'il ne soit malade de fatigue. Mais non, cela
ne sera rien ; demain, il n'y paraîtra plus ; il
aura repris ses belles couleurs, et sera plus
frais qu'une rose après la pluie. — Est-il beau
comme cela ! Si je ne craignais de l'éveiller,
je le mangerais de caresses. Quelle adorable
fossette il a au menton ! quelle finesse et quelle
blancheur de peau ! — Dors bien, cher trésor.
— Ah ! je suis vraiment jaloux de ta mère, et
je voudrais t'avoir fait. — Il n'est pas malade ?
Non ; — sa respiration est réglée, et il ne
bouge pas. — Mais je crois qu'on a frappé....

En effet, on avait frappé deux petits coups

aussi doucement que possible sur le panneau
de la porte.

Le jeune homme se leva, et, craignant de
s'être trompé, attendit, pour ouvrir, que l'on
heurtât de nouveau. — Deux autres coups,
un peu plus accentués, se firent entendre de
nouveau; et une douce voix de femme dit sur
un ton très bas : — C'est moi, Théodore.

Théodore ouvrit, mais avec moins de vivacité qu'un jeune homme n'en met à ouvrir à
une femme dont la voix est douce, et qui est
venue gratter mystérieusement à votre huis
vers la tombée du jour; — le battant entre-
baillé donna passage, devinez à qui? à la
maîtresse du perplexe Albert, à la princesse
Rosette en personne, plus rose que son nom
et les seins aussi émus que les eut jamais femme
qui soit entrée le soir dans la chambre d'un
beau cavalier.

— Théodore! dit Rosette.

Théodore leva le doigt et le posa sur sa lèvre
de manière à figurer la statue du silence; et,
lui montrant l'enfant qui dormait, il la fit
passer dans la pièce voisine.

— Théodore, reprit Rosette qui semblait
trouver des douceurs singulières à répéter ce

nom, et chercher en même temps à rallier ses idées.—Théodore, continua-t-elle sans quitter la main que le jeune homme lui avait présentée pour la conduire à son fauteuil, — vous nous êtes donc enfin revenu ? — Qu'avez-vous fait tout ce temps? où êtes-vous allé ?—Savez-vous qu'il y a six mois que je ne vous ai vu ? Ah ! Théodore, cela n'est pas bien ; on doit aux gens qui nous aiment, même quand on ne les aime pas, quelques égards et quelque pitié.

THÉODORE.

Ce que j'ai fait ? Je ne sais. — J'ai été et je suis venu ; j'ai dormi et j'ai veillé, j'ai chanté et j'ai pleuré, j'ai eu faim et soif, j'ai eu trop chaud et trop froid, je me suis ennuyé, j'ai de l'argent de moins et six mois de plus, j'ai vécu ; voilà tout. — Et vous, qu'avez-vous fait ?

ROSETTE.

Je vous ai aimé.

THÉODORE.

Vous n'avez fait que cela ?

ROSETTE.

Oui, absolument. — J'ai mal employé mon temps, n'est-ce pas ?

THÉODORE.

Vous auriez pu l'employer mieux, ma pauvre Rosette; par exemple, à aimer quelqu'un qui pût vous rendre votre amour.

ROSETTE.

Je suis désintéressée en amour comme en tout. — Je ne prête pas de l'amour à usure; c'est un pur don que je fais.

THÉODORE.

Vous avez là une vertu bien rare, et qui ne peut naître que dans une âme choisie. J'ai désiré bien souvent pouvoir vous aimer, du moins comme vous le voudriez; mais il y a entre nous un obstacle insurmontable, et que je ne puis vous dire. — Avez-vous eu un autre amant depuis que je vous ai quittée?

ROSETTE.

J'en ai eu un, que j'ai encore.

THÉODORE.

Quelle espèce d'homme est-ce?

ROSETTE.

Un poète.

THÉODORE.

Diable ! quel est ce poète, et qu'a-t-il fait ?

ROSETTE.

Je ne sais trop, une manière de volume que personne ne connaît, et que j'ai essayé de lire un soir.

THÉODORE.

Ainsi donc vous avez pour amant un poète inédit. — Cela doit être curieux. — A-t-il des trous au coude, du linge sale et des bas en vis de pressoir ?

ROSETTE.

Non ; il se met assez bien, se lave les mains, et n'a pas de taches d'encre au bout du nez. C'est un ami de de C** ; je l'ai rencontré chez madame de Thémines, vous savez, une grande femme qui fait l'enfant et se donne des petits airs d'innocence.

THÉODORE.

Et peut-on savoir le nom de ce glorieux personnage ?

ROSETTE.

Oh ! mon Dieu oui ! il se nomme le chevalier d'Albert.

THÉODORE.

Le chevalier d'Albert ! il me semble que c'est un jeune homme qui était sur le balcon quand je suis descendu de cheval.

ROSETTE.

Précisément.

THÉODORE.

Et qui m'a regardé avec tant d'attention.

ROSETTE.

Lui-même.

THÉODORE.

Il est assez bien. — Et il ne m'a pas fait oublier ?

ROSETTE.

Non. Vous n'êtes pas malheureusement de ceux qu'on oublie.

THÉODORE.

Il vous aime fort sans doute ?

ROSETTE.

Je ne sais trop. — Il y a des momens où l'on croirait qu'il m'aime beaucoup ; mais au fond il ne m'aime pas, et il n'est pas loin de me haïr, car il m'en veut de ce qu'il ne peut m'aimer. — Il a fait comme plusieurs autres plus expérimentés que lui ; il a pris un goût vif pour de la passion , et s'est trouvé tout surpris et tout désappointé quand son désir a été assouvi. — C'est une erreur que l'on a communément de penser que , parce que l'on a couché ensemble , on se doit réciproquement adorer.

THÉODORE.

Et que comptez-vous faire de ce susdit amoureux qui ne l'est pas ?

ROSETTE.

Ce qu'on fait des anciens quartiers de lune ou des modes de l'an passé. — Il n'est pas assez fort pour me quitter le premier ; et , quoiqu'il ne m'aime pas dans le sens véritable du mot , il tient à moi par une habitude de plaisir, et ce sont celles-là qui sont le plus difficiles à rompre. — Si je ne l'aide pas, il est capable de s'ennuyer consciencieusement avec moi jusqu'au jour du jugement dernier, et même au-delà ; car il a en lui le germe de toutes les nobles qualités , et les fleurs de son âme ne demandent qu'à s'épanouir au soleil de l'éternel amour. — Réellement , je suis fâchée de

n'avoir pas été le rayon pour lui. — De tous
mes amans que je n'ai pas aimés, c'est celui
que j'aime le plus ; — et si je n'étais aussi bonne
que je le suis , je ne lui rendrais pas sa liberté ,
et je le garderais encore. — C'est ce que je ne
ferai pas ; — j'achève en ce moment-ci de
l'user.

THÉODORE.

Combien cela durera-t-il?

ROSETTE.

Quinze jours , trois semaines , mais à coup
sûr moins que cela n'eût duré si vous n'étiez
pas venu. — Je sais que je ne serai jamais votre
maîtresse. — Il y a , dites-vous , pour cela une
raison inconnue à laquelle je me rendrais s'il
vous était permis de me la révéler. Ainsi donc
toute espérance de ce côté me doit être inter-
dite , et cependant je ne puis me résoudre à
être la maîtresse d'un autre quand vous êtes là :
il me semble que c'est une profanation , et que
je n'ai plus le droit de vous aimer.

THÉODORE.

Gardez celui-ci pour l'amour de moi.

ROSETTE.

Si cela vous fait plaisir, je le ferai. — Ah ! si vous aviez pu être à moi, combien ma vie eût été différente de ce qu'elle a été ! — Le monde a une bien fausse idée de moi, et j'aurai passé sans que nul ne se soit douté de ce que j'étais, — excepté vous, Théodore, le seul qui m'ayez compris, et qui m'ayez été cruel. — Je n'ai jamais désiré que vous pour amant, et je ne vous ai pas eu. — Si vous m'aviez aimée, ô Théodore ! j'aurais été vertueuse et chaste, j'aurais été digne de vous : au lieu de cela, je laisserai (si quelqu'un se souvient de moi) la réputation d'une femme galante, d'une espèce de courtisane, qui n'avait de différent de celles du ruisseau que le rang et la fortune. — J'étais née avec les plus hautes inclinations; mais rien ne déprave comme de ne pas être aimée. — Beaucoup me méprisent qui ne savent pas ce qu'il m'a fallu souffrir pour arriver où j'en suis. — Etant sûre de ne jamais appartenir à celui que je préférais entre tous, je me suis laissée aller au courant, je n'ai pas pris la peine de défendre un corps qui ne pouvait être à vous. — Pour mon cœur, personne ne l'a eu et ne l'aura jamais. — Il est à vous, quoique vous

l'ayez brisé ; — et, différente de la plupart des
femmes qui se croient honnêtes, pourvu
qu'elles n'aient pas passé d'un lit dans un
autre, quoique j'aie prostitué ma chair, j'ai
toujours été fidèle d'âme et de cœur à votre
pensée ; — au moins, j'aurai fait quelques
heureux, j'aurai envoyé danser autour de
quelques chevets de blanches illusions. J'ai
trompé innocemment plus d'un noble cœur ; —
j'ai été si misérable d'être rebutée par vous,
que j'ai toujours été épouvantée à l'idée de
faire subir un pareil supplice à quelqu'un. —
C'est le seul motif de bien des aventures qu'on
a attribuées à un pur esprit de libertinage. —
Moi ! du libertinage ! — O monde ! — Si vous
saviez, Théodore, combien il est profondément douloureux de sentir qu'on a manqué sa
vie, que l'on a passé à côté de son bonheur, de
voir que tout le monde se méprend sur votre
compte, et qu'il est impossible de faire changer l'opinion qu'on a de vous ; que vos plus
belles qualités se sont tournées en défauts, vos
plus pures essences en noirs poisons ; qu'il n'a
transpiré de vous que ce que vous aviez de
mauvais, d'avoir trouvé les portes toujours
ouvertes pour vos vices et toujours fermées

pour vos vertus, et de n'avoir pu amener à
bien, parmi tant de ciguës et d'aconits un
seul lis ou une seule rose : vous ne savez pas
cela, Théodore.

THÉODORE.

Hélas ! hélas, ce que vous dites là, Rosette,
est l'histoire de tout le monde ; la meilleure
partie de nous est celle qui reste en nous, et
que nous ne pouvons produire. — Les poètes
sont ainsi. — Leur plus beau poëme est celui
qu'ils n'ont pas écrit ; ils emportent plus de
poëmes dans la bière qu'ils n'en laissent dans
leur bibliothèque.

ROSETTE.

J'emporterai mon poëme avec moi.

THÉODORE.

Et moi, le mien. — Qui n'en a fait un dans
sa vie ? Qui est assez heureux ou assez malheureux pour n'avoir composé le sien dans sa
tête ou son cœur : — des bourreaux en ont peut-
être fait qui sont tout humides des pleurs de
la plus douce sensibilité ; des poètes en ont
peut-être fait aussi qui eussent convenu à des
bourreaux, tant ils sont rouges et monstrueux.

1. 19

ROSETTE.

Oui. — On pourrait mettre des roses blanches sur ma tombe. — J'ai eu dix amans ; —
mais je suis vierge, et mourrai vierge. Bien des
vierges, sur les fosses desquelles il neige à
perpétuité du jasmin et des fleurs d'oranger,
étaient de véritables Messalines.

THÉODORE.

Je sais ce que vous valez, Rosette.

ROSETTE.

Vous seul au monde avez vu ce que je suis ;
car vous m'avez vue sous le coup d'un amour
bien vrai et bien profond, puisqu'il est sans
espoir ; et qui n'a pas vu une femme amoureuse ne peut pas dire ce qu'elle est : c'est ce
qui me console dans mes amertumes.

THÉODORE.

Et que pense de vous ce jeune homme qui,
aux yeux du monde, est aujourd'hui votre
amant ?

ROSETTE.

La pensée d'un amant est un gouffre plus
profond que la baie de Portugal ; et il est bien
difficile de dire ce qu'il y a au fond d'un homme ;

la sonde serait attachée à une corde de cent
mille toises de longueur, et on la déviderait
jusqu'au bout qu'elle filerait toujours sans rien
rencontrer qui l'arrêtât : cependant j'ai touché
quelquefois le fond de celui-ci en quelques
endroits, et le plomb a rapporté tantôt de la
boue, tantôt de beaux coquillages, mais le
plus souvent de la boue et des débris de-
coraux mêlés ensemble. — Quant à son opinion sur moi, elle a beaucoup varié : il a commencé d'abord par où les autres finissent ; il
m'a méprisée ; les jeunes gens qui ont l'imagination vive sont sujets à cela. — Il y a toujours
une chute énorme dans le premier pas qu'ils
font, et le passage de leur chimère à la réalité ne peut se faire sans secousse. — Il me méprisait, et je l'amusais ; maintenant il m'estime, et je l'ennuie. — Aux premiers jours de
notre liaison, il n'a vu dans moi que le côté
banal, et je pense que la certitude de ne pas
éprouver de résistance était pour beaucoup
dans sa détermination. Il paraissait extrêmement empressé d'avoir une affaire, et je
crus d'abord que c'était une de ces plénitudes
de cœur qui ne cherchent qu'à déborder un de
ces amours vagues que l'on a, dans le mois de

mai de la jeunesse, et qui font qu'à défaut de femmes, on entourerait les troncs d'arbre avec ses bras, et qu'on embrasserait les fleurs et le gazon des prairies. — Mais ce n'était pas cela ; — il ne passait à travers moi que pour arriver à autre chose. J'étais un chemin pour lui, et non un but. — Sous les fraîches apparences de ses vingt ans, sous le premier duvet de l'adolescence, il cachait une corruption profonde. Il était piqué au cœur ; — c'était un fruit qui ne renfermait que de la cendre. Dans ce corps jeune et vigoureux s'agitait une âme aussi vieille que Saturne, — une âme aussi incurablement malheureuse qu'il en fut jamais. — Je vous avoue, Théodore, que je fus effrayée et que le vertige faillit me prendre en me penchant sur les noires profondeurs de cette existence. — Vos douleurs et les miennes ne sont rien, comparées à celles-là. — Si je l'avais plus aimé, je l'aurais tué. — Quelque chose l'attire et l'appelle invinciblement qui n'est pas de ce monde ni en ce monde, et il ne peut avoir de repos ni jour ni nuit ; et, comme l'héliotrope dans une cave, il se tord pour se tourner vers le soleil qu'il ne voit pas. — C'est un de ces hommes dont l'âme n'a pas

été trempée assez complétement dans les eaux
du Léthé avant d'être liée à son corps, et qui
garde du ciel dont elle vient des réminiscences
d'éternelle beauté qui la travaillent et la tour-
mentent, qui se souvient qu'elle a eu des ailes,
et qui n'a plus que des pieds. — Si j'étais Dieu,
je priverais de poésie pendant deux éternités
l'ange coupable d'une pareille négligence. —
Au lieu d'avoir à bâtir un château de cartes
brillamment coloriées pour abriter pendant
un printemps une blonde et jeune fantaisie, il
fallait élever une tour plus haute que les huit
temples superposés de Bélus. — Je n'étais pas
de force ; je fis semblant de ne pas l'avoir compris, et je le laissai ramper sur ses ailes et
chercher un sommet d'où il pût s'élancer dans
l'espace immense. — Il croit que je n'ai rien
aperçu de tout cela, parce que je me suis prê-
tée à tous ses caprices sans avoir l'air d'en
soupçonner le but. — J'ai voulu, ne pouvant
le guérir, et j'espère qu'il m'en sera un jour
tenu compte devant Dieu, lui donner au moins
ce bonheur de croire qu'il avait été passionné-
ment aimé. — Il m'inspirait assez de pitié et
d'intérêt pour aisément pouvoir prendre avec
lui un ton et des manières assez tendres pour lui

faire illusion. J'ai joué mon rôle en comédienne
consommée ; j'ai été enjouée et mélancolique,
sensible et voluptueuse ; j'ai feint des inquiétudes et des jalousies ; j'ai versé de fausses larmes , et j'ai appelé sur mes lèvres des essaims
de sourires composés. — J'ai paré ce manne-
quin d'amour des plus brillantes étoffes ; je
l'ai fait promener dans les allées de mes parcs ;
j'ai invité tous mes oiseaux à chanter sur son
passage, et toutes mes fleurs dalhias et daturas
à le saluer en inclinant la tête; je lui ai fait traverser mon lac sur le dos argenté de mon cygne
chéri ; je me suis cachée dedans , et je lui ai
prêté ma voix , mon esprit , ma beauté , ma
jeunesse , et je lui ai donné une apparence si
séduisante , que la réalité ne valait pas mon
mensonge. Quand le temps sera venu de briser
en éclats cette creuse statue, je le ferai de
manière à ce qu'il croie que tout le tort est de
mon côté et à lui en épargner le remords. —
C'est moi qui donnerai le coup d'épingle par
où doit s'échapper le vent dont ce ballon est
plein. — N'est-ce pas là une sainte prostitution et une honorable tromperie ? — J'ai dans
une urne de cristal quelques larmes que jai
recueillies au moment où elles allaient tomber.

— Voilà mon écrin et mes diamans, et je les présenterai à l'ange qui me viendra prendre pour m'emmener à Dieu.

THÉODORE.

Ce sont les plus beaux qui puissent briller au cou d'une femme. Les parures d'une reine ne valent pas celles-là. — Pour moi, je pense que la liqueur que Madeleine versa sur les pieds du Christ était faite des anciens pleurs de ceux qu'elle avait consolés, et je pense aussi que c'est de pareilles larmes qu'est semé le chemin de saint Jacques, et non, comme on l'a prétendu, des gouttes de lait de Junon. — Qui fera donc pour vous ce que vous avez fait pour lui ?

ROSETTE.

Personne, hélas ! puisque vous ne le pouvez.

THÉODORE.

O chère âme ! que ne le puis-je ! — Mais ne perdez pas l'espoir. — Vous êtes belle et bien jeune encore. — Vous avez bien des allées de tilleuls et d'acacias en fleurs à parcourir avant d'arriver à cette route humide, bordée de buis et d'arbres sans feuilles, qui conduit du tom-

beau de porphyre, où l'on enterrera vos belles
années mortes, au tombeau de pierre brute
et couverte de mousse, où l'on se hâtera de
pousser le reste de ce qui fut vous et les spectres
ridés et branlans des jours de votre vieillesse.
Il vous reste beaucoup à gravir de la montagne
de la vie, et de long-temps vous ne parviendrez
à la zone où se trouve la neige. Vous n'en êtes
qu'à la région des plantes aromatiques, des cas-
cades limpides où l'iris suspend ses arches tricolores, des beaux chênes verts et des mélèzes
parfumés; montez encore quelque peu, et de
là dans l'horizon plus large qui se déploiera à
vos pieds, vous verrez peut-être s'élever la
fumée bleuâtre du toit où dort celui qui vous
aimera. Il ne faut pas, dès l'abord, désespérer
de sa vie; il s'ouvre, comme cela, dans notre
destinée, des perspectives à quoi nous ne nous
attendions plus. — L'homme, dans la vie, m'a
souvent fait penser à un pélerin qui suit l'escalier, en colimaçon, d'une tour gothique. Le
long serpent de granit tord dans l'obscurité ses
anneaux dont chaque écaille est une marche.
Après quelques circonvolutions, le peu de jour
qui venait de la porte s'est éteint. L'ombre des
maisons qu'on n'a pas encore dépassées ne

permet pas aux soupiraux de laisser entrer le
soleil : les murs sont noirs, suintans ; on a plutôt l'air de descendre dans un cachot, d'où
l'on ne doit jamais sortir, que de monter à
cette tourelle qui, d'en bas, vous paraissait si
svelte et si élancée, et couverte de dentelles
et de broderies, comme si elle allait partir
pour le bal. — On hésite si l'on doit aller plus
haut, tant ces moites ténèbres pèsent lour-
dement sur votre front. — L'escalier tourne
encore quelquefois, et des lucarnes plus fré-
quentes découpent leurs trèfles d'or sur le mur
opposé. On commence à voir les pignons den-
telés des maisons, les sculptures des entable-
mens, les formes bizarres des cheminées ; —
quelques pas de plus, et l'œil plane sur la ville
entière ; c'est une forêt d'aiguilles, de flèches
et de tours qui se hérissent de toutes parts,
dentelées, tailladées, évidées, frappées à l'em-
porte-pièce et laissant transparaître le jour par
leurs mille découpures. — Les dômes et les cou-
poles s'arrondissent comme les mamelles de
quelque géante ou des crânes de Titans. Les
îlots de maisons et de palais se détachent par
tranches ombrées ou lumineuses. — Quelques
marches encore, et vous serez sur la plate-

forme ; et alors vous verrez, au-delà de l'enceinte de la ville, verdoyer les cultures, bleuir
les collines et blanchir les voiles sur le ruban
moiré du fleuve. Un jour éblouissant vous
inonde, et les hirondelles passent et repassent
auprès de vous en poussant de petits cris joyeux.
Le son lointain de la cité vous arrive comme un
murmure amical ou le bourdonnement d'une
ruche d'abeilles ; tous les clochers égrènent
dans les airs leurs colliers de perles sonores ;
les vents vous apportent les senteurs de la
forêt voisine et des fleurs de la montagne : ce
n'est que lumière, harmonie et parfum. Si vos
pieds s'étaient lassés, ou que le découragement
vous eût pris et que vous fussiez restée assise
sur une marche inférieure, ou que vous fussiez
tout-à-fait redescendue, ce spectacle eût été
perdu pour vous. — Quelquefois cependant la
tour n'a qu'une seule ouverture au milieu ou
en haut. — La tour de votre vie est ainsi con-
struite ; — alors il faut un courage plus obstiné,
une persévérance armée d'ongles plus crochus
pour s'accrocher, dans l'ombre, aux saillies des
pierres, et parvenir au trèfle resplendissant
par où la vue s'échappe sur la campagne ; ou
bien les meurtrières ont été remplies, ou l'on a

oublié d'en percer, et alors il faut aller jusqu'au faîte ; mais plus on s'est élevé sans voir, plus l'horizon semble immense, plus le plaisir et la surprise sont grands.

ROSETTE.

O Théodore, Dieu veuille que je parvienne bientôt à l'endroit où est la fenêtre ! voilà bien assez long-temps que je suis la spirale à travers la nuit la plus profonde ; mais j'ai peur que l'ouverture n'ait été maçonnée et qu'il ne faille gravir jusqu'au sommet ; et si cet escalier aux marches innombrables n'aboutissait qu'à une porte murée ou à une voûte de pierres de taille ?

THÉODORE.

Ne dites pas cela, Rosette ; ne le pensez pas. — Quel architecte construirait un escalier qui n'aboutirait à rien ? Pourquoi supposer le paisible architecte du monde plus stupide et plus imprévoyant qu'un architecte ordinaire ? — Dieu ne se trompe pas, et n'oublie rien. On ne peut pas croire qu'il se soit amusé et pour vous faire pièce à vous enfermer dans un long tube de pierre sans issue et sans ouverture. Pourquoi voulez-vous qu'il dispute à de pauvres fourmis comme nous sommes leur misérable bonheur d'une minute et l'imperceptible grain de mil qui leur revient dans cette large création ? — Il faudrait pour cela qu'il eût la férocité d'un tigre ou d'un juge ; et si nous lui déplaisions tant, il n'aurait qu'à dire à une comète de se détourner un peu de sa route et à nous étrangler tous avec un crin de sa queue. — Comment diable voulez-vous que Dieu se divertisse à nous enfiler un à un dans une épingle d'or, comme faisait des mouches l'empereur Domitien ? — Dieu n'est pas une portière ni un marguillier ; et, quoiqu'il soit vieux, il n'est pas encore tombé en enfance. — Toutes ces petites méchancetés sont au-dessous de lui, et il n'est pas assez niais pour faire de l'esprit avec nous et nous jouer des tours. — Courage, Rosette, courage ! Si vous êtes essoufflée, arrêtez-vous un peu et reprenez haleine, et puis continuez votre ascension : vous n'avez peut-être plus qu'une vingtaine de marches à gravir pour arriver à l'embrasure, d'où vous verrez votre bonheur.

ROSETTE.

Jamais ! oh ! jamais ! et si je parviens au

sommet de la tour , ce ne sera que pour m'en
précipiter.

THÉODORE.

Chasse, ma pauvre affligée, ces idées sinistres
qui voltigent autour de toi comme des chauve-
souris , et jettent sur ton beau front l'ombre
opaque de leurs ailes. Si tu veux que je t'aime,
sois heureuse, et ne pleure pas. (*Il l'attire doucement contre lui et l'embrasse sur les yeux.*)

ROSETTE.

Quel malheur pour moi de vous avoir connu!
Et pourtant si la chose était à refaire, je voudrais encore vous avoir connu. — Vos rigueurs
m'ont été plus douces que la passion des autres;
et, quoique vous m'ayez beaucoup fait souffrir,
tout ce que j'ai eu de plaisir m'est venu de vous;
par vous , j'ai entrevu ce que j'aurais pu être.
Vous avez été un éclair de ma nuit , et vous
avez illuminé bien des endroits sombres de
mon âme ; vous avez ouvert dans ma vie des
perspectives toutes nouvelles. — Je vous dois
de connaître l'amour ; l'amour malheureux , il
est vrai ; mais il y a à aimer sans être aimé, un
charme mélancolique et profond, et il est beau
de se ressouvenir de ceux qui nous oublient.

— C'est déjà un bonheur que de pouvoir aimer, même quand on est seul à aimer ; et beaucoup meurent sans l'avoir eu , et souvent les plus à plaindre ne sont pas ceux qui aiment.

THÉODORE.

Ceux-là souffrent et sentent leurs plaies ; mais du moins ils vivent. Ils tiennent à quelque chose ; ils ont un astre autour duquel ils gravitent, un pôle auquel ils tendent ardemment. Ils ont quelque chose à souhaiter ; ils se peuvent dire : Si je parviens là, si j'ai cela, je serai heureux. Ils ont d'effroyables agonies ; mais, en mourant, ils peuvent au moins se dire : — Je meurs pour lui. — Mourir ainsi, c'est renaître. — Les vrais, les seuls irréparablement malheureux sont ceux dont la folle étreinte embrasse l'univers entier, ceux qui veulent tout et ne veulent rien, et que l'ange ou la fée qui descendrait et leur dirait subitement : — Souhaitez une chose, et vous l'aurez, — trouverait embarrassés et muets.

ROSETTE.

Si la fée venait, je sais bien ce que je lui demanderais.

THÉODORE.

Vous le savez', Rosette, et voilà en quoi
vous êtes plus heureuse que moi, car je ne le
sais pas. Il s'agite en moi beaucoup de désirs
vagues qui se confondent ensemble, et en en-
fantent d'autres qui les dévorent ensuite. Mes
désirs sont une nuée d'oiseaux qui tourbil-
lonnent et voltigent sans but ; le vôtre est un
aigle qui a les yeux sur le soleil, et que le
manque d'air empêche de se soulever sur ses
ailes déployées. —Ah ! si je pouvais savoir ce
que je veux ; si l'idée qui me poursuit se dé-
gageait nette et précise du brouillard qui l'entoure; si l'étoile favorable ou fatale apparaissait
au fond de mon ciel ; si la lueur que je dois
suivre venait à rayonner dans la nuit, feu-follet
perfide ou phare hospitalier; si ma colonne de
feu marchait devant moi, fût-ce à travers un
désert sans manne et sans fontaines; si je savais
où je vais, dussé-je n'aboutir qu'à un précipice !
—j'aimerais mieux ces courses insensées de
chasseurs maudits par les fondrières et les hal-
liers, que ce piétinement absurde et monotone.
Vivre ainsi, c'est faire un métier pareil à celui
de ces chevaux qui, les yeux bandés, tournent
la roue de quelque puits, et font des milliers

de lieues sans rien voir et sans changer de
place. — Il y a assez long-temps que je tourne,
et le seau devrait bien être remonté.

ROSETTE.

Vous avez avec d'Albert beaucoup de points
de ressemblance ; et , quand vous parlez , il me
semble quelquefois que ce soit lui qui parle. —
Je ne doute pas que , lorsque vous le connaî-
trez plus, vous ne vous attachiez beaucoup à
lui ; vous ne pouvez manquer de vous convé-
nir. — Il est travaillé , comme vous , de ces
élans sans but ; il aime immensément sans
savoir quoi ; il voudrait monter au ciel , car la
terre lui paraît un escabeau bon à peine pour
un de ses pieds , et il a plus d'orgueil que Lu-
cifer avant sa chute.

THÉODORE.

J'avais d'abord eu peur que ce ne fût un de
ces poètes comme il y en a tant, et qui ont
chassé la poésie de la terre, un de ces enfileurs
de perles fausses qui ne voient au monde que
la dernière syllabe des mots, et qui, lorsqu'ils
ont fait rimer ombre avec sombre, flamme avec
âme, et Dieu avec lieu, se croisent conscien-

cieusement les bras et les jambes, et permet-
tent aux sphères d'accomplir leur révolution.

ROSETTE.

Il n'est point de ceux-là. Ses vers sont au-
dessous de lui, et ne le contiennent pas. On
prendrait, d'après ce qu'il a fait, une idée très
fausse de sa personne; son véritable poëme,
c'est lui, et je ne sais pas s'il en fera jamais
d'autre. — Il a au fond de son âme un sérail de
belles idées qu'il entoure d'un triple mur, et
dont il est plus jaloux que jamais sultan ne le
fut de ses odalisques. — Il ne met dans ses
vers que celles dont il ne se soucie pas ou dont
il est rebuté; c'est la porte par où il les chasse,
et le monde n'a que ce dont il ne veut plus.

THÉODORE.

Je conçois cette jalousie et cette pudeur. —
De même bien des gens ne conviennent de
l'amour qu'ils ont eu que lorsqu'ils ne l'ont
plus, et de leurs maîtresses que lorsqu'elles
sont mortes.

ROSETTE.

L'on a tant de peine à posséder quelque
chose en propre dans ce monde ! tout flam-

I.

20

beau attire tant de papillons ! tout trésor attire
tant de voleurs ! — J'aime ces silencieux qui
emportent leur idée dans leur tombe et ne la
veulent point livrer aux sales baisers et aux
impudiques attouchemens de la foule. Ces
amoureux me plaisent qui n'écrivent le nom
de leur maîtresse sur aucune écorce, qui ne le
confient à aucun écho, et qui, en dormant,
sont poursuivis de cette crainte qu'un rêve ne
le leur fasse prononcer. Je suis de ce nombre ;
je n'ai pas dit ma pensée, et nul ne saura mon
amour.... Mais voici qu'il est bientôt onze
heures, mon cher Théodore, et je vous empêche de prendre un repos dont vous devez
avoir besoin. Quand il faut que je vous quitte,
j'éprouve toujours un serrement de cœur, et
il me semble que c'est la dernière fois que je
vous verrai. Je retarde le plus que je peux ;
mais il faut bien s'en aller à la fin. Allons,
adieu, car j'ai peur que d'Albert ne me
cherche ; adieu, ami.

Théodore lui mit le bras autour de la taille,
et la conduisit ainsi jusqu'à la porte : là, il s'arrêta, et la suivit long-temps de l'œil ; le corridor
était percé de loin en loin de petites fenêtres
à carreaux étroits, éclairées par la lune, et

qui faisaient une alternative d'ombre et de
lumière très fantastique. A chaque fenêtre, la
forme blanche et pure de Rosette étincelait
comme un fantôme d'argent; puis elle s'étei-
gnait, pour reparaître plus brillante, un peu
plus loin; enfin elle disparut entièrement.

Théodore, comme abîmé dans de profondes
réflexions, resta quelques minutes immobile
et les bras croisés; puis il passa sa main sur son
front, et rejeta ses cheveux en arrière par un
mouvement de tête, rentra dans la chambre,
et fut se coucher après avoir embrassé au front
le page qui dormait toujours.

VII.

Dès qu'il fit jour chez Rosette, d'Albert se fit annoncer avec un empressement qui ne lui était pas habituel.

— Vous voilà, fit Rosette, je dirais de bien bonne heure, si vous pouviez jamais arriver de bonne heure. — Aussi, pour vous récompenser de votre galanterie, je vous octroie ma main à baiser.

Et elle tira, de dessous le drap de toile de

Flandre et garni de dentelles, la plus jolie petite main que l'on ait jamais vue au bout d'un bras rond et potelé.

D'Albert la baisa avec componction; — et l'autre, la petite sœur, est-ce que nous ne la baiserons pas aussi?

— Mon Dieu si! rien n'est plus faisable. — Je suis aujourd'hui dans mon humeur des dimanches; tenez. — Et elle sortit du lit son autre main dont elle lui frappa légèrement la bouche; est-ce que je ne suis pas la femme la plus accommodante du monde?

— Vous êtes la grâce même; et l'on vous devrait élever des temples de marbre blanc dans des bosquets de myrtes. — En vérité, j'ai bien peur qu'il ne vous arrive ce qui est arrivé à Psyché, et que Vénus ne devienne jalouse de vous, dit d'Albert en joignant les deux mains de la belle et en les portant ensemble à ses lèvres.

— Comme vous débitez cela tout d'une haleine! on dirait que c'est une phrase apprise par cœur, dit Rosette avec une délicieuse petite moue.

— Point : vous valez bien que la phrase soit tournée exprès pour vous, et vous êtes faite à cueillir des virginités de madrigaux, répliqua d'Albert.

— Oh çà ! décidément, qui vous a piqué aujourd'hui ? est-ce que vous êtes malade que vous êtes si galant ? Je crains que vous ne mouriez. Savez-vous que, lorsque quelqu'un change tout à coup de caractère, et sans raison apparente, cela est de mauvais augure? Or, il est constaté, aux yeux de toutes les femmes qui ont pris la peine de vous aimer, que vous êtes habituellement on ne peut plus maussade; et il est non moins sûr que vous êtes on ne peut plus charmant en ce moment-ci et d'une amabilité tout-à-fait inexplicable. — Là, vraiment, je vous trouve pâle, mon pauvre d'Albert; donnez-moi le bras, que je vous tâte le pouls; et elle lui releva la manche, et compta les pulsations avec une gravité comique. — Non.... Vous êtes au mieux, et vous n'avez pas le plus léger symptôme de fièvre; alors il faut que je sois furieusement jolie ce matin ! allez donc me chercher mon miroir, que je voie jusqu'à quel point votre galanterie a tort ou raison.

D'Albert fut prendre un petit miroir qui était sur la toilette, et le posa sur le lit.

Au fait, dit Rosette, vous n'avez pas tout-à-

fait tort. Pourquoi ne faites-vous pas un sonnet
sur mes yeux, monsieur le poète? — Vous
n'avez aucune raison pour n'en pas faire. —
Voyez donc, que je suis malheureuse! avoir
des yeux comme cela et un poète comme ceci,
et manquer de sonnets, comme si l'on était
borgne et que l'on eût un porteur d'eau pour
amant! Vous ne m'aimez pas, monsieur; vous
ne m'avez pas même fait un sonnet acrostiche.
— Et ma bouche, comment la trouvez-vous?
Je vous ai pourtant embrassé avec cette bou-
che-là, et je vous embrasserai peut-être encore, mon beau ténébreux; et en vérité c'est
une faveur dont vous n'êtes guère digne (ce
que je dis n'est pas pour aujourd'hui, vous
êtes digne de tout); mais, pour ne pas parler
toujours de moi, vous êtes, ce matin, d'une
beauté et d'une fraîcheur nompareilles, vous
avez l'air d'un frère de l'aurore; et, quoiqu'il
fasse à peine jour, vous êtes déjà paré et go-
dronné comme pour un bal. D'aventure, est-
ce que vous avez des desseins à mon endroit?
et auriez-vous monté un coup de jarnac à ma
vertu? voudriez-vous faire ma conquête? —
Mais j'oubliais que c'était déjà fait et de l'histoire ancienne.

— Rosette , ne plaisantez pas comme cela ; vous savez bien que je vous aime.

— Mais c'est selon. Je ne le sais pas bien ; et vous ?

— Très parfaitement , et à telles enseignes que si vous aviez la bonté de faire défendre votre porte, j'essaierais de vous le démontrer, et j'ose m'en flatter, d'une manière victorieuse.

— Pour cela, non : telle envie que j'aie d'être convaincue, ma porte restera ouverte ; je suis trop jolie pour l'être à huis clos ; le soleil luit pour tout le monde , et ma beauté fera aujourd'hui comme le soleil , si vous le trouvez bon.

— D'honneur, je le trouve fort mauvais ; mais faites comme si je le trouvais excellent. Je suis votre très humble esclave , et je dépose mes volontés à vos pieds.

— Voilà qui est on ne peut mieux ; restez en de pareils sentimens, et laissez, ce soir, la clef à la porte de votre chambre.

M. le chevalier Théodore de Sérannes, — dit une grosse tête de nègre souriante et joufflue qui se fit voir entre les deux battans de la porte,—demande à vous rendre ses hommages, et vous supplie que vous daigniez le recevoir.

— Faites entrer M. le chevalier, dit Rosette en remontant le drap jusqu'à son menton.

Théodore fut tout d'abord au lit de Rosette, à laquelle il fit le salut le plus profond et le plus gracieux qu'elle lui rendit d'un signe de tête amical, et ensuite il se tourna vers d'Albert qu'il salua aussi d'un air libre et courtois.

— Où en étiez-vous? dit Théodore. J'ai peut-être interrompu une conversation intéressante : continuez, de grâce, et mettez-moi au fait en quelques mots.

—Oh non ! répondit Rosette avec un sourire malicieux ; nous parlions d'affaires.

Théodore s'assit au pied du lit de Rosette, car d'Albert avait pris place du côté du chevet, par droit de premier arrivé ; la conversation flotta quelque temps, de sujet en sujet, très spirituelle, très gaie et très vive, et c'est pourquoi nous n'en rendrons pas compte ; nous craindrions qu'elle perdît trop à être transcrite. L'air, le ton, le feu des paroles et des gestes, les mille manières de prononcer un mot, tout cet esprit, semblable à de la mousse de vin de Champagne qui pétille et s'évapore sur-le-champ, sont des choses qu'il est impossible de fixer et de reproduire. C'est une la-

cune que nous laissons à remplir au lecteur,
et dont il s'acquittera assurément mieux que
nous; qu'il imagine à cette place cinq ou six
pages remplies de tout ce qu'il y a de plus fin,
de plus capricieux, de plus curieusement fan-
tasque, de plus élégant et de plus pailleté.

— Nous savons bien que nous usons ici
d'un artifice qui rappelle un peu celui de Ti-
manthe qui, désespérant de pouvoir bien rendre la figure d'Agamemnon, lui jeta une dra-
perie sur la tête; mais nous aimons mieux
être timides qu'imprudens.

Il ne serait peut-être pas hors de propos
de chercher les motifs pour lesquels d'Albert
s'était levé si matin, et quel aiguillon l'avait
poussé à venir chez Rosette d'aussi bonne
heure que s'il en eût encore été amoureux. —
Il y a apparence que c'était un petit mouvement
de jalousie sourde et inavouée. Assurément il
ne tenait pas beaucoup à Rosette, et il eût
même été fort aise d'en être débarrassé; — mais
au moins il voulait la quitter lui-même et ne
pas en être quitté, chose qui blesse toujours
profondément l'orgueil d'un homme, si bien
éteinte d'ailleurs que soit sa première flamme.
— Théodore était un si beau cavalier qu'il

était difficile de le voir survenir dans une maison sans appréhender ce qui en effet était déjà
arrivé bien des fois, c'est-à-dire que tous les
yeux ne se tournassent de son côté et que les
cœurs ne suivissent les yeux ; et chose singulière, quoiqu'il eût enlevé bien des femmes,
aucun amant n'avait gardé contre lui ce long
ressentiment que l'on a d'ordinaire pour les
personnes qui vous ont supplanté. Il y avait
dans toutes ses façons un charme si vainqueur,
une grâce si naturelle, quelque chose de si
doux et de si fier que les hommes mêmes y
étaient sensibles. D'Albert qui était venu chez
Rosette avec l'envie de parler fort sèchement
à Théodore, s'il l'y rencontrait, fut tout surpris de ne pas se sentir en sa présence le moindre mouvement de colère, et de se laisser aller
avec autant de facilité aux avances qu'il lui
fit. — Au bout d'une demi-heure, vous eussiez
dit de deux amis d'enfance, et pourtant d'Albert était intimement convaincu que si jamais
Rosette devait aimer, ce serait cet homme,
et il avait tout lieu d'être jaloux, pour l'avenir
du moins, car pour le présent il ne supposait
rien encore : qu'eût-ce été s'il avait vu la belle
en peignoir blanc se glisser comme un papil-

lon de nuit sur un rayon de lune dans la chambre du beau jeune homme, et n'en sortir que
trois ou quatre heures après avec des précautions mystérieuses? il eût pu, en vérité, se
croire plus malheureux qu'il ne l'était, car ce
sont de ces choses que l'on ne voit guère,
qu'une jolie femme amoureuse qui sort de la
chambre d'un cavalier non moins joli exactement comme elle y était entrée.

Rosette écoutait Théodore avec beaucoup
d'attention et comme on écoute quelqu'un
qu'on aime; mais ce qu'il disait était si amu-
sant et si varié que cette attention n'avait rien
que de naturel et s'expliquait facilement.

— Aussi d'Albert n'en prit-il pas autrement
d'ombrage. Le ton de Théodore envers Rosette
était poli, amical, mais rien de plus.

— Que ferons-nous aujourd'hui Théodore?
dit Rosette; — si nous allions nous promener
en bateau, que vous en semble, ou si nous
allions à la chasse?

— Allons à la chasse, cela est moins mélancolique que de glisser sur l'eau côte à côte avec
quelque cygne ennuyé et de plier les feuilles
de nénuphar, à droite et à gauche, — n'est-ce
pas votre avis, d'Albert?

—J'aimerais peut-être autant me laisser couler dans le batelet au fil de la rivière que de galoper éperdument à la poursuite d'une pauvre
bête ; mais où que vous alliez, j'irai, il ne s'a-
git maintenant que de laisser madame Rosette
se lever et d'aller prendre un costume convenable. — Rosette fit un signe d'assentiment,
et sonna pour qu'on la vînt lever. Les deux
jeunes gens s'en allèrent bras dessus bras dessous ; et il était facile de conjecturer, à les
voir si bien ensemble, que l'un était l'amant
en pied et l'autre l'amant aimé de la même
personne.

Tout le monde fut bientôt prêt. D'Albert
et Théodore étaient déjà à cheval dans la
première cour, quand Rosette, en habit d'a-
mazone, parut sur les premières marches du
perron ; elle avait sous ce costume, un petit air
allègre et délibéré qui lui allait on ne peut
pas mieux : elle sauta sur la selle avec sa pres-
tesse ordinaire, et donna un coup de houssine
à son cheval qui partit comme un trait. D'Albert piqua des deux et l'eut bientôt rejointe. —
Théodore les laissa prendre quelque avance,
étant sûr de les rattraper dès qu'il le voudrait. — Il semblait attendre quelque chose,

et se retournait souvent du côté du château.

— Théodore, Théodore, arrivez donc, est-ce que vous êtes monté sur un cheval de bois ? lui cria Rosette.

Théodore fit prendre un temps de galop à sa bête et diminua la distance qui le séparait de Rosette, sans toutefois la faire disparaître.

Il regarda encore du côté du château qu'on commençait à perdre de vue ; un petit tourbillon de poussière dans lequel s'agitait très vivement quelque chose qu'on ne pouvait encore discerner, parut au bout du chemin. — En quelques instans le tourbillon fut à côté de Théodore ; et laissa voir en s'entr'ouvrant comme les nuées classiques de l'Iliade, la figure rose et fraîche du page mystérieux.

— Théodore, allons donc, cria une seconde fois Rosette, donnez donc de l'éperon à votre tortue et venez à côté de nous.

Théodore lâcha la bride à son cheval qui piaffait et se cabrait d'impatience, et en quelques secondes il eut dépassé de plusieurs têtes d'Albert et Rosette.

— Qui m'aime me suive, dit Théodore en sautant une barrière de quatre pieds de haut. Eh bien ! monsieur le poète, dit-il quand il

fut de l'autre côté, — vous ne sautez pas; votre
monture est pourtant ailée, à ce qu'on dit.

— Ma foi, j'aime mieux faire le tour, je n'ai
qu'une tête à casser, après tout; si j'en avais
plusieurs, j'essaierais, répondit d'Albert en
souriant.

— Personne ne m'aime donc, puisque personne ne me suit, dit Théodore en faisant
descendre encore plus que de coutume les
coins arqués de la bouche. Le petit page leva
sur lui ses grands yeux bleus d'un air de reproche, et rapprocha les deux talons du ventre de son cheval.

Le cheval fit un bond prodigieux.

— Si! quelqu'un, — lui dit-il, de l'autre
côté de la barrière.

Rosette jeta sur l'enfant un regard singulier
et rougit jusqu'aux yeux; puis, appliquant un
furieux coup de cravache sur le cou de sa jument, elle franchit la traverse de bois vert
pomme qui barrait l'allée.

— Et moi, Théodore! croyez-vous que je
ne vous aime pas?

L'enfant lui lança une œillade oblique et
en dessous, et s'approcha de Théodore.

D'Albert était déjà au milieu de l'allée, —

et ne vit rien de tout cela ; car depuis un temps immémorial, les pères, les maris et les amans sont en possession du privilége de ne rien voir.

— Isnabel, dit Théodore, vous êtes un fou, et vous Rosette une folle ! Isnabel, vous n'avez pas pris assez de champ pour sauter, et vous, Rosette, vous avez manqué d'accrocher votre robe dans les poteaux. — Vous auriez pu vous tuer.

— Qu'importe, répliqua Rosette avec un son de voix si triste et si mélancolique, qu'Isnabel lui pardonna d'avoir sauté aussi la barrière.

On chemina encore quelque temps et l'on arriva au rond point où se devait trouver la meute et les piqueurs. Six arches, coupées à travers l'épaisseur de la forêt aboutissaient à une petite tour de pierre à six pans sur chacun desquels était gravé le nom de la route qui venait s'y terminer. Les arbres s'élevaient si haut qu'ils semblaient vouloir carder les nuages laineux et floconneux qu'une brise assez vive faisait flotter sur leurs cimes. Une herbe haute et drue, des buissons impénétrables offraient des retraites et des forts au gibier, et la chasse promettait d'être heureuse. C'était une vraie forêt d'autrefois, avec de vieux chênes

plus que séculaires et comme on n'en voit
plus maintenant que l'on ne plante plus d'arbres, et qu'on n'a pas la patience d'attendre
que ceux qui le sont soient poussés; — une forêt héréditaire, plantée par les arrières-grands-
pères pour les pères, par les pères pour les
petits-fils, avec des allées d'une largeur prodigieuse, l'obélisque surmonté d'une boule,
la fontaine de rocaille, la mare de rigueur,
et les gardes poudrés à blanc, en culotte de
peau jaune et en habits bleu de ciel; une de
ces forêts touffues et sombres où se détachent
admirablement les croupes satinées et blanches des gros chevaux de Wouvermans et les
larges pavillons de ces trompes à la Dampierre,
que le Parrocel aime à faire rayonner au dos
des piqueurs. — Une multitude de queues de
chiens pareilles à des croissans ou à des serpes
s'arrondissaient en frétillant dans un nuage
poussiéreux. — On donna le signal, on décou-
pla les chiens qui tendaient leur corde à s'é-
trangler, et la chasse commença. — Nous ne
décrirons pas très exactement les détours et
les crochets du cerf à travers la forêt; — nous
ne savons même pas très au juste si c'était un
cerf dix cors, et telles recherches que nous

ayons faites, nous n'avons pu nous en assurer,
—ce qui est véritablement affligeant.—Néanmoins, nous pensons que dans une telle forêt,
si antique, si ombreuse, si seigneuriale, il ne
devait se trouver que des cerfs dix cors, et
nous ne voyons pas pourquoi celui après lequel
galopait, sur des chevaux de différente couleur et *non passibus æquis*, les quatre prin-
cipaux personnages de cet illustre roman n'en
eût pas été un.

Le cerf courait comme un vrai cerf qu'il était,
et une cinquantaine de chiens qu'il avait aux
trousses, n'était pas un médiocre éperon à sa
vélocité naturelle.—La course était si rapide,
qu'on n'entendait que quelques rares abois.

Théodore, comme le mieux monté et le
meilleur écuyer, talonnait la meute avec une
ardeur incroyable. D'Albert le suivait de près.
Rosette et le petit page Isnabel suivaient séparés par un intervalle qui s'augmentait de
minute en minute.

L'intervalle fut bientôt assez grand pour ne
pouvoir plus espérer de rétablir l'équilibre.

—Si nous nous arrêtions un peu, dit Rosette,
pour laisser souffler les chevaux.—La chasse
va du côté de l'étang et je sais un chemin de

traverse par lequel nous pourrons arriver en
même temps qu'eux.

Isnabel tira la bride de son petit cheval des
montagnes, qui baissa la tête en secouant sur
ses yeux les mèches pendantes de sa crinière,
et se mit à creuser le sable avec ses ongles.

Ce petit cheval formait avec celui de Rosette
le contraste le plus parfait; il était noir comme
la nuit, l'autre d'un blanc de satin : il était
tout hérissé et tout échevelé; l'autre avait la
crinière natée de bleu, la queue peignée et
frisée. Le second avait l'air d'une licorne et le
premier d'un barbet.

La même différence antithétique se faisait
remarquer dans les maîtres et dans les montu-
res. — Rosette avait les cheveux aussi noirs
qu'Isnabel les avait blonds; ses sourcils étaient
dessinés très nettement et d'une manière très
apparente; ceux du page n'avaient guère plus
de vigueur que sa peau et ressemblaient au
duvet de la pêche. — La couleur de l'une était
éclatante et solide comme la lumière du midi;
le teint de l'autre avait les transparences et
les rougeurs de l'aube naissante.

— Si nous tâchions maintenant de rattraper

la chasse, dit Isnabel à Rosette, les chevaux
ont eu le temps de reprendre haleine.

— Allons, répondit la jolie amazone, et ils
se lancèrent au galop dans une allée trans-
versale assez étroite qui conduisait à la mare ;
les deux bêtes couraient de front et en occu-
paient presque toute la largeur.

Du côté d'Isnabel, un arbre tortillé et
noueux avançait une grosse branche comme
un bras et semblait montrer le poing aux che-
vaucheurs. — L'enfant ne la vit pas.

— Prenez garde, cria Rosette, couchez-
vous sur la selle ! vous allez être désarçonné.

L'avis était donné trop tard ; la branche
frappa Isnabel au milieu du corps. La violence
du coup lui fit perdre les étriers ; et son cheval continuant son galop et la branche étant
trop forte pour ployer, il se trouva enlevé
de la selle et tomba rudement en arrière.

L'enfant resta évanoui sur le coup. — Rosette, fort effrayée se jeta à bas de sa bête et
fut au page qui ne donnait pas signe de vie.

Sa toque s'était détachée et ses beaux cheveux blonds ruisselaient de toutes parts épar-
pillés sur le sable. — Ses petites mains ouvertes
avaient l'air de mains de cire, tant elles étaient

pâles : Rosette s'agenouilla auprès de lui et tâ-
cha de le faire revenir. — Elle n'avait sur elle
ni sels, ni flacon, et son embarras était grand.
— Enfin elle avisa une ornière assez profonde
où l'eau de pluie s'était amassée et clarifiée ;
elle y trempa ses doigts, au grand effroi d'une
petite grenouille qui était la naïade de cette
onde ; et elle en secoua quelques gouttes sur
les tempes bleuâtres du jeune page. — Il ne
parut pas les sentir, et les perles d'eau rou-
laient au long de ses joues blanches comme les
larmes d'une sylphide au long d'une feuille de
lis. Rosette, pensant que ses habits le pouvaient
gêner, déboucla sa ceinture, défit les boutons
de son juste-au-corps et ouvrit sa chemise pour
que sa poitrine pût jouer plus librement.
— Rosette vit alors quelque chose qui aurait
été pour un homme la plus agréable des sur-
prises du monde ; mais qui ne parut pas à
beaucoup près lui faire plaisir, — car ses sourcils se rapprochèrent et sa lèvre supérieure
trembla légèrement, — c'est-à-dire une gorge
très blanche, encore peu formée, mais qui
faisait les plus admirables promesses, et tenait déjà beaucoup ; une gorge ronde, polie,
ivoirine, pour parler comme les Ronsardi-

sans, délicieuse à voir, plus délicieuse à baiser.

— Une femme, dit-elle, une femme, ah ! Théodore !

Isnabel, car nous lui conservons ce nom, quoique ce ne soit pas le sien, commença à respirer un peu, et souleva languissamment ses longues paupières; il n'était blessé en aucune sorte, mais seulement étourdi. — Il se mit bientôt sur son séant, et avec l'aide de Rosette, il put se dresser sur ses pieds et remonter sur son cheval qui s'était arrêté dès qu'il n'avait plus senti son cavalier.

Ils s'en furent à petits pas jusqu'à la mare où en effet ils, ou plutôt elles, retrouvèrent le reste de la chasse. Rosette raconta en peu de mots, à Théodore, ce qui venait de se passer. — Celui-ci changea plusieurs fois de couleur pendant le récit de Rosette, et tout le reste de la route tint son cheval à côté de celui d'Isnabel.

On rentra au château de très bonne heure; cette journée commencée si joyeusement, se termina d'une manière assez triste.

Rosette était rêveuse, et d'Albert semblait aussi plongé dans de profondes réflexions. — Le lecteur saura bientôt ce qui y avait donné lieu.

VIII.

Non, mon cher Silvio, non je ne t'ai pas
oublié; je ne suis pas de ceux qui marchent
dans la vie sans jamais jeter un regard en arrière; mon passé me suit et empiète sur mon
présent, et presque sur mon avenir, ton amitié est une des places frappées du soleil qui se
détache le plus nettement à l'horizon déjà tout
bleu de mes dernières années; — et souvent
du faîte où je suis je me retourne pour la con-

templer avec un sentiment d'ineffable mélancolie.

Oh quel beau temps c'était ! — que nous
étions angéliquement purs ! — Nos pieds tou-
chaient à peine la terre : nous avions comme
des ailes aux épaules, nos désirs nous enle-
vaient, et la brise du printemps faisait trembler autour de nos fronts la blonde auréole
de l'adolescence.

Te souviens-tu de cette petite île plantée
de peupliers à cet endroit où la rivière forme
un bras ? — Il fallait pour y aller passer sur
une planche assez longue, très étroite et qui
ployait étrangement par le milieu ; — un vrai
pont pour des chèvres, et qui en effet ne ser-
vait guère qu'à elles : — c'était délicieux. —
Un gazon court et fourni, où le *souviens-toi
de moi* ouvrait en clignotant ses jolies petites
prunelles bleues ; un sentier jaune comme du
nankin qui faisait une ceinture à la robe verte
de l'île et lui serrait la taille, une ombre toujours émue de trembles et de peupliers, n'é-
taient pas les moindres agrémens de ce paradis ; — il y avait de grandes pièces de toile
que les femmes venaient étendre pour les
blanchir à la rosée ; — on eût dit des carrés

de neige, — et cette petite fille toute brune
et toute hâlée, dont les grands yeux sauvages
brillaient d'un éclat si vif sous les longues mèches de ses cheveux et qui courait après les
chèvres en les menaçant et en agitant sa baguette d'osier, quand elles faisaient mine de
vouloir marcher sur les toiles dont elle avait
la garde, — te la rappelles-tu? — Et les papillons couleur de soufre au vol inégal et trem-
blotant, et le martin-pêcheur que nous avons
tant de fois essayé d'attraper et qui avait son
nid dans ce fourré d'aulnes; et ces descentes
à la rivière avec leurs marches grossièrement
taillées, leurs poteaux et leurs pieux tout ver-
dis par le bas et presque toujours fermées par
une claire-voie de plantes et de branchages?
Que cette eau était limpide et miroitante!
comme elle laissait voir un fond de gravier
doré, et quel plaisir c'était, assis sur la rive,
d'y laisser pendre le bout de ses pieds! les
nénuphars à fleurs d'or qui s'y déroulaient
gracieusement, avaient l'air des verts cheveux
flottant sur le dos d'agathe de quelque nymphe au bain. — Le ciel se regardait à ce miroir avec des sourires azurés et des transparences d'un gris de perle on ne peut plus

ravissant; et à toutes les heures de la journée,
c'étaient des turquoises, des paillettes, des
ouates et des moires d'une variété inépuisable.
— Que j'aimais ces escadres de petits canards
à cous d'émeraude, qui naviguaient incessam-
ment d'un bord à l'autre et formaient quelques rides sur cette pure glace.

Que nous étions bien faits pour être les
figures de ce paysage ! — comme nous allions
à cette nature si douce et si reposée, et comme
nous nous harmonisions facilement avec elle!
Printemps au dehors, jeunesse au dedans,
soleil sur le gazon, sourire sur les lèvres,
neige de fleurs à tous les buissons ; blanches
illusions épanouies dans nos âmes, pudique
rougeur sur nos joues et sur l'églantine, poésie
chantant dans notre cœur, oiseaux cachés ga-
zouillant dans les arbres, lumière, roucoule-
mens, parfums, mille rumeurs confuses, le
cœur qui bat, l'eau qui remue un caillou, un
brin d'herbe, ou une pensée qui pousse ; une
goutte d'eau qui roule au long d'un calice, une
larme qui déborde au long d'une paupière ;
un soupir d'amour, un bruissement de feuille.
— Quelles soirées nous avons passées là à nous
promener à pas lents, si près du bord que sou-

vent nous marchions un pied dans l'eau et
l'autre sur terre.

Hélas ! — cela a peu duré; chez moi du
moins, — car toi, en acquérant la science de
l'homme, tu as su garder la candeur de l'enfant. — Le germe de corruption qui était en
moi s'est développé bien vite, et la gangrène
a dévoré impitoyablement tout ce que j'avais
de pur et de saint. — Il ne m'est resté de bon
que mon amitié pour toi.

J'ai l'habitude de ne te rien cacher. —
Ni actions ni pensées; — j'ai mis à nu devant
toi les plus secrètes fibres de mon cœur; si
bizarres, si ridicules, si excentriques que
soient les mouvemens de mon âme, il faut
que je te les décrive; mais, en vérité, ce que
j'éprouve depuis quelque temps est d'une telle
étrangeté, que j'ose à peine en convenir devant moi-même. Je t'ai dit quelque part que
j'avais peur, à force de chercher le beau et de
m'agiter pour y parvenir, de tomber à la fin
dans l'impossible ou dans le monstrueux. —
J'en suis presque arrivé là; — quand donc sor-
tirai-je de tous ces courans qui se contrarient
et m'entraînent à gauche et à droite? quand
le pont de mon vaisseau cessera-t-il de trem-

bler sous mes pieds et d'être balayé par les vagues de toutes ces tempêtes? où trouverai-je
un port où je puisse jeter l'ancre et un rocher
inébranlable et hors de la portée des flots où
je puisse me sécher et tordre l'écume de mes
cheveux?

Tu sais avec quelle ardeur j'ai recherché
la beauté physique. Quelle importance j'attache à la forme extérieure, et de quel amour
je me suis pris pour le monde visible : — cela
doit être, je suis trop corrompu et trop blasé
pour croire à la beauté morale, et la poursuivre avec quelque suite. — J'ai perdu complétement la science du bien et du mal, et à
force de dépravation, je suis presque revenu
à l'ignorance du sauvage et de l'enfant; en
vérité, rien ne me paraît louable ou blâmable
et les plus étranges actions ne m'étonnent
que peu. — Ma conscience est une sourde et
muette. L'adultère me paraît la chose la plus
innocente du monde; je trouve tout simple
qu'une jeune fille se prostitue; il me semble
que je trahirais mes amis sans le moindre remords, et je ne me ferais pas le plus léger
scrupule de pousser du pied dans un précipice les gens qui me gênent, si je marchais

sur le bord avec eux. — Je verrais de sang-
froid les scènes les plus atroces, et il y a dans
les souffrances et dans les malheurs de l'humanité quelque chose qui ne me déplaît pas. —
J'éprouve à voir quelque calamité tomber sur
le monde le même sentiment de volupté âcre
et amère que l'on éprouve quand on se venge
enfin d'une vieille insulte.

O monde que m'as-tu fait pour que je te
haïsse ainsi? Qui m'a donc enfiellé de la sorte
contre toi? qu'attendais-je donc de toi pour
te conserver tant de rancœur de m'avoir
trompé? à quelle haute espérance as tu menti?
quelles ailes d'aiglon as-tu coupées? — quelles
portes devais-tu ouvrir qui sont restées fermées et lequel de nous deux a manqué à
l'autre ?

Rien ne me touche, rien ne m'émeut; —
je ne suis plus à entendre le récit des actions
héroïques , ces sublimes frémissemens qui me
couraient autrefois de la tête aux pieds. —
Tout cela me paraît même quelque peu niais.
— Aucun accent n'est assez profond pour
mordre les fibres détendues de mon cœur et
les faire vibrer : — je vois couler les larmes
de mes semblables du même œil que la pluie, .

à moins qu'elles ne soient d'une belle eau, et
que la lumière ne s'y reflète d'une manière
pittoresque et qu'elles ne coulent sur une belle
joue. —Il n'y a guère plus que les animaux
pour qui j'aie un faible reste de pitié. Je lais-
serais bien rouer de coups un paysan ou un
domestique, et je ne supporterais pas patiemment qu'on en fît autant d'un cheval ou d'un
chien en ma présence ; et pourtant je ne suis
pas méchant; je n'ai jamais fait mal à qui que
ce soit au monde, et n'en ferai probablement
jamais; mais cela tient plutôt à ma nonchalance et au mépris souverain que j'ai pour
toutes les personnes qui me déplaisent et qui
ne me permet pas de m'en occuper même
pour leur nuire. — J'abhorre tout le monde en
masse, et parmi tout ce tas, j'en juge à peine
un ou deux dignes d'être haïs spécialement.
—Haïr quelqu'un, c'est s'en inquiéter autant
que si on l'aimait ; — c'est le distinguer, l'iso-
ler de la foule; c'est être dans un état violent
à cause de lui; c'est y penser le jour et y rêver
la nuit; c'est mordre son oreiller et grincer
des dents, en songeant qu'il existe ; que fait-
on de plus pour quelqu'un qu'on aime? les
peines et les mouvemens qu'on se donne pour

perdre un ennemi, se les donnerait-on pour plaire à une maîtresse ? — J'en doute, — pour haïr bien quelqu'un, il faut en aimer un autre. Toute grande haine sert de contre-poids à un grand amour; et qui pourrais-je haïr, moi qui n'aime rien?

Ma haine est comme mon amour un sentiment confus et général qui cherche à se prendre à quelque chose et qui ne le peut; j'ai en moi un trésor de haine et d'amour dont je ne sais que faire et qui me pèse horriblement. Si je ne trouve à les répandre l'un ou l'autre ou tous les deux, je crèverai et je me romprai comme ces sacs trop bourrés d'argent qui s'éventrent et se décousent. — Oh! si je pouvais abhorrer quelqu'un, si l'un de ces hommes stupides avec qui je vis pouvait m'insulter de façon à faire bouillonner dans mes veines glacées mon vieux sang de vipère, et me faire sortir de cette morne somnolence où je croupis; si tu me mordais à la joue avec tes dents de rat et que tu me communiquasses ton venin et ta rage, vieille sorcière au chef branlant; — si la mort de quelqu'un pouvait être ma vie; — si le dernier battement du cœur d'un ennemi se tordant sous mon pied, pouvait faire

passer dans ma chevelure des frissons délicieux , et si l'odeur de son sang devenait plus
douce à mes narines altérées que l'arôme des
fleurs; oh ! que volontiers je renoncerais à l'a-
mour, et que je m'estimerais heureux !

Etreintes mortelles, morsures de tigre, enlacemens de boas, pieds d'éléphant posés sur
une poitrine qui craque et s'aplatit, queue
acérée du scorpion, jus laiteux de l'euphorbe,
kriss ondulés du javan , lames qui brillent la
nuit, et s'éteignent dans le sang, c'est vous
maintenant que j'invoque, c'est vous qui rem-
placerez pour moi les roses effeuillées, les baisers humides, et les enlacemens de l'amour !

Je n'aime rien , ai-je dit, hélas ! j'ai peur
maintenant d'aimer quelque chose. — Il faudrait cent mille fois mieux haïr que d'aimer
comme cela ! — Le type de beauté que je rêvais
depuis si long-temps, je l'ai rencontré. — J'ai
trouvé le corps de mon fantôme; je l'ai vu , il
m'a parlé, je lui ai touché la main, il existe,
ce n'est pas une chimère. Je savais bien que je
ne pouvais me tromper , et que mes pressen-
timens ne mentaient jamais . — Oui , Silvio ,
je suis à côté du rêve de ma vie, — ma chambre est ici, la sienne est là; je vois trembler

d'ici le rideau de sa fenêtre et la lumière de
sa lampe. Son ombre vient de passer sur le
rideau : dans une heure nous allons souper
ensemble.

Ces belles paupières turques, ce regard limpide et profond, cette chaude couleur d'ambre pâle, ces longs cheveux noirs lustrés, ce
nez d'une coupe fine et fière, ces emmanche-
mens et ces extrémités déliées et sveltes à la
manière du Parmeginiano, ces délicates sinuosités, cette pureté d'ovale qui donnent tant
d'élégance et d'aristocratie à une tête, tout
ce que je voulais, ce que j'aurais été heureux
de trouver disséminé dans cinq ou six personnes, j'ai tout cela réuni dans une seule personne !

Ce que j'adore le plus entre toutes les choses du monde, — c'est une belle main. — Si
tu voyais la sienne quelle perfection ! comme
elle est d'une blancheur vivace ! quelle mollesse de peau ! quelle pénétrante moiteur !
comme le bout de ses doigts est admirablement effilé ! comme l'œil de ses ongles se des-
sine nettement ! quel poli et quel éclat ! on
dirait des feuilles intérieures d'une rose ; —
les mains d'Anne d'Autriche, si vantées, si

célébrées, ne sont, à côté de celles-là, que
des mains de gardeuse de dindons ou de la-
veuse de vaisselle. — Et puis quelle grâce,
quel art dans les moindres mouvemens de
cette main! comme ce petit doigt se replie
gracieusement et se tient un peu écarté de ses
grands frères! — La pensée de cette main me
rend fou et fait frémir et brûler mes lèvres. —
Je ferme les yeux pour ne la plus voir, mais
du bout de ses doigts délicats elle me prend les
cils et m'ouvre les paupières, et fait passer devant moi mille visions d'ivoire et de neige.

Ah! sans doute c'est la griffe de Satan qui
s'est gantée de cette peau de satin. — C'est
quelque démon railleur qui se joue de moi;
— il y a ici du sortilége. — C'est trop monstrueusement impossible.

Cette main..... Je m'en vais partir en Italie voir les tableaux des grands maîtres, étu-
dier, comparer, dessiner, devenir un peintre,
enfin, pour la pouvoir rendre comme elle
est, comme je la vois, comme je la sens; ce
sera peut-être un moyen de me débarrasser de
cette espèce d'obsession :

J'ai désiré la beauté. Je ne savais pas ce que
je demandais. — C'est vouloir regarder le so-

leil sans paupières, c'est vouloir toucher la flamme. — Je souffre horriblement. — Ne pouvoir s'assimiler cette perfection, ne pouvoir passer dans elle et la faire passer en soi, n'avoir aucun moyen de la rendre et de la faire sentir ! — Quand je vois quelque chose de beau, je voudrais le toucher de tout moi-même, partout et en même temps. Je voudrais le chanter et le peindre, le sculpter et l'écrire, en être aimé comme je l'aime, je voudrais ce qui ne se peut pas et ce qui ne se pourra jamais.

Ta lettre m'a fait mal, — bien mal, — pardonne-moi ce que je dis là. — Tout ce bonheur calme et pur dont tu jouis, ces promenades dans les bois rougissans, — ces longues causeries, si tendres et si intimes qui se terminent par un chaste baiser sur le front; cette vie séparée et sereine; ces jours si vite passés que la nuit vous semble avancer, me font encore trouver plus tempestueuses les agitations intérieures où je vis. — Ainsi donc vous devez vous marier dans deux mois; tous les obstacles sont levés, vous êtes sûrs maintenant de vous appartenir à tout jamais. Votre félicité présente s'augmente de toute votre félicité future. Vous êtes heureux et vous avez la

certitude d'être plus heureux bientôt. — Quel
sort que le vôtre ! — Ton amie est belle, mais
ce que tu as aimé en elle ce n'est pas la beauté
morte et palpable, la beauté matérielle, c'est
la beauté invisible et éternelle, la beauté qui
ne vieillit point, la beauté de l'âme. — Elle est
pleine de grâce et de candeur; elle t'aime
comme savent aimer ces âmes-là. — Tu n'as
pas cherché si l'or de ses cheveux se rappro-
chait pour le ton des chevelures de Rubens et
de Giorgione; mais ils t'ont plu, parce que
c'étaient ses cheveux. Je parie bien, heureux
amant que tu es, que tu ne sais seulement pas
si le type de ta maîtresse est grec ou asiatique,
anglais ou italien : — ô Silvio ! — combien
sont rares les cœurs qui se contentent de l'a-
mour pur et simple et qui ne souhaitent ni
ermitage dans les forêts, ni jardin dans une
île du lac Majeur.

Si j'avais le courage de m'arracher d'ici,
j'irais passer un mois avec vous; peut-être me
purifierais-je à l'air que vous respirez. Peut-être
l'ombre de vos allées jetterait-elle un peu de
fraîcheur à mon front brûlant; mais non, c'est
un paradis où je ne dois pas mettre le pied.
— A peine doit-il m'être permis de regarder

de loin, et par-dessus le mur, les deux beaux
anges qui s'y promènent la main dans la main,
les yeux sur les yeux. Le démon ne peut entrer dans l'Eden que sous la forme d'un serpent, et, cher Adam, pour tout le bonheur
du ciel, je ne voudrais pas être le serpent de
ton Eve.

Quel effroyable travail s'est-il donc fait
dans mon âme depuis ces derniers temps? Qui
a donc fait tourner mon sang et l'a changé en
venin? Monstrueuse pensée qui déploies tes
rameaux d'un vert pâle et tes ombelles de ci-
guë dans l'ombre glaciale de mon cœur, quel
vent empoisonné y a déposé le germe dont tu
es éclose! C'était donc là ce qui m'était ré-
servé. Voilà donc où devaient aboutir tous
ces chemins si désespérément tentés. — O
sort! comme tu te joues de nous. — Tous ces
élans d'aigle vers le soleil, ces pures flammes
aspirantes du ciel, cette divine mélancolie,
cet amour profond et contenu, cette religion
de la beauté, cette fantaisie si curieuse et si
élégante, ce flot intarissable et toujours montant de la fontaine intérieure, cette extase aux
ailes toujours ouvertes, cette rêverie plus en
fleur que l'aubépine de mai, toute cette poé-

sie de ma jeunesse, tous ces dons si beaux et
si rares ne me devaient servir qu'à me mettre
au-dessous du dernier des hommes!

Je voulais aimer. — J'allais comme un for-
céné appelant et invoquant l'amour, — je
me tordais de rage sous le sentiment de mon
impuissance; j'allumais mon sang, je traînais
mon corps aux bourbiers des plaisirs; — j'ai
serré à l'étouffer contre mon cœur aride une
femme et belle et jeune et qui m'aimait; —
j'ai couru après la passion qui me fuyait. Je
me suis prostitué, et j'ai fait comme une vierge
qui s'en irait dans un mauvais lieu espérant
trouver un amant parmi ceux que la débauche y pousse, au lieu d'attendre patiemment
dans une ombre discrète et silencieuse que
l'ange que Dieu me réserve m'apparût dans
une pénombre rayonnante, une fleur du ciel
à la main. Toutes ces années que j'ai perdues
à m'agiter puérilement, à courir çà et là, à
vouloir forcer la nature et le temps, j'aurais
dû les passer dans la solitude, et la méditation,
à tâcher de me rendre digne d'être aimé; —
c'eût été sagement fait; — mais j'avais des
écailles sur les yeux et je marchais droit au
précipice. J'ai déjà un pied suspendu sur le

vide et je crois que je m'en vais bientôt lever l'autre. J'ai beau résister, je le sens, il faut que je roule jusqu'au fond de ce nouveau gouffre qui vient de s'ouvrir en moi.

Oui, c'est bien ainsi que je m'étais figuré l'amour. Je sens maintenant ce que j'avais rêvé. — Oui, voilà bien les insomnies charmantes et terribles où les roses sont des charbons et où les charbons sont des roses ; voilà bien la douce peine et le bonheur misérable, ce trouble ineffable qui vous entoure d'un nuage doré et fait trembler devant vous la forme des objets ainsi que fait l'ivresse ; ces bourdonnemens d'oreille où tinte toujours la dernière syllabe du nom bien-aimé, ces pâleurs, ces rougeurs, ces frémissemens subits, cette sueur et brûlante et glacée, c'est bien cela : les poètes ne mentent pas.

Quand je suis au moment d'entrer au salon où nous avons l'habitude de nous trouver, mon cœur bat avec une telle violence, qu'on le pourrait voir à travers mes habits, et je suis obligé de le comprimer avec mes deux mains, de peur qu'il ne s'échappe. — Si je l'aperçois au bout d'une allée, dans le parc, la distance s'efface sur-le-champ, et je ne sais pas où le

chemin passe : il faut que le diable l'emporte
ou que j'aie des ailes. — Rien ne peut m'en distraire, je lis, son image s'interpose entre le
livre et mes yeux, — je monte à cheval, je
cours au grand galop, et je crois toujours sentir dans le tourbillon ses longs cheveux qui se
mêlent aux miens, et entendre sa respiration
précipitée et son souffle tiède qui m'effleure la
joue. Cette image m'obsède et me suit partout,
et je ne la vois jamais plus que lorsque je ne
la vois pas.

Tu m'as plaint de ne pas aimer, — plains-
moi maintenant d'aimer, et surtout d'aimer
qui j'aime. Quel malheur, quel coup de hache sur ma vie déjà si tronçonnée! — quelle
passion insensée, coupable et odieuse s'est emparée de moi! — C'est une honte dont la rougeur ne s'éteindra jamais sur mon front. —
C'est la plus déplorable de toutes mes aberrations, je n'y conçois rien, je n'y comprends
rien, tout en moi est brouillé et renversé; je
ne sais plus qui je suis ni ce que sont les autres,
je doute si je suis un homme ou une femme,
j'ai horreur de moi-même, j'éprouve des mouvemens singuliers et inexplicables, et il y a
des momens où il me semble que ma raison

s'en va et où le sentimeut de mon existence m'abandonne tout-à-fait : long-temps je n'ai pu croire à ce qui était, je me suis écouté et observé attentivement. J'ai tâché de démêler cet écheveau confus qui s'enchevêtrait dans mon âme. Enfin à travers tous les voiles dont elle s'enveloppait, j'ai découvert l'affreuse vérité... Silvio, j'aime... Oh! non, je ne pourrai jamais te le dire.... j'aime un homme.

FIN DU PREMIER VOLUME.

ŒUVRES COMPLÈTES

De E. T. A. Hoffmann

PAR A. LOÈVE-VEIMARS

www.ingramcontent.com/pod-product-compliance
Lightning Source LLC
Chambersburg PA
CBHW070324030726
47505CB00004B/1076